走出城市

鄭萬隆 著

山外叢刊⑤・黃德偉主編

鄭萬隆近照・黃德偉1989年 1 月攝於香港

供了一個文化重生、延續傳統的條件和基礎。

爲了薪傳這些民族的悲劇感受、呼喚和智慧，爲了呈現千里山河老涸成無邊黃土地的中國命運的啟示，「山河叢刊」在「念禹功」（孫遜）、「風塵未盡」（庾信）、「四望春」（駱賓王）的多重構想中踏出了第一步——出版當代大陸小說代表作。這叢刊本著「委委佗佗如山如河」、「山無不容河無不潤」的態度去聆聽對岸擊槃說夢的細節，傳述那許許多多不斷在對岸繁殖的旣親切又陌生，旣古老又現代的故事。

「叢刊」的標誌和設計採用「山河」的古字（ 古鉢 殷契遺珠二五 伊彝 殷墟文字乙編五二二七）表明與中國古代文明、傳統的關係；而這關係更具體地反映在「叢刊」的創刊作白樺的《遠方有個女兒國》裏——作者透過空間和時間的差距與重疊，對照古代母系社會和現代父系社會的生活質素，並探索兩者衝突的內因外由，從而思考、提出「文明進步」定律的辯證意義和「反諷」內涵。此外，古字的山形水態也暗示了「叢刊」的出版意圖——把有份量、有價值的當代大陸著述作妥善的編印介紹，廣爲流傳。

·民國七十七年七月七日於香港·

我的根

我出生在那地方——黑龍江邊上，大山的折皺裏，一個漢族淘金者和鄂倫春獵人雜居的山村。它對許多人來說就是邊境，國與國相交接的極限；在歷史中似乎也是文明的極限，那裏曾經被稱作「野蠻女眞人使犬部」。正因爲如此那裏失卻和中國文化中心的交流，而又不斷發生戰爭，也正因爲如此，那裏到處充滿了荒蠻，充滿了恐懼、角逐和機會。也可能就是這些令人神往和震顫的機會，吸引了一批又一批的開拓者。這些開拓者在寂寥無邊的荒原和幽深莫測的山谷裏支起馬架子，升起炊煙，使陰險狂暴的風雪也不那麼寒冷了。因此，那個地方對我來說是溫暖的，充滿慾望和人情，也充滿了生機和憧憬。

或許那裏就是這一批一批的開拓者創造的：酒館、村落、山道、馬車、貯木場、金礦，女人的首飾和酸菜豆腐……我不關心這些。我不關心他們怎樣創造了這些物質財富，我關心的是他們在創造物質的同時怎樣創造了他們自己。

是否可以說文學的任務就是表現人怎樣創造自己呢？

我一直在關心着他們的痛苦和希望、犧牲和追求，並且我還執着地以爲他們的這些痛苦和希望、犧牲和追求，就是社會和歷史的一部分。我意識到自己的時代，那是因爲我在時間中。我不僅是生活在「現在」，而且是生活於「過去」的「現時」；「過去」就在「現時」裏，不是已經逝去了而是還在活着，還依然存在。

你不認爲遠古和現在是同構並存的嗎？

重要的是感覺。它比理性的理解在記憶中留下更深的刻印。那裏的一切都妥善地保藏在我小時候對它們的感覺裏。說實話，在處理這種題材時，我常常憑着這種遙遠、朦朧甚至有點神秘的感覺來寫。

——在那裏，溝兩崖七扭八歪的木頭房子，房頂上春雪一化就冒出樹芽子來，還有那雨水澆黑的木板障子，這一切，在開始變黃的陽光下發射出金屬般的光澤。

——在那裏，從溝口那條踩白了的山路往西是庫爾蘇河。那河很安靜，從來沒聽見它響過。河中間長滿柳毛子。河水是黝黑的，魚是白的，就在那紫色的像亂麻一樣的柳根裏游，不用叉子是捉不到它們的，一條都有四五斤重。可那裏的人不願吃魚，不願吃不長毛的肉，有點迷信也有點害怕魚刺。我喜歡那浮泛着淡綠色光澤的水和水面上朦朦朧朧的霧，還有那苦澀的讓人脚心手心都發癢的柳葉子味。

——在那裏，黑龍江邊上，狗爬犁在雪道上像離開了地一樣地飛。獵人把槍架在爬犁上面的槍架子上，一兩聲槍響可以傳到江那邊去，融進江那邊木製教堂的鐘聲裏。

——在那裏，初春的林子裏一片陰鬱的靜寂。沒有風，沒有鳥叫和蟲子，到處是冰掛塌落的破裂聲。那些餓了一冬的狼，大晌午的，大模大樣像狗一樣在溝裏走過去。我端着一碗大楂子飯在門口看着它，脚下兩隻吃飽了的狗動也不動。它的毛是灰色的，肚子像弓一樣地繃着，大概在洞裏窩了好幾個月顯得有些老了，毛梢上有些發白。聽爸爸說狼毛是管狀的，鋪在身下比什麼皮子都防潮。

——在那裏，下第一場雪的時候，到雪裏去扒那些帶葉子的榛子，把它們堆在屋角裏；時候長了，上面的冰化了，葉子黑了，榛子也成了鐵色的，從它們暖和過來的身上散發出一種淡淡的酒味……

這些感覺在我的記憶中是有生命的。

在我的小說中，我竭力保持着這些有生命的感覺。

我以爲有生命的感覺是整體性的感覺。這種整體感覺不是以機械的邏輯分析來進行把握，而是把客體視爲有生命的有機整體來進行審美觀照，是一種直覺與理解。這種思維方式，從整體上把握對象，也需要系統的分解和綜合，但它不是把事物看作孤立和分離的，也不是把整體理解爲各個部分或各種因素相加的總和，而是視爲一種生命現象，視爲一個歷史運動過程，視爲一種文化形態。

這也是文學和哲學在把握現實上的區別。哲學依靠的是科學的認識，而文學依靠的是審美的觀照；科學強調的是歷史與社會的普遍的規定性，而文學強調的是豐富的個性、主觀性和具體性。這種文學的豐富的個性、主觀性和具體性的美學魔力，來自於把握世界的獨特感覺和獨特理解。

獨特的地理環境有着獨特的文化。

黑龍江是我生命的根，也是我小說的根。我追求一種極濃的山林色彩、粗獷旋律和寒冷的感覺。那裏有母親感嘆的青春和石冢，父親在那條踩白了的山路上寫下了他冷峻的人生。我懷戀着那裏的蒼茫、荒涼與陰暗，也無法忘記在樺林裏面飄流出來的鮮血、狂放的笑聲和鐵一樣的臉孔，以及那對大自然原始崇拜的歌吟。那裏有獨特的生活方式、價值觀念和心理意識，蘊藏着豐富的文學資源。但我並不是認眞地寫實。我小說中的世界，只是我的理想世界和經驗世界的投影。我不是企圖再現我曾經經驗過的對象或事件，因爲很多我都沒有也不可能經驗過，而且現實主義並不等同再現。

在這個世界中，我企圖表現一種生與死、人性和非人性、慾望與機會、愛與性、痛苦和期待以及一種來自自然的神秘力量。更重要的是我企圖利用神話、傳說、夢幻以及風俗爲小說的架構，建立一種自己的理想觀念、價值觀念、倫理道德觀念和文化觀念；並在描述人類行爲和人類歷史時，在我的小說中體現出一種普遍的關於人的本質的觀念。或許這些只是一種行爲模式，人類在這種行爲模式中創造了文化，同時也創造了自己。當然，它做爲一種文化體系或文化形態來說，必然受到歷史和自然環境的局限，但因爲人類依靠大腦的想像力和創造性，凡能夠想像任何可能想像的行爲方式，一旦被生活於其中的民族和社會所接受，就成爲獨特的文化行爲。這也就是我在小說中所追求的那種獨特性。如若把小說在內涵構成上一般分爲三層的話，一層是社會生活的形態，再一層是人物的人生意識和歷史意識，更深的一層則是文化背景，或曰文化結構。所以，我想，每一個作家都應該開鑿自己脚下的「文化岩層」。

從本世紀二十年代起，或者說是從福克納他們那樣一批作家開始，他們想追求事物背後某種「超感覺」的東西，也就是那些理想的內容與本質上的意義。我暫且還說不清這些東西是否實在。但他們認爲，這是支配着現象世界更高的眞實。拉丁美洲一些國家的作家這樣做了。他們是有着深厚又悠久的現實主義基礎的，但他們不滿足於那藝術史上「實實在在的模仿」，他們也不再相信那種故事型小說的完美性了，創造了「魔幻現實主義」，運用一種荒誕的手法去反映現實，使「現實」變成一個「神秘莫測的世界」，充滿了神話、夢和幻想，時間觀念也是相對性的、循環往復的，而它的藝術危機感正是存在於它的「魔幻」之中。

這些「實驗」，有些在西方成功了。那是因爲它是西方。而我的根是東方。東方有東方的文化。但就世界是一個整體來說，科技革命已經對我們傳統的思維方式提出了挑戰，世界各個區域的文化已經不可阻擋地相互滲透，系統科學的方法論已經闖進了自然科學和社會科學的許多領域。我們的文學現實也應該用開放性的眼光進行研究，對自己的藝術把握世界的方式進行反省，也應該用未曾有過的觀念與方法進行創作嘗試。

如此感嘆，皆因爲我想開闢一片生土，又植根於我的那片赫赫的山林。

鄧友梅

一九八五年二月十日於北京小街

目次

我的頭丟了

1986.6.28

我的頭丟了
在猝不及防六月的一个早上
一株株正綠的樹倒下了
自由行走的街道
築起一堵堵墻
墻上一片慌亂
喊聲推開所有的門
眼睛一下子失去光芒
我還沒明白這是為什麼
大白天裡
我的頭丟了
一个个奇形怪狀的靈魂
在張开了的网裡
瘋狂地冲撞

不用挑着灯籠呼叫——
我的頭哪去了
大家都一樣都一樣都一樣
我震惊
　　頭去了我还活着
　　　　　　还会吃飯
　　　　　　还会歌唱

異鄉異聞

山之門

他在黑樺林子裏鑽了一上午才鑽出來。

對面的山從眼前赫然升起，天好藍。在礫石灘裏走了有一陣，便看見清蒼黑混沌的松林裏那幢馬架子冷靜的尖頂。尖頂的松木杆上繫着一條被陽光雨水褪了色的紅布。過河的時候，給他引路的女人，把他送上獨木舟，說，就送你到這兒。那就是扎木爾的住處。

她看着那紅布看了很長時間。陽光下，她顯得挺年輕。脖頸很白，平坦的前額滑軟得像一塊奶酪。她身後是四個一順矮下去的孩子。那個大的比他母親高出一頭，細細的還沒發育開。臉都是黑黑的，有一層釉。眼睛極亮，有水銀一樣的光流出來。

他上船的時候，盯住最小的那個孩子問她：「你不是說這孩子和扎木爾生的嗎，讓我把他帶過河去吧。」

她把那孩子攬進懷裏，說：「你別跟他說這些。他會跟你動刀子。」

他不喜歡孩子？

誰知道。這條溝裏女人差不多都有他的孩子。他總是偷偷下來，睡了覺就走。大家都知道，都不說。

男人們也知道？

男人們不知道。這是女人間的事。

女人們都怕他？

恨他。我就恨他。這個沒良心的，我已經有好幾個月沒見他了。

你最後一次見着他是什麼時候？

年前，臘月二十七那天。他獵了一頭熊，在這條河上，用冰爬犂拖回來。

他沒跟你說什麼？

沒有。我是給他送麵、棗子，還有凍豆腐。

那時他就住在這裏了？

那時他剛在這裏紮起馬架子。除了我沒人知道。噢，他說了。他說，他不再這麼躲下去了。給了我這個。

那是一對木鐲子，很粗糙卻磨礪得很亮。

她解開繫着獨木舟的繩子，說：「你千萬別對他說，是我把你領到這條河上來的。鎮子上的人都以為他死了，死了好幾年了。」

她說完領着孩子們頭也不回地走了。

他們走了。他看見他送給他們的罐頭都棄在沙岸上，還有那盒包裝很精美的維夫餅乾。

這時，整條河上就他一個人。那只獨木舟根本不聽他的使喚，在原地陀螺一般地打轉。

這時他才後悔不該一個人來，應該和考察隊一起來，或者從鄉政府拉兩個人來，不僅要對付這條河，主要是對付扎木爾。因為他不願意有人知道他活着，所以這意味着對於任何一個找到他的人都很危險。

後來，才知道他在躲什麼。這個獵手從二十六歲開始，就在大興安嶺北麓的塔爾達奇山裏追殺一頭瘸了一條腿的熊。熊的那條腿是被他父親打折的。他父親就死在這頭熊的掌下。他把父親的屍骨斂在一起，埋在他家的院子裏，拆了他家的房子，一去不回頭的走了。他就帶了一支槍，那種老式的蘇製步騎槍，一袋子子彈。屯子裏的人誰也沒勸住他。他一走就是十年，這中間沒回來過。這中間他遇上過幾次那頭熊。那熊總是很疲憊的樣子，額頭上的毛遮住了整個的臉，坐在那兒，好像在等待他。等他靠近了，把槍伸出去，它嗚地吼一聲眨眼之間就不見了。它是聞到了他身上的氣味。復仇的氣味和槍的氣味。有一次在納罕河後的雜樹棵子裏，他和它幾乎是面對面地遭遇了，也就是四五米。來不及摘槍也來不及拔刀了，熊就向他撲過來。他倒在了地上。熊又眨眼之間不見了，一點也沒傷着他。自此以後他再也沒有發現過這頭熊的痕迹，好像他從塔爾達奇山上消失了。但他並未死心，也並未放棄過尋找這頭熊。

這是十年前的事了。從那以後人們發現他到偏遠的公羊鎭的集上去賣獸皮，時常坐在酒館裏喝酒，確實是漫不經心地打聽他們村子裏的情況。有一次，一個趕車的老板告訴他，他們那個公社組織了一個一百五十個炮手的狩獵隊，下過頭場雪就進山去獵熊。公社的副社長烏力突正四下裏派人找他呢。他聽了以後並不感到震驚，既不欣喜也不惱怒，埋下頭慢慢將銅壺裏的酒喝完了，一盤子碎肉吃完了，連掉在桌子上的肉末都撿乾淨了，才擡起頭來，十分刻毒地看了那個車老板一眼，一頭朝門外走一頭說：「那頭熊是我的，用不着烏力突的狩獵隊。」那個車老板還不甘心地追出門去說：「這是上邊給的任務，讓他們一冬交五頭熊。」他一下子把獵刀抽出來，在手上晃着說：「我不管什麼任務不任務，那頭熊是我的。你告訴烏力突，別讓我碰上他！」

那天從鎭子上回來，他心裏有些煩躁不安。自已也說不淸爲什麼。天陰得有些反常，有一個奇異的聲音總在他身後跟隨着他響，但他一直沒回過頭去看他一眼。他總覺得要發生的事情在前面。過去他每次下山都喝得爛醉如泥，都要在路上睡下，一直睡到酒勁完全醒過來爲止。這次沒有，但由於心急他還是摔了好幾個跟頭，把身上那把彎柄獵刀摔丢了，怎麼摸也沒找到。這對他來說不是個好兆頭。走進營地時，他沒看見他的狗迎出來。那是一隻母狗，是德國種和高加索種雜交的巴特爾獵犬，還帶着四隻小崽子；去年從額古納河來這裏一撥採藥的，要用一百塊錢買一隻這種小崽子，他沒賣。他說，這是不會叫的狗，你們懂個屁呀！他把人家駡走了。現在他看見他的老巴特爾死了。這個可憐的畜牲血肉模糊地躺在地上，一條腿斷了，皮從後背上撕開，一直撕到兩胯之間，下頦骨碎了，還掉了一個耳朵。從撲倒的樹棵子和草叢來看，這裏進行了一場驚心動魄的搏鬪，好像是一個小時以前。那四只小崽子圍着老巴特爾在舔它身上的血。地上的血都已經舔乾淨了。離這兒二十米遠是他的馬架子，倒塌在那裏，成了一堆爛木頭。他立即就明白了，這是那個瘸子幹的。前不久讓他打瞎了一隻眼睛的瘸子。

他知道這個瘸子還會來的，也許最後的機會到了。

他在火上燒了一塊獸骨，按照獸骨破裂的花紋，辨認出機會到來的方向，立起木門，重新紮起來馬架子。他決心在這兒等它，而且寸步不離巴特爾的四隻小崽子。

事情就出在一個月以後。那天他又到公羊鎮上去，發現所有賣東西的都不賣了，收購東西的都不收了，酒館也關門了。牆上門上玻璃上到處都寫滿了字，是啥他一個也不認識。他認識的人和不認識的人都急急忙忙地在街上走來走去，三個一堆五個一夥像是在悄悄談論着什麼秘密。就連鎮東口的公社機關學校也亂成一鍋粥了，吵吵嚷嚷的像是打架。運輸公司的大卡車也不拉貨了，拉着人滿街跑。連那些小腳老太太也抱着孩子站在牆根下看熱鬧。沒有人讓他們不上班了不上學了不下地了不做飯了，也沒有人不讓。只有他一個人不知道這是怎麼回事，只有他一個人不知道在整個中國鬧起了一場「文化大革命」。他忽然身不由己地裏進了一股人流裏，走進一座大院子裏。這原來是一六一農場場部的大院。當他要走進一個倉庫的時候被攔下了。「這個！」一個把門的指指自己胳膊上寫着「革命造反兵團」六個大字的紅袖章，「你的這個！」他說：「我沒有。」那個把門的說：「沒有也想混進來呀！」他說：「你不讓進我就不進。誰知道裏面開的是什麼鳥會。」那個把門的一下吼起來：「好呀你小子，一定是個保皇派！要不就是逃亡的反革命。來我們這裏搗亂呀！」還沒容他再說什麼，從門裏竄出來幾個人，把他按在地上一通亂打，然後推出了院子，頭上臉上還被抹了不少漿糊。他正要發作，看一輛大卡車開進來，烏力突被五花大綁押在車上，頭上戴個尖尖的紙帽子，脖子上吊了一塊大木牌子，上面都寫着字，只是不知寫的是什麼。烏力突也看見了他。兩個人的目光還沒對上，車子就開了過去，他的胳膊就被人抓住了。他回頭一看是酒館的老板謝鬍子。「你怎麼也來了？」謝鬍子拉住他的胳膊，「走，我們到一個僻靜的地方說話。」到一棵稠李樹下頭。前邊是金礦局的伙房和廁所，後邊是一個大水泡子。雪青色的湖面上，結了層薄冰一樣發亮。湖中央騰起的白氣，形成一根巨大的汽柱一直伸到天上，漸漸散開了，盤桓在那裏。「你咋會一點風聲都不知道呢？」謝鬍子樣子有些貪婪地吸着煙說，風是從北京刮起來的。那裏早鬧開了。所有當官的，頭頭腦腦們都成了「走資本主義道路的當權派」。沒人幹活了，都「造反」了。他問：「也不喝酒了？」謝鬍子說：「不少喝！想什麼時候喝就什麼時候喝。只是不坐在館子裏喝了。」他又問：「那誰給你開工資呢？」謝鬍子說：「有胳膊上這個紅袖章，就是在家躺着也一樣支錢。我是三代貧農，眞正的紅五類。」他拉住謝鬍子的紅袖章問：「你這個是在哪買的？幫我也買一個。老子也造鳥力突的反了！」謝鬍子說：「這可不是買的，你得參加到裏邊來。」他說：「有了這個不就是參加了嗎？把你這個給我吧，你再去弄一個。」謝鬍子說：「我就這一個。」他說：「我用一劑麝香跟你換。」謝鬍子說：「不行不行。」他咬了咬牙說：「把這四隻小狗崽子也給你！有人給我一百五十塊錢一隻我都沒賣。」謝鬍子走上前一個一個地看了看那四隻小崽子。他有些不耐煩地說：「還看什麼，都是眞正的巴特爾種。」後來沒有人聽見謝鬍子又跟他說了些什麼，但有人看見謝鬍子收起了麝香，趕着那四隻小狗崽子，順着厠所後面的草道彎到鎭西頭的酒館裏去了。他扎木爾戴上那紅袖章沿着大水泡子的堤岸進山去了，他剛回到馬架子房裏，一口酒還沒喝進嘴裏，謝鬍子的二小子跑來了，一把鼻涕一把淚地說：「你快跑吧！他們來抓你了。我爹讓他們抓走了，也來抓你了。」他問：「爲啥？」二小子說：「爲你用狗跟我爹換袖章的事，讓人看見了。」他憤憤地說：「眞是他媽的遇見賊眼了！」他話音剛落外面就響了槍。「小子眨眼就溜走了，還順手拿走了他的一塊乾狍子肉。

他把槍摘下來，想對着打，可從門縫一看上來幾十個人，都有槍，都戴着紅袖章，他一腳就把馬架子後牆的木板踹豁了，草草收拾一下行李，頭也不回地逃了。但那些人並沒有放過他，把他的馬架子房點着了，還在後面追他，一面呼喊一面朝他打槍。子彈都離他很遠，看來那些人要抓活的。他不知跑了多久，聽到了水聲。他過河的時候從崖上摔了下去，把一條腿摔斷了，也成了個瘸子。也多虧他摔斷了腿，不然也會死在河裏或者槍下，那些人就站在他頭頂的懸崖上放槍，朝河裏還有對面的松樹林子裏打。放了一陣子槍，就開始在他頭頂上撒尿。他聽見有一個女人一般的聲音說：「留下幾個人繼續追他，不能讓他就這麼跑了。一定要抓回去開他的批判會。」他不知道留下了幾個人，天黑以後，他順着河一直走回了塔爾達奇山裏。在那裏一躲就是十年。這十年他遇到好幾次那隻瘸熊，都是遠遠地望望，誰也沒對誰發起進攻，又都走開了。

——這是謝鬍子對他說的。因爲他見到的扎木爾已經死了，不可能對他說明他一直躲在山裏的原因。

但鎮政府的人對他說的扎木爾一直躲在山裏並不是因爲「紅袖章」事件，而是烏力突的死和他有關係，也是謝鬍子證明的。證明扎木爾的父親和烏力突的父親那次進山打熊是一塊去的，臨上山的時候在他的館子裏喝了一天酒。兩個人都有點醉了，而且一直在爭論這頭大熊是誰先發現的，都把刀子拔出來，比劃着，都說：「你再吭一聲，是你先看見那山洞裏蹲着熊的，我就把你放倒在這兒，讓你老婆成寡婦！」謝鬍子嚇了一身汗，還忘了收他們的酒錢。他眼看着他們一起上山的，一走就是半個月。可回來的就是烏力突父親一個人，坐在酒館裏半天說不出話來。他是讓什麼嚇壞了。喝了一壺酒，他的臉色還沒有變過來，兩隻手還捏不住筷子，話也說得不清楚：「那頭熊好大，跑得好快。我沒見過這麼高的，跑得這麼快。一下子就立起來了。我看見樹倒了。毛是棕紅色的。樹也一下子就倒了。」當時酒館裏就謝鬍子一個人。他問：「你開槍了嗎？」烏力突的父親看着他，看了好一會兒說：「我就看見樹倒了。我不知道我的槍到哪去了。」謝鬍子說：「你能回來也是萬幸。」烏力突的父親說：「那個大傢伙跑了以後我才跑回來。帽子跑丟了，那是一頂老猞猁皮做的帽子。」後來烏力突的父親再也沒說過他遇見熊的情景，只是說和扎木爾的父親上山以後就走散了，不知道他是怎麼死的。後來扎木爾進山到烏力突家裏和烏力突父親談過一次話，誰也不知道他們談的是什麼。不到半月，烏力突的父親就死了。自己割斷大腿根的動脈，血流淨了死的。

烏力突說，他爹是扎木爾給逼死的，扎木爾說，他是讓熊嚇死的。他不敢開槍，算什麼獵人，把槍扔了就跑了。他怕熊聞到槍筒裏的火藥味追上他。烏力突說，那你就等着吧，早晚有一天我要讓你嘗嘗槍筒裏的火藥味。扎木爾說，伙計，我記住你的話。就是這些，謝鬍子說是他親耳聽到的。他還說，如果沒有扎木爾，烏力突不會從關押他的磚房裏逃出來。那磚房的窗戶是用刀子從外面撬開的。烏力突逃出來也不會死在那個地方。扎木爾的父親就是死在那地方的。而且這一帶只有扎木爾使用那種老式的「別拉彈克」槍。就是根據謝鬍子的證明，專案組的人和落實政策辦公室的人兩次進山搜查扎木爾，還爲此打死了一頭牛誤傷了一個伐木工人。

然而奇怪的是，他回省城以後，在考古所尙悅然教授家裏，他把扎木爾爲什麼一直躲在塔爾達奇山裏的兩種說法告訴尙老，尙老似乎從夢中被喚醒，定住神，全不在意地笑着說，你這個毛頭小子，進一次山上一次當，什麼時候能不讓山迷住呢？我是走不動了。但我有十分把握確認大興安嶺就是《後漢書》和《三國志·魏書》上說的鮮卑山，北魏之祖先絕不只在那裏留下一個或兩個石洞，「積七十六世」，你想想看吧。他也正是基於這種判斷的刺激，才幾次踏着尙老的腳印進山的。他想一舉成名，但他沒有想到還有這麼多麻煩和困擾。

尙老讓他坐下來，讓他看一把牛角彎刀，對他說，這是扎木爾的父親送我的。送這把刀的時候，對我說，我不願在這個山裏再看見你。後來我才知道這不是一把普通的刀，是一個俄國探險家扔下的。他凍死在山裏。刀柄上有他的名字康·特里扎諾夫，是四十五年前的事了。那時扎木爾的父親還是個孩子。他送給尙老這把刀子時還說，這些人是到山裏找什麼的，可他們不明白，山裏的東西是長在山裏的，和人身上的東西是長在人身上一樣，還有山神「白那恰」守護着，誰也拿不走。那年小日本子把鐵路修進來，起了一把火，死了多少人，少說也有二三百。尙悅然對他說，他這次來是找一個山洞，鮮卑人祖先居住過的山洞。扎木爾的父親說，只是看看，不拿走什麼？尙悅然說，不，什麼也不拿走。只是想證明鮮卑人祖先在這兒居住過。扎木爾的父親說，祖先的東西是不能隨便讓人看的。我們這個部落的祖先也是住在這個山裏。我不知道和你說的那些人是不是一個祖先，你還是死了這條心吧。尙悅然說，我爲研究它整整用了二十年，已經來這裏考察了二十多次。你應該理解，我這次來如果能發現那個山洞，就是死在山裏也值得。扎木爾的父親說，那是你沒遇到我，遇到我我會告訴你，你死在這山裏，山也不會收留你的魂靈。你還是回去吧。他把槍橫過來擋住了尙悅然，而且一直把他押送到山下的馬道上。有二十多里山路，他們誰都沒多說話，都碰到了內心深處的一個「原則」問題，都不肯讓步，也都知道硬來不行。扎木爾的父親給他留下了幾斤狍肉乾，放在路邊一棵倒樹上，頭也不回地走了。等他走遠了，尚悅然收起了狍肉乾悄悄地跟了上去。只有跟着他才能走進塔爾達奇的腹地，才不會迷山，才有機會發現湮遠的古道。他們這麼走了七天。這時間裏扎木爾的父親只獵了一頭狍子，剝了皮，釘在樹上，把一部分肉烤着吃了，一部分裝進皮囊裏，大部分都扔了。尚悅然很留意被熄滅了的火和扔下的肉，但他沒敢輕舉妄動。後來他才知道這完全是多餘的，從他跟上扎木爾的父親那時起，扎木爾的父親就知道了。他好像有後眼，對他的一舉一動都清清楚楚的。第八天的中午，他們在一條溝裏走。兩岸的山很緩，視野也很開闊。樹木種類很多，他看到了古冷杉和成片的雪松，越往前走地形顯得越複雜。這時他預感到會有新的發現，果然在半山上看到了一條馬道，隱沒在一片雜樹棵子裏的馬道。他認定這是一條古馬道，但很快他們就走過去了。扎木爾的父親走得很快，腳下的石頭響成一片。這時天眼看着黑上來，他還沒來得及把那條古道在地圖上做個記號，雨就下來了。這裏的雨像潑水一樣，頃刻就什麼也看不見了，把一切都投進黑暗裏。只有當閃電下來，他才發現扎木爾的父親上山了，像隻羚羊一般在樹行裏鑽行。他也跟着上了山。這時山洪下來了，牛吼一樣在他走過的山溝裏響起來，聽不清哪是雨聲哪是水聲。他慶幸自己已經爬到半山坡上。但無論閃電多亮，他再也看不到扎木爾的父親的身影了。他手腳並用繼續往上爬，爬到一棵樹前，想去抓住那棵樹喘一口氣，樹倒了，他一下子仰了下去，就什麼也不知道了。他醒過來的時候在一個闊大而幽深的山洞裏，外面雨已經停了，洞裏一片沈寂。好半天他才睜開眼睛，看見扎木爾的父親就在他的身邊仰着抽煙。一明一滅的火光中，他看見洞裏有幾隻黑鳥呼呼地飛來飛去的。「你哪兒也沒受傷。」扎木爾的父親說，「那棵樹救了你。」他說：「你看見那棵樹倒了。」他說：「聽見了。」他說：「這個洞好大，還有鳥。」他說：「除了鳥沒人知道這洞，它在半山腰上。」他說：「眞是個好地方。」他說：「我每年都來這兒，有一年還在這過的多，獵了兩頭熊一隻狎。」他說：「你一個人？」他說：「一個人。」他把要燒到嘴的煙尾巴吐了。這時洞口亮起一條帶狀閃電，又一道閃電，紅的，又一道閃電，藍的，火團一樣地滾進洞裏。他突然大叫着站立起來：「你有火嗎？我要火！我看見這洞壁上有燈臺，有火把座，還有岩畫。」他說：「我用的是火鐮，你可以找點草和鳥毛引火。」他點起火來，很小的一把火，把圓形的黃光投在洞壁上，正好使他看到洞壁上被壁苔遮蔽的岩畫。他興奮地叫起來：「我果然找到了！果然是岩畫！你看上面畫的鹿、魚、弓箭……」他說：「原來這些年你就找這個，那裏頭的耳洞裏還有……」沒說完他已沈沈睡去，不一會兒響起了鼾聲。對他來說更爲遺憾的是，他再也找不到一根乾草，找不到一點火亮來瞻仰瞻仰距今一千六百多年前，比北魏太平眞君的石刻祝文還早的岩畫了。他只好也躺下來，等到天明再看，可等他醒來的時候，他已經不在洞裏了，在一堆光裸裸的石頭上，扎木爾的父親也不知去向了。他從此再也沒有找到那個洞，如同在他睡夢中消失了一般。又過了一年，他又到塔爾達奇山裏去，聽說扎木爾的父親已經死了，臨死的時候對他兒子說，你要好好守護這山裏的東西，我是沒讓外頭的人碰過它。他們是拿山裏的東西去換錢，我們是靠山活着。你記住，是山養活我們，這是扎木爾在山裏頭一直不出來的原因。所以你沒辦法找到他，但又必須找到他，也只有找到他才能找到那些山洞，那些燈臺、火把座和岩畫。

他也非常嚮往這些岩畫，而且這些岩畫讓他產生很多幻覺。可惜的是，這些岩畫，尙老用了近四十年的時間才看了不到一分鐘；但他相信這一分鐘，還會讓尙老興奮四十年。

然而這次進山他還聽到了另外一種說法，說扎木爾躲在山裏不出來是爲了躲女人——他的還有別人的，一個或者幾個，還有那一大堆木鐲子和孩子。告訴他這些的是送他到河上的那個女人。她說他是個情種。不知道你懂不懂，他是一個眞正的男人。

就這些了。

他的獨木舟還在河上打轉，已經一個小時了，他還在河中間，被一種莫名其妙的感覺包圍着，河對面的樹林裏響着十分刺耳的風哨聲。人是容易一下子失去信心的，他有點恨自己。

這時他聽見有人叫他，從沙岸上跑來的是那個女人的大孩子。

「我幫你過河。」他把衣服鞋脫下來，一隻手舉着，一隻手划水，一直走到獨木舟上。

「是你媽叫你來的？」

那孩子搖搖頭有點害羞地笑了一下，一邊穿衣服一邊說：「這水眞癢！魚多着呢，都是小的。」

「這麼說你是逃出來的？」

「我能幫你找到扎木爾。媽媽不知道他在哪兒？」

「你知道他在哪兒？」

「他躲在山洞裏，在納罕和哲別比箭的那個山洞裏，離這兒有一天多的路，我也知道他爲啥躲在那兒。」

「他為什麼躲在那兒？」

「還不能告訴你。」

「你告訴我，我不會對別人說的。」

「不，我答應他了，誰也不告訴。」

「也沒告訴你媽媽嗎？」

「沒。我誰也沒告訴，我答應他了。」

這又是一種說法。他想，也許只有這孩子知道扎木爾在躲什麼的眞正原因。

他們上岸了。河裏是他和那個孩子的倒影，還有樹還有山還有雲，圓滿得如同一個綺麗又幽深的夢境。

那孩子眼睛極亮地看着他，問：「你沒帶槍嗎？」他說沒有。「刀呢？」他說沒有。

「這就對了，他不喜歡這些東西。」

那孩子把一個木哨放進嘴裏，吹出來極優美的鳥叫聲，他像一縷清風一樣上了沙岸。

他追上去問：「你能告訴我，你叫什麼名字嗎？」

「我？我叫扎木爾。」

「你也叫扎木爾?!這山裏有多少扎木爾的?」

「只有他和我叫扎木爾，就我們兩個。」

也許這下更麻煩了。他想，也許他眞找對了，也許他永遠也找不到他要找的了。

他聽到了水響，但是看不見河。這裏除了樹和黑下來的天，什麼也看不見。他們就在這兒過夜了。在一棵倒木旁邊點起了一堆火，把肉乾用樹枝挑着在火裏烤着吃，還有罐頭。

「有酒嗎?」

這是扎木爾跟他說的最後一句話。等他想問問他這山裏的情況，還有多少路，他已經倒在火邊睡着了。也許是水響使他入睡很快，但他躺下以後那水響卻讓他怎樣也睡不着，他還聽見遠處一長一短夜鳥的啼叫聲。

第二天他們又走了四五個小時，穿過一片沒人高的草甸子，來到一個極平緩極舊醜陋也極蒼老的山坡前面。

扎木爾說:「就在那上面。」

他看不出上面有什麼洞，樹也不高，稀稀朗朗的。

他們走上去，才感到山勢漸漸地陡峭起來，地衣也成了金褐色的。

「就是這兒。」扎木爾指着一堆亂石頭說，亂石頭上已經長起了一堆亂草。

「這哪有洞口呀？」他把背囊扔在了地上。

「洞口讓他用石頭從裏面堵上了。」

「那他人呢？」

「他在裏面，我看着他堵上的。這事只有我一個人知道。」

扎木爾上去就扒石頭，他也上去扒，扒着扒着，果然扒出一個洞口。

扎木爾說：「你看看吧，他在裏面。」

洞裏很黑，他什麼也看不見。

他們鑽進洞裏，眼睛很快就適應了，這洞很大很寬敞，雖然洞口一直堵着，但一定還有通氣的地方，洞裏並不潮濕，空氣也很清爽。

他看到了地上躺着的人，是躺在一張樺皮上，是一口樺皮做的棺材，擺放在一個木架子上。不知道這是懸棺葬還是洞穴葬，人是被風乾了的，早已風乾了的。人縮得很瘦小，皮膚呈紫檀木色，而且下巴的鬍鬚很長，白的，連眉毛都是白的。

他不明白扎木爾怎麼會是死人，已經死了很久的人，而且還是一個不可能有那麼旺盛生殖能力的老頭子。

「這是扎木爾嗎？」

「沒錯。他就是扎木爾。你不就是找扎木爾嗎？」

他還能說什麼呢？這洞也是一個極普通極常見的山洞，沒有燈臺沒有火把座沒有岩畫，除了一個死人什麼都沒有。他不知道他找到了還是沒找到。

他只能對自己說他找過，這就是一切。

這時，扎木爾已經在地上揷上了三支香，是他從河那邊帶來的，一支一支點着了，肅穆地立在樺皮棺前頭，好久才擡起頭來說：「他是個好人。」

他也說：「好人。」

他說：「走吧。」

他也說：「走。」

他永遠也不知道他是走出了山之門還是走進了山之門。

凍雨

冷古丁響了一槍，孤零零的。過了好長時間又是冰冷的一下。嘎地炸開了，像樹倒在水裏，轟轟隆隆響成一片；又像一個硬硬實實的球，從半空中落下來，在村外的路上軋，在木刻楞房頂上軋，在人心上軋。上上下下軋得鷄飛狗跳的，連鬧夜的孩子也噤住聲不哭了。挺遠的。都這麼說。說的時候，嗓子眼咕咕地亂響，順腿嗖嗖地涼上來，心裏好像有什麼東西一竄一竄有點頂不住了。耳朵貼在刷過豆油的窗紙上聽着，手都攥住身上的什麼地方。好像是十八里舖那疙瘩。奶奶的！不是那嘎拉山下來的鬍子，就是小日本鬼子，都是爲新開嶺礦上這點金子鬧的。

誰也沒想到是抗日聯軍二十八團的。只是前年秋頭上，二十八團的進溝裏一回，都穿得破破爛爛的，槍也是破破爛爛的。那回是讓鬼子的馬隊攆着跑。進屯他們連碗大楂子飯都沒吃上就走了。傷號也走了，還是個女的。牛牛至今還記得那張瘦長的臉蠟黃蠟黃的。頭髮黏在額角的血嘎巴上。血是黑的。手裏攥着一個燒土豆，牛牛給的。他剛從灶灰裏扒出來，還熱呼着呢。

遠去了。都是好傢伙，多脆。牛牛他爹從窗戶上掉過頭來，像一截濕木頭放倒在炕上。把一撮浸過酒的煙葉子放進嘴裏，牛一樣地嚼着。空洞地咳了一陣，又把手伸出去，在炕角上摸摸索索，摸他的棍子。他要下地，到院子裏去看看。身子把炕席磨得咔哧咔哧地響，嘴裏吭吃吭吃地喘着粗氣。

他有一條腿廢了。那時還不到四十歲，走道要靠棍子幫忙，再也不能到礦上去淘金了，做皮毛山貨的小買賣。要不是腿廢了，他老婆也不會跟人跑了，讓他和牛牛兩個人過乾巴日子。他老婆不是好女人。他每天到新開嶺礦上去，他老婆就往後溝二歪子的酒館跑，從那兒帶回一些哈爾濱住洋樓女人用的雪花膏化學梳子玻璃襪子，還學會了一口的老毛子話。那陣住哈爾濱洋樓的都是從江北逃過來的白俄。但這些他一點也不知道，那女人像吃了花蘑菇一樣讓他一點也嗅不出腥氣來。礦上的夥計都拿他取笑，說他摁不住金也不愁有白饅頭啃。連牛牛也告訴他，他白天盡餓肚子，他媽不帶他去吃白肉。吃什麼白肉？牛牛說是道北的梁三嬸子說的，我娘去吃白肉了。那時他還是不信，有一回讓他碰上了，一個跑腿子的從他家出來，像幽靈一樣眼裏冒着一明一滅的綠光。你是哪來的雜種！他遠遠地吼了一嗓子，那人狗一樣越過木障子牆急急惶惶地逃走了。他看見他的女人像一條白晳羅魚，蠟亮蠟亮地閃了一下縮進了屋裏。他如同中了槍子兒一樣差點栽倒在道上，身上沈悶地轟響，一股熱血猛地衝上頭頂，怪叫一聲撲進屋裏，把女人暴打了一頓，趕到後溝，找到那個長着一對狼眼的傢伙，撕扯起來了。後來他倒在了院子裏，從嘴裏往外冒黑血，眼前混混沌沌的，兩腿像放進火裏燒一樣。從此，他走出家門，完全像變了一個人。他在焦枯的眼裏，天和地都是傾斜的。

外面下雨了。牛牛，你要出來披上我的皮坎肩。

他一隻手往腰帶上掖緊了褲子，用棍子撥開門閂，涼氣從門縫裏鑽進來，一下子麻了全身。外面的地上一片蠟亮，細密的雨點打在上面發出金屬一樣清脆的響聲。

是凍雨。半夜裏下的。他緊着咳嗽。話音被他咳零碎了。牛牛聽成是十八里舖那疙瘩響槍。

就在這時下河溝對着的山坡上，猛地亮了一下，跟着就火苗一竄一竄地亮成一片。他的臉也亮成紅的。那是一坡樺林，都是百年以上的黑樺，都剛冒出綠活活的新葉子。好像就在那樺林的後面轟轟烈烈地響起了槍聲、馬蹄聲和嘶喊聲。好像還有炮，悶悶地從地皮上傳過來。木板障子、柈子垜、房子都顫得篩糠一樣，油窗紙像被鼠咬過一樣碎得七零八落的。

爹你怎麼了？他栽倒在屋地上，好像胳膊、腿都不知道哪去了，怎麼也爬不起來。他還沒經過這仗陣，遍地流火，還有炮，紅了半邊天，整個村子都是一派死相。

就在二道溝那兒，咋這麼快？

都是馬隊，我聽見蹄子聲了。牛牛的牙齒得得得地亂響，兩隻瞪大了的眼裏一閃一閃地跳着冷光。

來得太快了。他被牛牛磕磕絆絆地扶進裏屋，一動不動地瞅着風門子像鬼使着一樣關上開開、開開關上摔得呱嗒呱嗒地亂響。

那炮音可好聽了。像流星一樣在林子上頭飄過去，吱兒吱兒叫得跟鹿哨一樣，轟地一下把樹都樓到半空裏，石頭都跟熟透了一樣是紅的。

滾你媽的！那玩藝兒要是掉在咱家院子裏，你就吃什麼也不香了。

牛牛想像不出他爹說的那玩藝兒掉在他家院子裏是什麼樣，但千千萬萬的念想像鳥羣向他飛來，使他身上的血一截一截地往上熱，每個汗毛孔都張開了跑風，心像爐火一樣燃燒起來。他喜歡打仗。他被那槍聲激動得骨節都響。這因爲每次打仗，不管誰跟誰打，他都能跟着村裏人撿到好東西。他身上穿的皮襖，腳上的大頭鞋、毛襪子、三塊瓦的帽子、帶銅扣的褂子都是撿的。他還撿到一把刺刀、一支老式的「別拉彈克」槍。他爹不去撿。他那條腿跑不起來。

突突、突突——子彈就在下河溝那片毛柳行子裏響，爆豆一樣，把屯子裏一下攪亂了——都乒乒乓乓推開了門，都像讓門擠斷了尾巴的狗一樣往四下裏跑，都啞着聲地亂叫。

這屯子裏的人跑兵災匪亂跑出經驗來了。這些年哪條溝裏哪個屯子沒死過人，沒讓不長眼的槍子奪了命？下溝頭的韓聾子，那次那嘎拉山上的鬍子下來搶糧食，他正在河邊上拉屎，沒聽見槍響，一傢伙就給撂在那兒了，坐在了屎上，連窩都沒動。那年秋頭上，大崗鎭上的鬼子和警察下來抓什麼奸細，大半天進了柳家屯，屯子裏的人沒聽見動靜也沒跑出去，凡是左邊臉上有痦子的都抓走了，還沾挑了六個。這屯子裏的人心上都多長了一個竅兒。別看他們沒一個識字的，地方又離鎮子最遠，終年連個做小買賣的都不來走動，又大人孩子都有大骨節病，可他們個個都耳聰目明，不僅能逃避了兵匪的禍害，還能從扔下的死屍身上撿到吃的穿的使的用的。那就看誰膽子大了，看誰跑得快了，看誰下得了手啦。奶奶的，都像紅了眼的狗一樣。但他們也不是從死屍身上扒下來的衣裳就穿，要在河裏洗。有一回撿的多，洗的人也多，把河水都洗成粉紅的，好幾個月河裏都有一股鹹怪怪的腥氣味。洗過之後搭在屋檐下讓露水淋漓，讓太陽曝曬，經日精月華，再選一個月黑天頭上，大夥都帶上撿來的衣物，到村東一個只有三塊瓦的所謂山神土地廟前（其實那廟裏供的是隻老虎，畫在一張樺皮上），點起一堆香蘇子草來，用煙來熏這些東西。都說熏一夜就沒那穢氣了，穿在身上和自己的一樣，而且還不用像自己的那般在意，而且那衣裳還從此帶上了青紫色的香蘇子草奶一樣的香味。

牛牛身上就有這種經久不散的奶一樣的香味。那香味常常使他兩隻眼裏也有蘇子草一樣的青紫色。還讓他產生數不清隱隱怪怪的念頭——最讓他顫慄不已的是他撿那把刺刀的時候，聽見不遠處黑森森的榛樹棵子裏潑刺地響了一下。從樹影裏立起一個白胖白胖的人來。兩隻幽靈般的眼睛正緊緊地盯着他。嚇得他抽頭就往屯子裏跑，大頭鞋都跑掉了，還尿了褲子，倒在炕上一病就是二十多天。那是讓鬼拖住了，大人們都這麼說。從此他再也不敢到那片榛樹棵子裏去。從此經常大白日的看見鬼，這些鬼都是他見過的被剝光了衣裳的死屍活了，在黧黑的林子裏閃電般地走來走去。別人都說他眼神不對，嗓音也變得比老鴰叫還難聽。他爹也這麼說，好像害怕他眼裏的什麼東西，一臉的恐懼。那些日子，他也眞實地覺得自己變得和平日不一樣了。不睡，總是精精神神的；不吃，肚裏卻是鼓鼓脹脹的；走在路上，腳底下輕得像踩着風一樣，兩旁的樹木房屋都旋轉起來，天和地都是歪歪斜斜的。他能聽見那些鬼在林子裏行走的腳步聲，竊竊的說話聲，粗沈的呼吸聲和鬼身上散發出來薑黃色的一縷一絲的血腥味。他還看到村裏人在他眼裏也脫了人形。也來去無聲地在街上走。嘴裏好像嚼着狍肉乾子一樣牙齒咯吃咯吃地響。肚子也是鼓脹脹的。身上也有一種薑黃色的血腥味。他爹總是坐在牆角的幽暗裏摸摸索索的，兩眼成了黑黝黝的兩個大洞，森森的兩道涼氣襲人，嘟嘟囔囔，聲音細細的好像在和誰說話；要是他爹到了街上，就瘋狗一樣地亂跑，頭髮上發出電火一樣綠瑩瑩的亮光，嚇得滿街的鷄上樹跳牆，褲子破出狗嘴那麼大一個口子，露着屁股，斷腿也不瘸了，疾行如飛。他覺得那時節整個屯子裏的人都變成鬼了。他也是。是一個鬼的世界……

突突突突——下河溝毛柳行子裏槍響得飛蝗一般，屯子裏的人都跑丟了神，牛牛正蹲在地腳上，從木頭垛裏抽出那支「別拉彈克」槍，往彈倉裏壓子彈。那子彈有大腳趾粗，圓頭。他一共有三顆。由於緊張吭吭地喘，臉上滾着黃豆一樣的汗。但那槍讓他激動。它像個活物在他手裏。它有感覺，有溫度，也有脾氣。但也很遲鈍，扣動扳機好一陣，槍口才噴出火來，隨着一下悶響，在半空中一道美麗的光線，一個巨大的火球在獵物身上漾溢出嬌艷燦爛的光彩。他爹就用這槍打倒過一隻馬鹿，血猛地迸射出來，花朵一樣撒在碧綠的草葉子上。

「你這混蛋把那玩藝兒給我撂下！」他爹像抓鷄一樣把他拉起來，推搡着出了裏屋門，「快走！叫着甜寡婦一塊走！」

「你哪？」牛牛使勁地擰着脖子。

「我不走。」

「那他們進村就先收拾你。」

「說不定是我收拾他們呢。」

這時，住在牛牛家後院的甜寡婦跑來了，把一個小包袱塞進他爹的懷裏，還不容他說什麼，拉起他就走了。走出木障子門的時候，甜寡婦回頭對牛牛爹說：「窖門我打開了，裏面放了乾糧也放了水，還有一棒子老酒。」

他爹沒說話，臉像鐵一樣莊嚴。

「往南走，那邊樹棵子高。」甜寡婦一路跑連看他都不看。牛牛被人高馬大的甜寡婦用胳膊挾着，憋得連氣都出不來。

路上高高低低，滑得像塗了油一樣。凍雨還沒落到地上已經成了冰霰，嚓嚓嚓像下砂子一樣發出很短的響聲。冷氣蟲子似的往鼻孔裏鑽，身上生了癬疥一般癢。他的那件皮坎肩一出門就讓風打透了。他彷彿在一種半昏迷狀態中。可甜寡婦腳步結實，身板也挺得挺直，渾身還冒着熱氣，臉黃金般輝煌。她就因爲身上的貉子皮大衣的熱度。那大衣是牛牛在一個炸掉兩條腿的鬍子頭身上扒下來的。不知道他爹什麼時候送給了這個女人。「你穿着大。男人沒有穿貉子皮的。」他爹對他這麼解釋。「可我不喜歡這女人。人家都說我娘跟人跑了是她下的圈套。」他還沒說完，他爹就從炕上竄下來，他就栽倒在地上，頭撞門坎上，舌頭被牙咬破了，血從鼻子裏流出來。從那個時候起，他就更恨這個女人了。他常看見他爹半夜裏鑽到後頭裏去，和甜寡婦黑着燈說話。有一年冬天，他在甜寡婦門口潑了水，結了一片蘑菇冰，可惜的是沒摔着那娘們兒，倒把他爹摔了，半月沒起來炕。天天甜寡婦來他家做飯，有時竟睡在他家裏了。這女人和牛牛睡在一個被窩裏，把他的頭摟在那軟軟的胸脯上。他好像陷進去出不來，做起夢異常的古怪溫馨。本來他不願和這女人睡在一起。可這女人不放過他，一下一下在他臉上摸，一頭摸着一頭和牛牛的爹說話。他聽不明白他們說的是什麼，只見他爹的眼裏閃射幽幽迷迷的金光。她身上有一種氣味讓他很快就舒服地睡過去了。像奶味又像頭茬草汁子的氣味。他頭一次從她潤滑的身上聞到，和他常常在夢裏聞到的一樣。是這氣味把他征服了。難怪他爹每每看見這女人，眼光很細，好像線一樣纏繞在她身上。他私下裏想，大概所有女人身上都有一種氣味，靠這氣味征服一個一個男人的。

「就趴在這兒。」

那女人把一條破毯子鋪在了地上。在她倒下的時候，牛牛看見她腰裏別着一把彎把的帶鞘的刀子。這刀子是那次鬍子和小日本鬼子的馬隊交火，他看見她從一個警衛身上解下來的，還帶着挺長的絲線穗子。那次他撿到兩聽牛肉罐頭，上頭貼着紅紅綠綠的花紙。在他撿罐頭的時候，他看見在扒那個警衛身上衣裳的甜寡婦突然尖叫起來，頭頂着一棵楊樹樹幹哇哇地吐了，一面吐一面哭。他跑過去，她吐着說：「我摸着他的腸子了！」不知爲什麼從那次她吐，他不再恨她了。他覺得她身上的什麼東西感動了他。

他們趴的地方是一片柞樹棵子，枝條結着晶瑩冰，很亮，也很柔軟，在風中發出琴弦一樣的響聲。甜寡婦離他很近，兩眼很尖銳地盯着河那邊的山坡。坡上響槍的時候，他感到她身上隨着槍聲很厲害地顫抖一下。

凍雨把土地也變成硬的。寒氣很快地透過毯子衣裳鑽進肉裏，但遠處的火光和響聲依然使牛牛很激動，那些正在打仗的人身上的衣物，就像過年節的鞭炮燉肉餃子一樣強烈地吸引着他。他盼望着能搶到一雙牛皮靴子，和王木匠家松久搶的那雙一樣。他想這些打仗的人裏一定有一個小個子，腳上的靴子他穿正好，被馬刀劈了。衣裳壞了沒啥，他要的是靴子。他不願意等了半天，像那次那嘎拉山的鬍子和奇曲山林隊交手，打了一夜，毀了不少樹和玉米，卻一個屍首也沒扔下，他們屯子裏的人天亮跑了去，連塊包腳布也沒撿到。他希望撿到雙靴子。馬隊的人都穿着靴子。

「你爹怕熬不過這春去了？」甜寡婦突然冒了這麼一句。

「你說啥？」牛牛在想靴子沒聽見她說什麼。這時河那邊槍聲正緊，又打了一炮，掀起老高的一股黑煙，也沒看清她的臉色。

「我說你爹，一次一次的咯血，怕是熬不過這春了。」

「他吃得還挺多呢。」

「可他夜裏成宿成宿地喊胸口疼。」

甜寡婦用肘支着頭，眼裏有金屬一樣的東西流出來。他感到了那話的分量，心裏有些沈重的恐怖。

「你說他會死嗎？」

「我看不出他是什麼病。讓他到新開嶺礦上去找李瞎子看看，他又不去。」

「找個先生看看他能好嗎？」

「先生又不是神仙，誰知道。」

「那我……」牛牛要站起來。

「你等等！你聽我說。」那女人按住他，把嘴幾乎貼在他凍得有些發硬的臉上說，「他也知道他活不長遠了。他把你托付給我了。」

「讓我和你一起過？」

「我是從法別拉河逃到你們屯上來，心疼你才沒走的。」

「我幹嗎用你心疼！」

「可我一個人也過不去啊……」

他倆誰也不看誰，都看着地，都一動不動的。身子都好像和地凍在一起了。

也不知過了多長時間，也不知什麼時候槍炮聲就停止了。天亮得樹幹上的葉子都數得清清楚楚的。河裏忽然有了響動。三四馬從坡上下來，把水踹起老高，斜刺着往後溝裏跑。有一匹馬上的人好像是負傷了，橫搭在馬鞍子上，頭和兩條胳膊都往下垂着。

「是小日本鬼子！還背着鋼帽子呢！」

牛牛叫了一聲。他的嘴立即被甜寡婦的手捂上了。

那三四馬還沒過河，一隊鬼子從河那邊上了坡，一色的白馬，都舉着馬刀，都戴着鋼帽子，都鬼一樣地怪叫。他們順着那三四馬跑下來的方向上去了，進了那片黑樺林，翻過坡一直向下溝頭跑。馬蹄聲好像在天上響，一直響到天那頭去了。

等到馬蹄聲怎麼也聽不見了，黑樺林裏再也沒有一點動靜，河水也安靜得像死的一樣。牛牛忽地站起來，身上的冰片像鳥毛一樣紛飛，發出鳥叫一樣清脆的響聲。他一步還沒邁出去，腿就被甜寡婦拉住了。

「你去找死啊——」

「晚了就什麼也撿不到了。我想給我爹撿一副皮手套。」

是甜寡婦告訴他，他爹活不過這春了，他才想到撿一副皮手套，爹拄棍子的手裂開了大大小小的口子，肉皮鐵一樣的黑，手指頭也不能伸得很直了。靴子可以以後再撿。老打仗有的是靴子！

「這仗陣你知道什麼時候算打完了?」

「不響槍、沒響動就是不打了。」

「那次于大水就是去早了，鬍子又殺回來，把他打死了。他什麼沒撿到，反倒讓鬍子扒個精光。」

那次牛牛眼睜睜看着他讓鬍子扒個精光的。蹲在青砬子下面那片小葉樟草裏，那時草還沒長起來，鹿角刺已經老了，從草棵伸出來，把他身上臉上扎得像上千隻蚊子咬了一樣，腫起一層稠密的癢癢包，可他一動也不敢動。他離那個滑白溜溜的肉體二百步遠。那兩個穿着很齊整、臉模也很清秀的鬍子，用馬刀一下一下電閃般在那滑白溜溜的肉體上亂戳，一面戳一面亂罵：「雜種！你這狗×的老雜毛！他剛才還歡着呢……」牛牛聞到一股發臭的血腥味，看到藍色的腸子從那肉體上流出來，發出咕嘟咕嘟的響聲，在離肉體不遠的一個窪坑裏開鍋一樣翻滾着。不一會那肉體就變成了一堆碎塊。可剛才他還在瘋狂地跑，動作極矯健優美地躍過那道防火用的壍壕，和那還活着的鬍子在地上扭打，眼裏放射出一束一束藍火星子。他終於把那個鬍子打倒了，用一塊包腳布蒙住鬍子的頭起，搶起斧子就是一下，那頭一聲脆響瓜一樣地被打開了，紅的白的鮮花一樣開放起來。他們這個屯子裏的人，對於被扔下的所有沒有死徹底的屍體，都是這樣做的——都是把頭蒙上，用斧子把那頭像切瓜一樣砍開。可他還沒把鬍子身上的衣裳扒下來，就被兩個騎馬又返回來找人的鬍子打倒了。又因爲他沒有後人，那堆碎塊兩天裏沒被收拾，被狼叼走了，連那堆藍色的腸子也被吃得乾乾淨淨的。

草木好像在思想什麼一樣，田野裏死沈沈的。雨漸漸小了，細微得像霧一樣在半空中飄着，青白色的，有一種藥一樣的苦味。

甜寡婦從懷裏摸出一把榛子來，給了牛牛一半，兩個人像耗子一樣在柞棵子裏嗑着。眼睛都盯着河對面那片林子，都不說話，都好像什麼沒想。

榛子還沒嗑完，甜寡婦就叫起來了：「這些畜生！你看，他們早就過河去了。他們就躲在河灘邊上的柳毛子裏，咋沒讓馬蹄子踩扁了呢。」

順着甜寡婦尖溜溜的喊聲，牛牛看見河對面那片林子亮了起來。好像從灰黃的天色裏裂開了一條縫，許多影子升起來，使那片林子讓人眼暈得亂顫。都是人，都舉着棍子斧子，好像奮起打狼一樣，又像奔突的狼羣撲向羊圈一樣，無論大人還是孩子，無論男人還是女人，都把脖子向前探着，都從鼻孔裏發出饑餓般的低鳴，都深一腳淺一腳弓着身子向前猛跑，把凍雨在地上結下的冰層踩得響成一片，冰渣像無數精靈一樣地飛起來，銀閃閃的一片。

牛牛能想像出這些人脖子脹得老粗、臉上的肉很皺地綳着、眼睛直杠杠的奔跑的樣子。當這羣狼一樣的活物奔到千奇百怪的屍體跟前，眼裏立即淌出兇光，連鼻子嘴都幫助使勁，轟轟烈烈地撲向那些帽子、衣服、靴子，馬肚帶、馬籠頭、馬鞍韉和死馬肉，所有能吃能用的東西。用斧頭砍、用手鋸割、用刀子切、用手扯、用腳踹、用牙咬，好像屠宰獵獲的野牲口一樣。都忙得上上下下的，都呼呼地呑吐着粗氣，都冰冷着臉失去了知覺一樣，又都用眼角左左右右的提防着。

甜寡婦和牛牛幾乎是同時從柞樹林子竄了出去，又都差一點跌倒在地上，都罵那雨，剛才他們趴着的時候，雨水把他們的衣服凍在了地上。眨眼的工夫他們躍過那條河，也鑽了林子，也四下裏找，眼裏也淌出來燒着了的兇光。

他們來晚了。他們要是不走遠一點連一塊馬肉也搶不到了，牛牛數了一下一共死了七匹馬，都已經被割開裝進麻袋裏了，老雜碎他們家還帶着爬犁。林子充滿了灰濛濛的霧氣。老雜碎馬面一樣臉上的一道道血痕在霧氣裏閃閃發亮。

甜寡婦撿到挺新一頂狗皮帽子。牛牛撿到了一只皮手套，是從一條斷臂上扯下來的，也挺新的，可他怎麼也找不到另一只了。也找不到那戴手套日本馬兵的屍首。

他和甜寡婦走出了林子，一直順着被馬蹄踩爛的草趟子走下去。他們都聞到一股粘澀的腥味，聽到從草皮子上傳來吭吭的喘氣聲。但他們還沒走到那聲音跟前就站下了。枯樹一樣戳着，臉上一下失去了血色。牛牛看見了他爹，看見他爹正利索地從一個腦瓜子開花的日本馬兵身上扒衣裳。他想不到他爹會來，還趕在了他們前頭。他身後扔着幾件扒下來的衣裳，還有他拄的棍子和那支老式的「別拉彈克」槍。

這是他頭一次看見他爹來撿東西。那利索勁兒絕不是頭一次幹了，可他從來沒把東西拿回過家裏來。他有好多事都背着他，還有時像賊一樣盯着他。你看他這時的臉興奮得發紅，頭髮都森森的從帽子下面立起來，把那個沒有頭的日本馬兵用膝蓋一頂，兩隻手摟着肩膀往起一掂，立在了一棵樹上，用一直叼在嘴上的刀嚓地一聲割斷了腰帶，像給狗扒皮一樣脫下馬褲，可他怎麼也扒不下靴子來，那靴子和腳丫子凍在一起了。他扔下刀子，用那條活腿頂着地，挺起身子，搶起斧子，電閃般的兩下，腳丫子連着褲子靴子從腿上卸下來了。

這時他擡起頭看見了甜寡婦和牛牛，臉上一陣短促的痙攣，牆坍了一樣地掉下來。「看什麼看！還不趕快把靴子扒下來。」這話是說給甜寡婦的，膛音很重，一點也聽不出來他胸口什麼地方出了毛病。

他拄着棍子回頭又瞥了牛牛一眼，一直向前走去了，走向那幾棵孤零零樣子長得很古怪的臭李子樹。他走得很快，不像平日那樣一搖一頓的，身子總像旋轉着要倒下去。

甜寡婦把那雙靴子拖到一蓬樹棵子底下，從樹棵子裏掏出一多沒化的雪，捧着靴子臉上抽搐着渾身搖起來用雪搓，像揉面一樣搓得靴子裏頭外面都化出水來，酡紅的湯水灑在發黑的冰上。不一會兒工夫，她就把那兩隻凍硬了的馬兵的腳丫頭隔着靴子搓軟了，但還沒等她把腳從靴子拔出來，牛牛聽見他爹在那幾棵臭李子樹下極尖又極輕地驚叫了一聲。

牛牛看清楚他爹在那幾棵臭李子樹下，發現一具用樹枝遮蓋着的屍體。那屍體很短小，傷在腿上，可上面很齊整，灰色的短大衣挺新，還有一頂很厚實的羊皮帽子。他看見他爹抓那帽子的時候，那屍體活了，頭向後一仰睜開了眼睛，怯怯地望着眼前的陌生人，慢慢地向後艱難地挪動着身子，嘴角往下一抽一抽滲出殷紅的血沫子，老遠就能聽到格格清脆的咬牙聲。

甜寡婦也聽到了叫聲，扔下靴子也跑了過去。她和牛牛看見那個終於背靠到樹上的人，有一張白白的充滿稚嫩氣的臉，眼睛在樹影的幽暗裏熠熠閃動，嘴唇也在動，好像在說什麼，卻沒有一點聲音。

「牛牛發現白臉上的眼睛緊盯着自己，眼裏流出來金屬一樣的東西讓他心裏一陣陣亂顫。這種緊張的感覺使他眼前的一切都變成淡紅色的，還有絲絲的熱氣在樹枝上蕩漾開來。

就在這時牛牛他爹把圍在腰上的一塊布解下來，輕飄飄地蒙在那張白臉上，舉起了斧子。甜寡婦猛地一下竄上去，抓住斧子：「他還是孩子！」

「走開你！」他爹臉上身上所有的肉都膨脹起來，一把推開了甜寡婦，狼一樣吼着，「你再吱聲我把你也砍了！」

牛牛第一次看見他爹的臉變得這般險惡這般猙獰。那把斧刃上的閃光讓他心驚肉跳地寒戰。

「爹，你放了他吧！他還活着。」

牛牛認定這個沒死的人和自己一樣大，他猛地一下撲了上去。他爹的斧子砍歪了，臭李子樹上掉下一尺多長的一塊皮，樹的斷面上立即冒出了一層乳汁一樣的白漿。

「你這個混蛋，我先把你砍了！」

他把斧子從樹上拔下來，一手沒抓住牛牛，橫着把斧子搶起來，撲空了，自己栽倒在地上。他站起來，惡狠狠地盯着牛牛，罵了一陣，又走向了那臭李子樹。

「我告訴你，你要敢砍了他，我就……」牛牛栽到一個樹墩子上，木茬子將他右邊的臉扎傷了。傷痛使他更加怒不可遏。他摸摸臉上熱乎乎的血，從離臭李子樹一丈多遠的地方爬起來，聲音一下子嘶啞了，像被人卡住喉嚨一樣的叫喊着，四下尋覓的目光看到了地上的那支「別拉彈克」槍，「我就用槍打死你！」

那張瘦小的臉上的白光給了他勇氣。他恨這個瘸子！他像盯一個可惡的陌生人一樣盯着他爹。

他從地上拿起了那支槍，向前跨了一步，身子很穩地把槍端起來。槍柄很硬地頂在肩頭上，手指按住了扳機。

「你把斧子放下！你這個混蛋！」牛牛叫起來。

「牛牛別這樣！別這樣！」甜寡婦哭喊着撲過來。

牛牛看見那個斧子在半空中閃了一下，不由自主地扣動了扳機。一團金黃色的火從槍口上噴出去，沈悶地在幾棵臭李子樹之間響了，騰起一股血紅色的煙霧。一大片樹枝子和樹枝子上的冰掛都飛起來，又柔和地落下來。他在這片晶瑩的雪塵中倒在地上。在倒地的過程中，他看見靠在樹上蒙着一塊藍印花布的人也倒下去了，他爹手裏拎着斧子直挺挺地在那兒站着，斧刃上依然閃耀着冰冷的寒光。

牛半江

我到呼瑪爾河口找領水的牛半江，緊趕慢趕還是遲了一步，上月裏死啦。有人說親眼見他沉江了。也有人說在納古山看見了火，火堆後面就是魚神廟舊址，廟門前留下了三炷香。不是他還有誰？可這些日子也沒見著屍體，成了個懸念。我信這些事牛半江都做得出來，可我不信他會死。像他那樣的人是不會死的，就是死也不是這樣死法兒。我又想，人應該怎麼去死呢？似乎這個問題不該由自己來回答。

黑龍江上的夜相當明亮。雖然不是亮得足以看書看報，可溜船打魚跟白天一樣。眼深的能夠看清江裏的魚溜兒，眼淺的也能抓住網。水面上沒有一點聲音，感覺不到涌，也聽不見浪。只有喝過黑龍江水的人，才知道它爲什麼沒有一點響動，靜得像長了銹的鐵塊。天寶躺在熄了火的水泥船上，蝦一樣弓着身子，喝一口酒吸一口煙，細細地瞄着江面上的一隻樺皮船。那船很遠，小得像一片黃菠蘿樹葉。船上立着一杆燈桅，吊在上面的風燈，昏迷得跟個香火頭似的。牛半江像祈禱什麼定定地坐在船頭上，兩眼手電筒一樣在江中刷刷地打閃。只有他天寶知道牛半江整日整夜地守在江上，心裏在想什麼，等的是什麼。可他又不願說破了他的心思。這老人和他的老人是死裏活生的交情，那年，那年還沒他天寶呢，在額古納河河口，他老人的船遇上了大風，撞上了浮冰。船碎成一把鋸末。人被扔起一丈多高。要是沒有牛半江，他老人連一塊整齊的骨頭都找不到了。老人臨死的時候再三叮囑他，讓他像待他爹一樣待牛半江。這些年，不論是去水產專科學校之前，還是畢業回來以後，他沒敢錯過半點兒。可有誰知道他心中的苦痛呢？他不止一次聽說他娘和牛半江的「過節」，他還眼見過他娘在牛半江的船上。他心裏有一團火，只有牛半江能看出來他眼裏的火光。

「我娘要不行啦！」前年冬上，他到縣城裏訂購柴油機水泥船回來，在溝東口木頭垛房子裏找到了牛半江。那屋裏黢黑，有一種乾辣的油煙味和皮毛的腥味。牛半江躺在炕上。沒精打采的風燈擺在枕頭邊上。除了燈下面那張白得像乾樹葉子一樣的臉，他什麼也看不見。

「她咳得厲害。」天寶站在地爐子邊上說，「眼睛裏都咳出了血，再也瞧不見東西了。要是有一副新鮮熊膽就好了。我找過納古山裏的炮手。」

「這也是讓獵人爲難的事。熊少了，變得越來越凶。」牛牛江把風燈捻亮，兩隻有些鼓突的眼睛也跟着亮起來。「我已經給她預備好了，就在門柱那兒吊着。還有一點鹿心血，讓她和着酒喝下去。」

天寶這時看見扔在木柈子堆上那杆槍筒彎了的獵槍和那把長柄的刀子。他心裏酥地顫了一下，把那杆獵槍拿在手上，翻轉着看了看，又扔在木柈子堆上，說：「您進山去打熊了？」

牛牛江卷上一支煙，抽着，瞇着兩隻眼睛，好久才慢慢睜開了。天寶的話好像勾起了他心裏的什麼，那張灰白的臉脹紅起來，兩眼露出凶光，厲害地咳嗽着說：「這是我和你爹的事。他欠着你娘的。他這個混蛋，一輩子也沒讓你娘的心裏熱乎過。他不懂得女人！他不懂！除了喝酒他什麼都不懂！」

「可我娘也說對不住我爹呀……」天寶咬着心裏的那團火，像咬着一頭發狂的小獸的脖頸一樣。

「有些事，你娘應該告訴你。」

「我不知道你們之間的什麼事。她什麼也沒對我說過。」

「告訴你，你也不會明白。」

「可你們什麼也沒告訴我呀！」

「那是過去的事了，說不說又有什麼用呢？我和你爹，爲了你娘，在納古山裏，拼過刀子。」牛牛江扯開皮袍的大襟，露出脖根上一條黑色的鼓棱棱的疤，說，「你爹一刀子挑在我的鎖骨上了，可離心還差得遠呢。我一刀子把他肚皮劃開了。」

「我看見過他肚皮上的傷口。」天寶感到有些喘不過氣，身上每一個汗毛孔都發脹。

「你娘替他縫的。我這個也是。就爲這兩條刀疤，我倆成了生死的朋友。你能明白爲什麼嗎？」

天寶長長地透了一口氣，兩眼冰冷地盯着牛牛江。冰冷的目光像刀尖一樣，在那張蒼白的臉上劃來劃去的。他看够了那張臉了，在水上，在鮮魚收購站的門前，在酒館裏。他總覺得那臉上有什麼東西流出來，讓每一個人的心裏都發顫。他退到門口，摘下門柱上的熊膽和鹿心血，一側身把樺木門撞開了。他突然像受傷的熊一樣地吼起來：「牛牛江，你這混蛋，我恨你！」

其實他並不清楚他都恨他什麼。

後來沒有多長時間，他又爲他駡牛牛江而後悔了。雖然他和另外兩個打魚專業戶，買下這條水泥機帆船，一網能撬四五百斤魚，成了呼瑪爾河口漁港上的大事，他也成了村鎮裏特別是姑娘們注目的人物。因爲她們沒見過這麼漂亮的漁船，這麼快的航速，這麼深的網，還自動收網，說他到底是進過大學校的人，想得出來，也幹得出來。但天寶心裏並不快活。他並不想一輩子老在這條只有幾個人的船上當船長。他想做「領水」，讓整個黑龍江上——從三江口到漠河所有的漁戶都知道他天寶，都信得住他，都叫他「李半江」。這事，去年鄉長問過牛牛江。牛牛江說：「讓他等着吧，等我死了。」他還說：「『半江』這塊牌子，是我死過幾回，這一身傷疤挣來的。」這話倒沒有怎麼讓天寶傷心，他也會那樣做，也會像咬住什麼一樣活着，使他傷心的是他的水泥船點火做處女航那天，牛牛江沒來，沒祝他一杯酒。他沒在他的木頭房子裏。哪兒也沒找到他。這不光是讓他面子上過不去，還讓別人用異樣的眼光看他，也使他想起那天他駡牛牛江，牛牛江一聲沒吭，那雙能一下看透江底的眼睛裏轉着蠟油一樣的淚水。

當晚他就去大榆樹溝了。那裏離屯子不到一里路，是牛半江拴船的地方，他那條暴馬子木板做艙板的樺皮船。這船跟了他幾十年。不知換了多少次樺皮，不知遭遇過多少次風暴和冰排，在他的眼裏，在整個黑龍江漁戶們的眼裏，它已經不是一條船，而是一個精靈。從鬧合作化，鬧人民公社，鬧「文化大革命」，直到今天搞捕魚轉業戶，這船出現在哪兒的江面上，哪兒的漁戶就幾天幾夜別想睡好覺，他像罵兒子罵孫子一樣罵那些生產隊長把魚溜兒放跑了，一直罵上他們祖宗幾代。好看的是那平日威風的隊長們沒人敢吭聲，老老實實地像孫子像兒子一樣聽着。其實他並不管着他們，又不是他們的縣長又不是他們的爹，不必像兒子像孫子那樣聽着，可牛半江那坦蕩蕩的活法，一個人一條船坦蕩蕩對待危險對待錢財對待陌生人對待娘們兒，也敢坦蕩蕩地罵一切，這坦蕩蕩裏面好像有讓他們一輩子都感到畏懼都擡不起頭來的東西。過去他不固定把船拴在哪兒，漂在哪兒就拴在哪兒，拴在哪兒，哪兒就招來了男人的狂笑和女人的細語。可如今他老了，人和魚一樣都要老的，牙也活動了，咬魚肉乾也咬不出原來那種香勁了，這才把船固定在一個地方，拴在大榆樹溝口成了化石的那棵死樹上。也許就因爲他人老了，身上添了毛病，拴上船掉身往回走心裏總不踏實，總懷疑自己是不是拴牢了，總要回去看上幾次。有時回到屯子裏的木頭房子裏睡也不安穩，常常做惡夢，過去他是不做夢的——夢見他的樺皮船讓風刮跑了，讓魚拖走了。因此，他在那死樹前面掏了個地窩子，天色不好就睡在那兒，守着他的船。他心裏頭一次長出來讓他自己也感到害怕的感覺，他對自己不放心了，他也開始恨這水，恨那些瞪着眼睛的魚，恨他使了一輩子的船。

大楡樹溝一溝鐵青的石頭，日頭下像互相咬嚙一樣嘎叭嘎叭地響。那棵死樹像被火燒過了一樣銅褐色的，挂一身硬硬的鱗片，枝椏還使勁地向上伸展着，夜裏看去像一個張牙舞爪的鬼魂，放射出藍幽幽的光。據說它記錄着一場戰爭，可沒人能說清是哪一年啦，也許比女眞人的肅愼部還久遠。在死樹上面是白的和綠的，白得像積雪一樣明亮，綠得油一樣在滾滾流動的樺樹；下面是褐色和黑色的石頭，剛開掘出來的金屬一樣熠熠的閃光，也在流動，向着那溝口的江。只有那江水不動，鐵一樣的穩定凝重。那條樺皮船確在那兒，好像有這樹就有這船了，默默中，有什麼在交流。

地窩子門敞着。門旁粗木板牆上釘着那張棕熊的皮。門裏的木架床上空着，地上是一堆灰燼和一張千瘡百孔的網。一排空酒瓶子發出呼呼的呼哨聲，天寶似乎能看見那裏面旋轉的風。

那時候天還沒黑，江裏的霧還沒上來，可山溝裏好像讓什麼塡滿了。天寶在那門口站着，一動不動，一直到月亮從背後升起來，把影子像一條曲曲折折的路鋪進屋裏。漸漸，他覺得那屋裏的什麼什麼都拴挂着他。也許他欠着牛牛江的，也許牛牛江欠着他的。他不敢承認他喜歡牛牛江那寬闊的臉膛，那肌肉滾動的身上的酒味和煙草味，那嘹亮而悠遠的喊船聲。他更不承認他是牛牛江的兒子，鬼知道這些漁戶們是不是有意糟踐他！也是糟踐他爹，糟踐他娘呢！正因爲這一點，他才報考漁業專科學校的，才買下那條機帆船的，也要當「領水」的。也正因爲這一點，他看不起他爹；等他爹死後，幾次喝個爛醉，懷裏揣着那團捺不住的火，找上大榆樹溝牛牛江這地窩子裏來。可不知爲什麼他見了他就沒話說了，他也和那些漁戶們一樣，怕他那雙陷得很深的太陽一樣亮晃晃的眼睛。那眼睛把什麼都化了，把他心裏變成一片荒涼又一片空明。

他不知自個兒什麼時候離開那眼地窩子的。回到家裏，倒木一樣栽在炕上，一病病了三天，人好像變了形。他沒上船去跟踪大馬哈魚魚汛。雖然這一趟水下來可以有上萬斤的收穫，雖然不知道多少雙眼睛在盯着他那條漆成鋼藍色的船，雖然他跟物資局簽字秋後就還清船款，可他突然覺得這一切都離開很遙遠了。只有牛牛江離他很近。只要他一閉上眼睛牛牛江就站在他跟前，一壁亂草般的頭髮上響着風聲，兩隻直定定盯着他的眼裏流出血一樣的東西。

終於有一天他找到了牛牛江，也是無意中碰上的，在萬利酒館的門前。那被雨銹黑了的木板牆上還貼着佳木斯市二人轉劇團來演出的海報，演「回娘家」那妞兒讓他看一眼就再也忘不了。可海報上沒有畫出她的媚樣兒。那小妞兒，兩片嘴唇有一種讓他心裏發慌的力量，可不知誰在她那上面畫了兩撇鬍子。牛牛江就站在海報下面，那眼神說明他剛喝過酒，拄着一根柞干棍子。他一條腿連腳用一塊破狍皮包着，兩邊綁着木板。

他倆像不認識那樣站下，默默地相看着，好久才把眼睛移開。

「你他媽老看着我的腿幹嗎？」他嘴裏像咬着什麼，眼珠子像兩個火球一樣悠悠地轉着。

「你的腿怎麼啦？」

「讓那熊拍了一巴掌。我沒死了，它死啦。它死了倒乾淨，留下一副鮮熊膽，可我活受罪了，讓你們這些人看着，一直看着我到死！」

「你就爲這躲着我嗎！你躺在炕上那天爲啥不跟我說一聲？」

「也讓你笑我嗎！你這個混蛋，我知道你恨我，我知道你心裏和我憋着勁兒。」

牛牛江狠狠地瞪了他一眼，拄着棍子，頭也不回地走了。

天寶被他罵得心裏反倒熱起來，嗓子眼裏一拱一拱地發酸，好像什麼硬東西要從那裏面彈出來。他急步跑上去，拉住了牛牛江的棍子，說：「你打開那夾板讓我看看……」

「這東西也是讓人看的！」牛牛江拾起來棍子，嗵地一下打在天寶的身上「你他媽給我滾開！」

「我要知道你傷得怎麼樣？」天寶不動，臉好像一下子脹得很厚。

「我身上有幾十塊傷，你也會有的。你很快就要當「領水」了，人家不要我了，要你們這樣念過大書的了，可我要告訴你，我像你這麼大走過許多地方，到過摩棱，到過伯力，也到過韃靼海峽。」他在懷裏摸索了一陣，把一撮浸過酒的馬含煙揉進嘴裏嚼着，說，「我就一條樺皮筏子。我那船上沒裝什麼機器，也沒什麼帶電表的羅盤，我一網也拉過一千多斤的魚。你知道我說的是什麼嗎？你這混蛋，以爲進過大學堂，唸着書本就能當好『領水』嗎！這他媽關我什麼事，滾你媽的吧！」

還沒等天寶琢磨出這裏面的滋味，牛牛江已經拄着棍子走遠了。他這時才看清牛牛江那條傷腿上還朝外面滲血，破狍子皮上一大片濕的。

他心裏熱的那一塊頓時像火一樣燃燒起來。他本想沖着牛牛江喊出來：「你別再一個人過了，到我家去吧。我養着你。我貢得起你！」他現在有錢了，有了存項，不像前些年在生產隊拿工分吃飯的時候了，而且他承包的這條船，每月至少也能分下來三千五千的。可這些都沒使他有足够喊出來的底氣。他知道牛牛江瞧不起什麼，更瞧不起錢。他有過錢。可他沒攢下過錢，有時連打酒都要賒着。如果他天寶喊出去，他會連他這個人都瞧不起的。他悶下了心裏的話，在那兒站着，一直看着牛牛江走遠，拐過村口那幾幢新蓋起來的兩層紅磚小樓。

自那以後，他有好幾個月沒見到牛牛江。他跟一條木製拖船下三江口了，趕上了那裏的哲鱗魚秋汛，網了一萬九千多塊錢回來。

他臨走那天去木頭垛子和大榆樹溝看牛牛江，帶了一木桶酒和幾十斤魚乾。他想和牛牛江一起喝個爛醉，問問他，他是不是他的兒子。可牛牛江又不在。除了買酒他到村裏商店去一趟，平日他不住在這兩處房子裏，鬼也不知道他在哪兒。他明白，他不願意讓人們像看一隻受傷的麅子一樣盯着他。

他心裏懷着一股說不出來的滋味走了。他好像也是在躲着什麼。他天寶要說在呼瑪爾河口的江面上也算數得着的人物了，鎭長都不是大學生，他是；一家有七八個勞動力的都沒敢承包一條機帆水泥船，他包下了；漁民裏沒一個人上過報紙，他的〈這樣才使漁民走上富裕之路〉的文章登在了《黑龍江日報》上……可他還覺得缺點什麼，也許正是這點東西，使他在牛牛江面前不敢正對那雙布滿血絲的眼睛，不能徹底戰勝心裏的怯懦。

也許就是爲了找這點東西他才毅然決然下三江口的。他的船兩次差點翻在那兒，還有一次差點撞碎在岸邊的岩石上。他回來的時候，那臉像刷了一層鐵銹，眼皮也厚了許多，下巴上多了一條月牙兒形的傷疤，過去被姑娘們喜歡的那一對酒渦，像兩條使鈍了的刀口一樣在那兒掛着。

「有了錢就蓋一幢小樓吧，村裏發起來的都蓋樓了。你也到了結婚的歲數了……」村裏人見着他都這麼說，連鎭長也這麼勸他。

「不，我要再置一條船。」他看也不看那些人說，「每年走一趟三江口。」

「你還想抓大錢呀？」

「我還沒抓住大錢呢！」

他笑笑就走開了。他笑的時候那兩條刀口悠悠地深下去，變混濁了的眼裏跳着燙人的火星。

就在他回來的前幾天，他娘死了。鎮上的人集體發喪的，和他爹葬在一起。就在下葬的第二天，牛半江從阿爾木勒趕回來，扛來一頭鹿。他說他跟養鹿場用東西換的。人們能猜到那東西是珍珠，他有十幾顆江蚌珠。爲了這頭鹿，他那條傷了的腿完全不能動了，拄棍已經不行啦，架上了木枴。人們告訴天寶，那是一頭活鹿。牛半江一聽他娘死了，已經埋了，就把鹿放了。那鹿還回頭看了他一眼，他也看了一眼鹿，然後走進你家屋裏，又走出來，眼裏再也沒有了像太陽一樣亮晃晃的金光，小心地掃了一眼圍住他的人，從手腕子上退下一隻鑲金的桃木鐲子，遞到鎮長手裏說：「把這個也埋進她的棺材裏，一起葬了。」這隻紅得發亮的鐲子鎮上的人都見過，可誰也沒想到天寶娘也有這麼一隻，在她的首飾匣子裏。

自那天起，直到天寶回來以後，牛半江再也沒在村子裏照過面，駕着那隻樺皮船，整日整夜地漂在江上。

「他再也不會回來了。」走過一趟三江口的天寶，一眼就看透了牛半江的心思，他在等着寒露節從上游下來的紅頭紅背的大哲羅魚。他要證明只有他牛半江才能捕到這種魚。他瞧不起機帆船上的深水拖網。

鎮上的人雖說看不出牛半江這份心思，但也覺出來這老頭兒精神裏有毛病了。他們看見他呆呆地立在船頭，兩眼發直，定定地注視着水面，手裏緊把着網綱，那緊收着的雙肩像鷹一樣聳着。船在水上盪來盪去，他身子也跟着船一搖一搖的，那張鐵一樣沈着的臉上突然閃了一下，能聽到他上下牙咬住嘎嘎的響聲，那眼光和網一起落進水裏。水花像一羣歡悅的精靈在江面上起舞，卻靜靜的沒有一點聲音。似乎那大江在等待一種選擇，也可以說在等待着一個決定。當牛半江把網綱收起來的時候，水下一片翻騰，整條江好像都被攪動起來了。拖上來的一網魚，足有二三百斤，使小船歪歪地傾斜進水裏。但還不等那魚們身上的熱氣消散開，他一抖網綱，用兩手掀開網墜兒又將它們一條不剩地放回到江裏。江面又恢復了平靜，他又那樣呆呆地立在船頭，兩眼直定定地盯着水面；又那樣突然一閃把網撒下去，慢慢地將網拖上來，在傾斜中，又那樣將一網魚嘩地一下放回到江裏。靜靜的江面上，好像什麼事情也沒有發生，又像孕育着什麼讓人預料不到的事情。

已經說不清有多少天了，牛半江在船上這麼打發這條江，這麼打發這一江的魚，這麼打發他的日子、他的希望和與魚無關的回憶。

他也不是整日整夜都在船上，天寶就看見他到岸上來過。他到那眼地窩子裏，點起一堆篝火，坐在那火旁，用一把銅壺把酒燙熱了，一下一下斟在一個牛眼大的小瓷盅裏。他喝一盅，把下一盅澆進火裏。望着那突地一下升起來的藍色的火苗，他那張鐵一樣的臉緩緩地綻開了，皺紋間酥酥地跳動着笑。他一定是看見什麼了，在這世上，除了他自己沒人知道。他那像血一樣的東西從眼睛裏流出來，一直流進火裏，使火紅得像一輪太陽。他一直守着那輪太陽，從他眼前消失以後才緩緩地從地窩子裏走出來，回到他的船上。他好像並不需要一個女人陪伴着他，也不要守着一點什麼過活，甚至也沒說他有什麼念想，似乎當「領水」就是他的一切了。「人死了，要把你的魂兒送到生你的地方。」天寶不止一次聽到他說過這樣的話。牛半江的爺爺是從關裏逃來的，他就生在納古山上。天寶看出來，從他眼睛裏、走路的姿態、整個的精氣神上看出來，這老人在世上不會長久了，但他不知道他怎樣把他的魂兒送到納古山上。

天寶一連三天守在那水泥船上。因爲這幾天風大。江裏的浪斜斜着向岸上打。江鷗在雲彩上頭盤旋，不下來覓食也不叫。可牛半江連頭也不回。他不願意看見這條漆成藍色的水泥船，也不知道有人守着他。或許他知道有人守着他，才不願意回頭的。他這三天裏都沒撒網了，好像眼裏的什麼東西都流光了，身上的什麼東西也耗盡了，枯乾在那裏。那盞掛在桅杆上的風燈還亮着，天寶心裏明白，那燈不滅，他是不會倒下的。

也許因爲酒喝多了一點，還不到半夜，自以爲精力充沛的天寶眼前就模糊起來。他覺着那樺皮船漂走了，越漂越遠，喊也喊不回來了。當他一覺一身大汗醒來的時候，天已將明，江面上白花花的一片，好像落了一層雪。從上游下來的風，帶着讓人心顫的哨聲。樺皮船還在那位置上，牛牛江還站在船頭上，好像有這條江它們就在那兒。只是風燈滅了，桅杆好像一下子長高了許多，使天地變得異常地窄小。

這是寒露水下來了！說不定哪天刮一場大風，就把魚都趕到三江口去。

那樺皮船在江心猛地盪了一下，那船上的人也跟着盪起來。桅杆把滿天金屬般的雲塊攪亂了，整個兒江也漸漸地搖盪起來。那沈悶盪開的響動裏，天寶聽見牛牛江粗重的吸呼聲，又聽見他兩道目光像電焊槍一樣敲擊在水面上，發出來嗤嗤嗤地叫聲。天寶還沒看出來銀子一樣閃閃發光的水面下的變化，那張網已經像一頭大鳥一樣撲進了水裏。水面上形成一個圓圓黑色的漩渦，四圍的光好像一下子被吸進了這漩渦裏，天也頓時變暗了，向西緩緩地傾斜。天寶似乎也站不穩了，身子也緩緩地向那漩渦倒去。

「哦喲喲——嗬！」忽然，牛牛江天崩地裂般地大喊了一聲，兩手飛速地搗動，搗起了網綱，江水也相跟着好像一下子暴漲起老高。那網還沒被都拉出水面，天寶已經看清裏面是一條紅頭紅背的大哲羅魚，足有百一二十斤的大哲羅魚。天寶從來沒網到過這種紅頭紅背的大哲羅魚，江上的許多漁民一輩子也沒網過這種魚。有人說這魚是一種邪惡，也有人說這魚是一種神靈。不管是邪惡還是神靈，天寶切切實實地看到了一種把網撞破把船打翻的危險；那魚拖着船在江心裏打轉，牛半江兩次被打進水裏；當牛半江馬上要把魚拉上船時，那魚尾一擺又一擺，掀起一片水霧，他再一次被打進水裏；好像他好長時間才在水中透過氣來，一下子將魚抱住了，一上一下，一來一去地開始一場難解難分的搏鬥。天寶明白，這時他是不能上前幫忙的。牛半江看見他，會什麼難聽話都駡出來，還會把他的鼻梁骨打歪了。瞧，就這麼一會兒工夫，水面上什麼響動也沒有了。人和魚都躺到了那條樺皮船上，還緊緊地抱在一起。那船上、那人臉上、那桅杆頂上，所有發亮的地方都是紅的。那紅的從船下面流出來，染了半條江。

這回牛半江可能要就此收網了。天寶心裏好像敞亮了一大塊，正要從船沿上把他的橡皮筏子放下水，看見牛半江忽地一下從樺皮船站起來，翻身又將那打挺的魚按倒在船板上，把粗布褂一閃抖落下來，包住了魚頭，兩隻手鉗子一樣插進魚身上，一下又一下開始撕魚肉。

整條江上都是像砍伐木頭一樣咔吃咔吃的響聲。

這就是他等待了這麼久，也可以說等待了一生的魚嗎？天寶簡直看傻了。他看見牛牛江像懷着一世的仇恨像瘋子一樣撕扯着那條魚。魚血四濺，魚肉橫飛，可他的臉上卻充滿了像天空一樣開濶一樣寧靜一樣晴朗的笑容。

天寶不明白牛牛江爲什麼把這條魚這樣一點一點地撕扯爛了。當太陽從他們背後冒出來的時候，那條魚只剩下一副骨架子。牛牛江在船上點起了一堆火，江上立時有了兩個太陽，一樣的明麗，一樣的紅。牛牛江唱着歌圍着那堆火喝酒。他唱着那支所有漁民都會唱的歌：「我生養在這條江上，這條江生養了我。我是這江裏的一條魚，那條紅頭紅背的哲羅魚就是我……」他喝下一盅酒，把下一盅酒潑灑在魚骨架上。那灑在魚骨上閃閃放光，好像把那裏面的什麼都燒着了。魚眼睛還在一轉一轉的，它還活着。天寶發現牛牛江那歌是唱給那魚聽的。可要理會他們之間交流的是什麼，就像要知道在深山野林裏匆匆過往的山客從哪去哪一樣不容易。但天寶終於悟出來牛牛江這些日子等的並不是這魚，而是一個什麼時刻，或者什麼結局。這他就更無法知道了。這都是他瞎想。也許那個什麼時刻，或者什麼結局對牛牛江也並不怎麼重要，他要的只是這個過程。

就在天寶瞎想的時候，牛牛江把小船划走了。它逆水而上，在白花花的江面犂開一條深深的溝。那溝兩崖有七扭八歪的木頭房子，被雨水澆黑了的木板障子，泥爛的道路，奔跑的木輪馬車和黃不黃灰不灰的狗，村子那邊是樺樹林和榛子林，林子後頭是冰雪不斷塌落的山；山上是煙一樣的霧；在霧流裏可以看見星星，也可聽見破裂一樣的槍聲……忽然，天寶覺得那響聲不對。他看見牛牛江在鑿船呢。斧子一上一下，斧刃閃耀寒光。這老頭兒要把他的船毀了！可還不等他想下去，砰地一聲轟響，一股水柱沖天而起，把他眼前什麼都遮住了。等那水柱落下去以後，江上架起一道七色的虹，水面上什麼都沒有了，平靜得像冰封住一樣。

他發動了機器，用拖網在那兒打撈了一天，連一塊船板也沒撈着。水面上只留一股煙火味和酒味。天寶就在這酒味和煙火味裏一直坐到天明。

天明時他上岸來，在牛牛江地窩子門口看到那條紅頭紅背的哲羅魚的骨架子，吊在空蕩蕩的屋門框上，發出呼呼的哨聲。村裏人告訴他，昨兒夜裏牛牛江上山了，在魚神廟前留下三炷香，還有他在船上做「領水」用的藍布搭腰。天寶怎麼也想不明白牛牛江是死了還是活着？

他到魚神廟前找到那條藍布搭腰，在手裏翻看了一陣，扎在腰上，好像覺得自己忽然變成另外的一個人，身上的什麼地方都變得沈重起來，立卽進村叫上他船上的幾個伙計，又在供銷社買了一木桶酒，上了船。

「把四臺柴油機都發動起來！」他像牛牜江每次出水一樣，把一隻手揷在腰上，一隻手扶着帆桅下着命令。

「下三江口麼？」掌舵的問了一句。

「不，上漠河，追寒露水。」

「你還和牛牜江慾着勁兒？」

「我不是說過嗎，我還沒抓住大錢呢！滿舵！奶奶的，再下三江口，我要有一個船隊了！」

整個兒江上都是轟轟的機器聲。

白房子

黑小每天正做夢的時候，那都是些好夢，讓他胃裏發熱心裏發癢的夢，突然被他爸爸吼起來，去白房子打酒。他沒睁開眼就聽見了那羣狗一長一短的叫聲，像是圍住了一頭怪獸在咬。咬了好多年了。在夜裏。他從一生下來就清清楚楚地聽見這羣狗叫聲，咬累了也不肯停下來或者跑開。可別人都聽不見，媽媽也說這屯子沒一條狗了，那年老毛子跑的時候，把屯子裏的狗都偷着殺了吃啦。他沒見過老毛子，只知道賣酒的那幢白房子是老毛子留下的，窗子上裝着五色玻璃，太陽照在上面像花開了一樣燦爛。

「快去呀你這雜種！」

他揉開兩隻發脹的眼睛，睜着那張像樹掛一樣掉下來的臉。他恨這個長得像熊一樣結實的傢伙——每天都這麼晚回來，還偸着把媽媽的鐲子、衣裳、被子拿出去賣了要錢，還常常把媽打得身上一片一片長出來蘑菇一樣紅的紫的青的包。

泥土從土牆上掉下來。吊在屋樑上的豆油燈火苗像逃遁的狐子一樣地跳。

媽媽像受傷的麅子一樣踡縮在牆角那兒，散開的頭髮埋住臉，一聲不吭。他又打她了，混蛋！可黑小從沒看見媽媽挨打時候哭過，眼裏汪着淚也不流出來。

「快去呀你這個雜種！」

爸爸總這樣罵他。別的爸爸不這樣罵他們的孩子。他們什麼也沒告訴過他。他問過媽媽，他是不是他的兒子，媽媽那眼睛豎起來，見了鬼一樣發出淡淡的白光。

「你叫她再賒我幾斤。到時候我會還她。」

「人家不願意賒你了。要現錢。」黑小在炕地下用腳找不到鞋，身子向下傾着，聲音也是傾斜着出來的。

「我還她金子！我明年就進別拉溝去淘金。我也有踩着運氣的時候！」他把桌子上老式的俄國造的銅壺噹啷一聲摔在地上，「我知道這屯子裏的人，在白房子裏嚼我什麼。我以泰不勒這些狗日的！」

他的臉被氣撞着，才有潮紅的光輝，兩眼也亮起來，身上也有了別人爸爸有的那種發苦的汗腥味。

以泰姓韓，所以黑小也姓韓，但他堅信他不是韓以泰的兒子，韓以泰算個什麼淘金的！前年秋天，別人三個月抓了一百多個金兒，他才抓了二十個。一個晚上他就在白房子裏輸乾淨了。從此他再也不到白房子裏去賭了。那時，張作霖守護金礦的大兵還在街上神氣活現的，那些株式會社的日本人還像龜孫子一樣不敢到白房子撒酒瘋。輸了錢，他半夜裏回來，臉色黑青地坐在木頭桌子那邊的燈影裏，把一壺酒不出一聲地喝下去，然後把那銅壺捏得吱吱亂叫，抖動了一陣，一下子瘋了。那瘋了的銅壺扔在地上，像耗子一樣地尖叫。二十多年以後，黑小已經成爲別拉溝淘金礦一個赫赫有名的領班，也用這把銅壺，也是用金子買來一個有身孕的女人，也要錢，仍舊沒有實現他爺爺的願望，帶妻小回山東魚臺老家，置幾十畝地蓋幾間房修葺一下祖宗老墳；每次用銅壺喝酒的時候，那叫聲，就從裏面鑽出來，在他身上耗子一樣鑽來鑽去的。

黑小從地上揀起那把銅壺的時候，發現爸爸葫蘆一樣的腦袋上被帽子勒出很深的一個圈。好像黑小一認識他，他就戴着那頂黑羊皮帽子，而且一年四季都不摘下來。望着腦門上發亮的圈，黑小又有點可憐這個漢子。自從他得了大骨節病，再也不能進山採金了。他現在走路都有點吃累，身子往前傾，好像馬上要倒下去。明年進別拉溝去踩運氣，是連他自己也不相信的鬼話。可第二年他還眞去了，屯子裏很多人勸也勸不住，更奇怪的是媽媽還爲這個把她折騰成連出門的褲子都沒有的混蛋哭得死去活來的。他還戴着那頂黑羊皮帽子，穿着不知哪年鄂族送的鹿皮上衣，背着那個銅壺走的。走的時候，他拄着一根柞木棍子，來到白房子前，把酒館的女老板喊出來，在那裏所有喝酒的人都出來了。「我韓以泰說話算數，喝了你的酒還你金子，一個也少不了你！」他走的時候雪剛化，到處是水的響聲。待到又下雪的時候，他還沒回來。年根，一隊下山來賣皮子賣山貨的鄂族人，送來了他那把銅壺。這次媽媽一顆眼淚也沒掉，白房子的女老板還來家裏勸媽媽：「算啦。我的酒算他白喝了。好歹臨了死得還像條漢子。」黑小不知道他是怎麼死的。沒人跟他說。好像誰也不願意說死的事。來這兒找金子的人都是這樣無聲無息死去的。喝酒的時候說的是怎麼活着，怎麼找到金子。

黑小臨出門，他媽把一條黑得發硬的毛巾圍在他的脖子上。他看見她眼裏的淚，閃着杏黃色的光。那凝固在嘴角的笑容依然像天空的雲霞一樣輝煌。她直直地看着他。他知道她不愛他。她只是需要他。她和那個男人吵架的時候，總說：「等黑小長大了，我就不用你養活了。等着吧。你也等着吧！」她對他卻常常發狠，眼裏冒出狼一樣的綠光：「要是沒有你，我幹嘛活着。那次你得了克山病，封了眼，幾天幾夜水米不進，我還不如就事把你卡死了呢。」他覺得這兒沒有愛。在這片凍土上，人活着不如死痛快。媽媽也偷着喝酒，也要錢，還偷着抽大烟，還偷着鑽進道邊的木棚裏，和那些季節淘金的男人睡覺。她瘦得像一把柴禾棒。她在毀她自己。

外面眞亮。黑小抱着冰涼的銅壺從家裏走出來，一腳踩進白花花的月光裏，發出冰霜一樣沙沙的響聲。屯子外那羣狗還在叫，咬得一陣比一陣緊，發出一圈一圈的白光，像霧一樣在半空裏流動。

他覺得自個好像還在睡着。風像布一樣在他身上纏來裹去。遠處的山是紫色的，近處的樹幹是琥珀色的，樹葉子是藍色的，和夢裏一樣。

白房子離他家有小一里路，老遠就能看見那尖尖的屋頂。白房子的女老板大家都叫她五姑娘，也有人叫她五姨。黑小就叫她五姨。每次黑小到白房子裏，她總是用手摸他的腦袋，還摸他的臉蛋，說話的時候嘴裏有一股香味，那是一種說不出來是什麼草或什麼花的香味，讓他身上癢癢地熱，「我那小子要活着也這麼高了，也這麼結實。」黑小一直記得她是村裏最漂亮的女人。其實是不是眞漂亮他不知道，那些到白房子喝酒的男人這麼說。

路兩旁，每年都搭起木板房子。不知從哪兒來的人，擠在燒得滾熱的大炕上。呼嚕聲雷一樣從屯子這頭響到那頭。四野的大山頂着終年不化的雪，封鎖着屯子。聽老人說，二十年前這裏還是一條野溝。俄國人建白房子的地點，是狍子和鹿出沒的碱場。這裏的草一人多高，第一批淘金的人進來，燒掉這裏的草和灌木，大火着了三天，松鴨、褐鴨和沙鴨像下雹子一樣往火裏掉。又聽老人說，所有進到這條山溝裏的人，沒有一個帶着金子走出去。

黑小又聽到了那羣狗咬，好像不在村外，在山根底下，隔着河。聲音顯得威武雄壯，也使人覺得身上一陣陣顫抖，似乎每時每刻都有一些陌生的東西來到你身旁。

兩邊的木板房子把道擠得很窄。黑小走在路中間，覺得那悠長而節奏輕快的呼嚕聲，向他講述着各種各樣的故事。十多年以後，黑小還記得有一個剛來這裏搭伙淘金的河南人，每天喝完酒躺在炕上唱的那可人的小曲兒：「格楞楞石頭上有一條河，隔河哥望妹呀妹望哥。哥想給妹買塊布，看不下妹呀個的褲子破。妹想給哥唱支歌，害怕呀個黃狗黑狗咬過河……」這歌兒像石縫裏鑽出來，貼在地面上沈沈地低鳴，像有種蒿子一樣苦味，又像針一樣尖尖的，你不願意聽也鑽進耳朵裏不出來。這個河南人長得很俊。他不光會唱曲兒，還會吹喇叭，還會摔跤，還會用草棍編小鳥小人兒。他給黑小編過一隻紅肚皮蟈蟈，和真的一樣。這人就是有點不抗凍，冬天凍了手腳耳朵，整個一個夏天都水汪汪的，像松脂油子一樣掛着。他每日也和那些老淘金的到白房子裏喝酒，但從不多喝，也沒喝醉過，也不賭錢，坐在牆角靠窗的那張破木頭桌子上，像騾馬一樣吃半簸箕炒豆子，用豆子下酒。豆子是一個一個送進嘴裏，要有足够的耐性坐在那兒不動。他坐得住，而且很少和人搭訕，好像有豆子一樣多的心事讓他想。後來黑小發現他雖是背對着櫃臺，卻能從窗玻璃上，把屋裏一切都看得一清二楚。有一天，他突然對黑小說：「佘胖子，小舅子的，早晚有一天我要收拾他！」他說的時候，臉上的肉猛顫，把手指頭掰得咔吧咔吧地響。那張白淨秀氣的臉變得猙獰可怖，耳朵上的松脂油子紅得像琥珀一樣。黑小認識佘胖子，肚子繫一條勒馬用的皮帶，矮一點又窄一點的門都走不進去，是個領班的，不會說話只會罵人，所有打工的都怕他。他聽說這個新來的河南人會摔跤，下工回來，在木板房門口攔住，揉着兩隻爛得發紅的眼睛，要比試比試。這個河南人董順連眼皮也沒擡扭頭就走了。他指着他的後背罵：「你個兔崽子，也就會和娘們兒摔跤吧！我×你祖宗。」自此，佘胖子三天兩頭和董順過不去，三天兩頭找董順借酒錢；董順卻任他去駡，一聲不吭地走開。還有一次在白房子裏，佘胖子把他桌上的豆子一把掃到了地上，還給他一個嘴巴，駡他「把錢藏在屁眼裏了」，「不打是摳不出來的」。他既不還手也不還口，依舊耷拉着腦袋走開了。那些喝酒、要錢的都駡他：「眞他媽沒種！是條狗都不這麼活着。」董順還聽見五姑娘響亮的笑聲。那聲音從珍珠般牙齒間流淌出來，平日像清麗的溪水一樣溫暖着他全身每一個發痠的骨節，今日卻像千萬根針一樣刺在他的後背上。這個河南來的小伙子再也忍受不住了，他幾次在牙牙山溝口草甸裏，給黑小一個人吹嗩吶聽時，突然停下來，用頭一下一下當當地撞着銅嗩吶，說：「佘胖子，小舅子的，早晚有一天我要收拾他！」黑小眼裏像着了火一樣亮起來：「你要怎麼收拾他呢？」他不說。黑小從他吐出來的氣，聞到了一股濃烈的血腥味。那嘴唇上用牙咬出來的紅印變成了烙過一樣的黑色。今年開春不久，有一天下雨，那雨把山裏草甸子裏屯子裏什麼都浸潤得清徹透明。溝裏桃花水下來了，木板房裏的人歇雨工。一早都扎進白房子裏，烏煙瘴氣的。董順還坐在那張桌子上，還是半斤酒，還是一捧豆子。他進來的時候，五姑娘瞥了他一眼，像往日一樣沖他笑了笑。那彩虹般的目光和花開般的微笑，從一開始就神秘地凝在他的心裏，使他淘金的時候一下子又多出一個念想在血液裏奔湧，也使他的嗩吶裏流瀉出來一種溫柔輕快的節奏。一接受這笑，不知爲什麼他就想起在河南老家過年時，媽媽貼在窗戶上的剪花。他要娶這女人。他要攢够了金子，把這女人帶回到河南老家去。他把這心底的秘密只對一個還未長成人的孩子說了。說的時候他心裏酥酥的，身上起了一層鷄皮疙瘩。黑小一直未對任何人說起過，可是那天余胖子死了，董順走了再也不回來了，他才找到五姨，把這話悄聲告訴了她。那天，還不到晌午，董順把半斤酒喝下去，走到櫃臺又要半斤，還要了一盤碎肉。五姑娘笑了一下，給了他一斤，碎肉用的是一個大盤子。這雖然是在櫃臺上的事，而且說話的聲音也不大，可是所有喝酒要錢的人卻都看到都聽到了。余胖子眞了不起，臉像茄子一樣脹起來，大咧咧走到櫃臺前，一把奪下董順手裏的錫酒壺，一手往嘴裏撮着碎肉，翻著兩隻眼睛說：「你他媽也配喝一斤酒！你這個雜種！」他的臉冷酷得可怕，聲音卻渾厚悅耳。喉結咕嚨地動了一下，咽下去塞滿了嘴的碎肉，瞟着屋裏所有的人，端起錫壺來正要喝酒，董順像熊一樣吼起來：「放下，你個小舅子的！你不是要和我摔跤嗎？」余胖子怔住了，所有的人也都怔住了，只有五姑娘不出聲地笑，顯出一種高貴的莊嚴。「走吧，你個小舅子的！」董順又吼了一聲，逕自向門外走去。余胖子一腳把身旁一條木凳子踢翻了，大咧咧地扭着寬濶的身軀說：「我還能怕你個雜種！」他臉上那塊傷疤，變得像狼嘴一樣猙獰。屋裏的人也都隨他一起擁到屋外地的雨地裏，五姑娘立在門口，臉上的笑容顯得更加絢麗。雨點在泥水撲撲地響。董順和佘胖子誰也不看誰就扭在了一起。地上印滿了他倆的腳印裏，湧進去黑色的水。忽然佘胖子尖銳地叫了一聲：「我×你奶奶！」這個因爲力大無比而從不把誰放在眼裏的傢伙，身上的什麼要緊的東西，被董順抓住了。他的叫聲嚇了所有的人一跳，五姑娘卻笑出聲來。在五姑娘銳利的笑聲裏，佘胖子一下子橫過來，從董順的背上甩出去，像個裝滿糧食的麻袋，一動不動在半空裏飛了個圈兒，落到木障子牆根下，把木障子板砸斷了，碎板子蝴蝶一樣飛起來，飄到院子外面的水裏。人們緊張地圍過去，七長八短地呼喊着佘胖子起來再摔。佘胖子身子猛地一縮，抽搐了一陣，肚裏咕地響了一聲，四肢軟軟地攤開了，眼白月牙兒一樣翻出來。這時人們才看清從佘胖子的腦後流出像橡樹汁一樣白的東西，還有紅得像燃燒起來的火一樣的東西。但沒有一個人感到驚奇和不安，反而轉過身來對董順說：「這個狗日的，這麼不經摔！」「腦袋跟鷄蛋一樣。就是長了一副好下水，喝的酒都溺出去了。」那寬容的勁頭好像立卽要讓董順來當他們打頭的。五姑娘還在門框那兒立着，好像院子裏不是死了個人，而是死了鷄死了狗一樣，依然笑得很燦爛。董順兩隻眼睛像刀一樣，在四周圍人的臉上劃了一圈，然後從腰帶上解下一個紅布包，摺在佘胖子的身上，頭也不回地走出了院子。從此，他再也沒有回來，而且誰也不知他去那兒了。

後來，黑小找上五姨，把董順跟他說的話告訴了她。那是董順走了半年多的一天早晨，屯子裏下了一尺多深的大雪，把小麥、蘿蔔、大頭菜，還有剛紅臉的洋柿子都埋進了雪裏。炊烟、狗、馬、人都像從雪底下走出來。黑小因爲他爸昨夜裏要錢沒回來，媽媽也早早地串門幹那個事去了。他一個人輕輕快快走出來，感到世界大了許多乾淨了許多也冰冷了許多。他從白房子後門進去，後門的兩條大黑狗比狼還厲害，因爲他來熟了，好像沒看見，一直走到厨房裏。五姨正在煮肉。灶裏的火通紅。木柈子在火裏吱吱地叫。好聞的肉味，像有人在胳肢黑小的癢癢肉。這女人動作痳利地用通條把鍋裏的一塊塊肉挑到盆裏。肉像活了一樣在潑潑地顫動。她會做醬鷄醬鴨醬肘子。人長得豐腴而充足，像一棵鮮嫩茂盛的樺樹。自打佔下俄國人留下的房子，開了酒館又設了賭局，男人們在家都坐不住了，心裏像着了火一樣，惹得全屯的女人都恨她。黑小卻對她有特殊的好感。每次來打酒不是多給他酒就是給他一塊肉吃，還有時不收他的酒錢，讓他留着自己花。但黑小也有時怕她。。那是白房子只有他一個人來打酒的時候，那女人直愣愣地看着他，眼珠魚眼一樣向外凸着，裏面好像流出來冰凌一樣發亮的東西。她不收他的錢也不給他打酒，緩緩地從櫃臺裏走出來。那樣地看着他。走到他跟前，猛地拉住他的兩隻手，放在胸口那兒說：「啊，我的小柱子！小柱子……」黑小嚇慌了急忙把手抽回來叫着：「我不是小柱子！」那女人的眼珠才慢慢地收回去，身子軟軟地扶着櫃臺往回走着說，「我的小柱子活着也這麼大了。」又猛丁回過頭來，「你別跟別人說。這世上沒有好人。男人沒一個好的。我恨他們。」黑小一直不明白她爲什麼這樣，又爲什麼開這種酒館裏在男人堆裏。屯子的女人都駡她是個吃人的野物。每天她伺候這些男人喝酒要錢的時候，好像有一種魔法一樣，不把他們帶在身上的錢花個淨光盡，誰也別想走出白房子，卻又從不讓任何男人在她身上摸一下。黑小這次走進屋裏又看見那扇雕花的橡木門。那門一年四季總關着，沒有一個人走進過那門裏。他看見門鎖的大銅鑰匙就拴在那女人的腰帶上。她彎腰從熱氣騰騰的鍋裏往外穿肉的時候，那亮東西露出來，發出叮叮的響聲。當黑小很小心地把董順的話告訴這女人以後，她兩眼又那樣直愣愣地看着他，手裏的鐵鏟子滑到地上。「孩子，你怎麼知道男人是什麼樣的！」那女人驚叫一聲，眼淚泉水一樣流下來，把黑小抱在懷裏說：「男人要我的時候都這麼說，可我要男人的時候，他們在哪兒呢？他們在哪兒呢！這些畜生，是他們把我毀了。我要等他回來。」她打開了那扇橡木門，趔趔趄趄地走進去，像死屍一樣倒在了炕上。這屋裏什麼都沒有，四壁空空的。黑小剛走進去就把腳撤了回來。他看見炕下面躺着一隻狼。好久他才看清那是一隻死狼，已經乾了。狼身上到處是傷口，血是黑色的乾在毛上。他不知道這女人爲什麼要把一隻死狼放在屋裏，也不知道她在等什麼人。那天回去以後，黑小大病了一場，發高燒說胡話，喊：「狼」，但他沒跟任何人說過他看見的那條死狼。也正是病了那一場以後，他聽見了屯子外那羣狗叫，向着那黑小從沒去過的大山裏沒日沒夜地咬。他把這狗叫聲告訴他爸爸。這個只知道喝酒要錢的傢伙有些火了：「在哪兒？你說的那羣狗在哪兒？」他說就在河那邊。他聽了一陣沒聽到，就帶着這個「雜種」到河邊去看，也沒看到。黑小還堅持地說：「就在那片林子裏，我都看見狗身上的亮光了。」他爸爸在他脖子上猛地打下去，差點把他打進河裏，一面罵着一面往回走：「你這雜種，一定是讓狗咬住你襠裏的玩藝兒了。」

黑小想，總是那女人身上的什麼東西使他聽到這狗咬的。那女人屋裏的死狼總也讓他忘不了。直到那女人有一天從屯子裏走了以後，也像董順一樣再也沒回來，回到這個出產金子的地方。黑小已經長成松樹一樣的漢子了，他才知道那女人和狼的事。這一切早在他出生以前就開始了，不知多少人爲了得到金子還有別的在這片荒野的山林裏穿來穿去。那林子在他眼前開闊起來，又在他身後閉合了。又彷彿這一切是他早已經歷過的。

他覺得這事情裏有一股野牲口的氣味兒，還散發着藍幽幽星星一般的光彩。他已經記不清什麼人跟他說的了。好像都是從別拉溝金礦那邊回來的人說的。那女人住在別拉溝上頭烏力欽河下游那個廢了的金礦留下來的木刻楞裏。後來，他們都走了。因爲在這裏再也找不到金子了。他們已經在這白白扔掉了兩年的時間，混得連酒都喝不上了。這個女人帶着一個孩子跟着這羣男人，因爲他們答應把她帶出山去。但最後留下來的一個男人也走了。他是夜裏偷偷地拋下女人和孩子走的。白天從烏力欽河上游下來的幾個鄂倫春獵人說，烏力欽河要鬧水，連野牲口都逃了。「人說什麼也沒有水跑得快。」一個上年紀的獵人說，「你們有槍嗎？沒槍在山裏還不如一棵草。就是現在走也過不了塔拉干那片野林子了。」他就是聽了這話走的，那女人想。他一個人準能逃出去，可她和她的孩子往哪走呢？半夜裏她伸手一摸炕頭空了，出了一身冷汗。冷得上牙咬不住下牙。白天的時候，那男人還跟她說，我要是到別拉溝踩着運氣，有了金子，就帶你們娘倆回關裏去。不回老家，在保定城裏買幾間房子做買賣。他說這些話的時候，眼睛是紅的，臉上像灶火一樣發亮。「你眞是這麼想的嗎？」那女人問。他用金子一樣發黃的唾沫舔了舔乾裂的嘴唇說：「就是現在我帶不出你們去，大雪封山以前，我也要接你們出去。」那女人白天已經預感到這個溫熱過她的男人要扔下她自己走，可沒想到竟走得這麼快。這好像又是她早料到的。天一亮她又平靜地生活下去，雖然已經沒有一點糧食了，但她在自己身上聞到了野牲口才有的氣味，知道怎麼來塡飽肚子。山水下來了，但沒捲走她的木刻楞。小柱子像獸一樣在林子裏奔跑。她每天在木刻楞裏升起炊烟。當那些走了的男人已經把她忘記了，這裏下了大雪。第二場雪把木刻楞壓塌了。房頂上所有的木頭都向一邊傾倒，她和小柱了睡的炕上卻一點也沒碰着。「這雪攆咱們走了。要不咱們得凍死在山裏。」這好像也是她預料中的，和她做過的幾次噩夢一樣。她收拾好東西和小柱子一起剛要從破碎了的窗洞裏爬出來，雪地裏來了兩個人。她老遠就看白晃晃的雪裏，來的兩個人牽着兩匹馬。現下她又有了預感，這兩個跋涉了很長的路的男人是爲她而來的。林子裏灰濛濛的。她看見一個連毛鬍子的男人。眼睛像燈籠一樣。她從那兩個人身上同樣聞到了野牲口的氣味。他們走到了那倒塌的木刻楞前面，向四處張望了好一陣，說：「這是你的崽子嗎？」這個連毛鬍子像挑選馬匹一樣在她周圍轉了一個圈，腳上那新牛皮靴子使雪發出脆弱的響聲。「那就把他也帶上吧。」他們牽過來馬，推着她去抓馬鞍子。「你們要帶我們去哪兒？」她甩開連毛鬍子油乎乎一路上抓肉吃的手。「去一個讓你享福的地方。你的男人等着用錢花，二十四個金兒把你賣給我們了。」「我不去那兒！這個畜生就是這麼來接我！」

她想逃走，兩個人的手像捉住一隻鷄一樣使她一動不能動。那個連毛鬍子說：「女人在山裏能幹什麼！要不是有人見過你，說你身上還有水氣，我們才不會出這麼大價錢，跑這麼遠的路來找你呢。」他們上了馬，兩個人一匹馬在雪上走起來，一顛一顛的，她肩膀剛才被抓傷的地方往外沁血，痛得火燒一樣。那孩子還是毫無畏懼也毫無自卑地像獸一樣兩眼在林子裏閃來閃去的。如同死過一次的孤寂和荒凉，使這個女子的心漸漸平靜下來。不知在什麼地方，一隻啄木鳥，在已經空洞了的朽樹上敲擊着。林子裏只有這麼一個聲音。那聲音使她已經平靜下來的心，也變得空洞了。連毛鬍子的手伸進她的懷裏亂摸，她覺得好像是在摸別人的身上一樣。她又聞到了那野牲口的氣味，是在自己的身上。那氣味讓她全身都熱起來，每一個骨節都發脹。他們的馬天黑下來也沒停，轉過一個山口，沿着河邊的樹行子繼續往前走。那兒雪已經停了，月亮像碎了一樣灑在雪上，到處是銀鈴一樣好聽的響聲。「得下來喝點酒，腳都凍在靴子裏了。」那個連毛鬍子從馬上跳下來，向樹下面的一個完全讓雨水銹黑了的馬架子走去。這時，那女人才看見連毛鬍子挎在後腰帶上的槍，挺長的槍管上在風裏傳來一陣模糊不清的嗚嗚聲。「你們也下來。」連毛鬍子從馬架子走出來，去砍乾樹枝，一會兒的功夫在馬架子裏點起了火。那火像鮮血一樣在馬架子四周的雪上流淌。那兩個男人看她的眼光幽暗而陰險，就像一排烏亮的槍口一樣。小柱子一點也不畏懼地吃着火上烤的肉，喝着罐子的酒，蜷縮在一堆草裏很快就睡過去了，嘴裏發出鹿哨一樣的鼾聲。那兩個男人隔着火像離她很遠。兩張臉在黑暗的深處，像兩盞燈籠一樣地飄動着。她突然聽不到他們說話了，就像聽不到他們喝酒嚼肉的聲音一樣突然。那種野牲口的氣味像從要熄滅了的火堆裏冒出來的，變得焦糊了，使她感到一陣陣噁心。最後幾根樹枝尖叫了兩聲滅了，馬架子裏一團漆黑，那黑得如同石塊一樣的東西壓在了她的身上。她吐了，是因爲噴到她臉上帶着烟臭的酒味，還有淌在她臉上狗尿一樣腥膻的哈拉子。她掙扎了一陣，渾身像散架一樣坍塌了。後來，不知過了多久，她又聽到了啄木鳥的敲擊聲。那空洞的朽樹上彷彿有一種靈氣。她慢慢地從那兩個睡得像死過去了的男人身旁爬起來。連她自己也驚奇她的勇氣和力量，拖起小柱子，上了馬，甚至來不及想清楚該往哪兒逃就逃走了。她們騎在一匹馬上，將另一匹馬拴在坐騎的肚帶上。大半由於她們的騎法不對，或聲音不對，兩匹馬都像瘋了一樣跑。在空蕩蕩的夜色中，她聽到了身後一聲連一聲的槍響。那響聲很脆，好像一把銳利的刀子把濃厚的黑夜劃了一道道口子，但很快又閉合上了。馬忽然停住，像是撞到了樹枝上，她掉了下來，小柱子掉在離她一丈多遠的地方。誰都不能動，馬把她們的骨頭都顚酥了。這時天已經放亮，四周的樹密得像在苞米地裏一樣。她認爲這就是塔拉干，連鬼都會轉向的野林子。但她有一種預感，她們母子倆逃出來了。那個連毛鬍子絕不會追上她們了。小柱子的胳膊摔傷了，包上，她拉着他走。這孩子從生下來就沒說過幾句話，也許他不知道媽媽把他帶到這樣一個世界上來應該說什麼。他兩隻眼睛還一樣很生動很旺盛地在黑色樹幹中間找來找去的，像個覓食的小獸一樣，一點也不畏懼這片幽暗陰險的林子，要是有枝槍就更不怕了，她又想，有了就怕背不動了。她覺得兩條腿裏面被馬背又顚又磨得像烙傷了一樣。小柱子走不動了，她背着走。她背不動，歇一口氣，又怕把這口氣歇涼了，找火烤，看見那棵樹底下都是人，凍死在林子，她拉起要睡過去的小柱子又走。她一直不敢放鬆走下去的勇氣。當她又聽見啄木鳥敲擊空洞的朽木的時候，走出了林子，如同走到另一個世界裏一樣。雪在她的眼中變成綠色的。風送來一陣陣草籽熟了的甜香。她看見了一片一片的山杜柿，紅得像火一樣在坡崗上飄起來。剛才在林子都停住了的聲音，隨着啄木鳥的敲擊聲一下子又喧騰起來了。她栽倒在雪裏。小柱子也摔倒一樣坐在了她的身旁。她倆眼睛都亮着，卻沒有氣力說話，也沒有氣力爬起來再往前走了。她彷彿第一次這麼仔細地看她的孩子，又看得這麼清楚。她聽到了小柱子的心跳聲，還聽到小柱子臉上的絨毛在風中錚錚的響聲。以後在她生活下去的幾十年裏，這響聲一直跟隨着她，就像那氣味一樣，不是她聽到的，而是在她身上，從她身體裏發出來的。她想到了和她生這個孩子的男人，在那個地舖上，只住了一夜就走了，留下幾個空酒瓶子，也說回來，可她等了很久又找了很久，問到的人都回答不認識他。「他是誰？不知道這個人。下溜子礦裏只有一個姓田的，已經六十多歲，耳朵都聾了。」可她還去找，好像她不是去找人，是找對那個男人的仇恨。她就這麼簡單又那麼執着。又遇到一個又一個男人，小柱子已經長大了，但仇恨並沒有完全控制住她在預感到這一切之前的預感。她突然被自己嚇得一抖，這時，她聽到從背後傳來窸窸窣窣的聲音，也聞到那種早已熟悉了的氣味。她回頭看見了狼。一大羣狼，好像把身子都隱沒在雪裏，只有兩隻短耳朶和刀尖一樣的眼睛。那長長的嘴噴着熱氣，有腥膻味的熱氣，黏乎乎地撲在她的身上。她拖起小柱子就跑，像飛起來一樣捲起一片雪霧。這時整個雪野裏刮起了大風，是狼羣攪起來的風，把她摧倒了。她看見一隻跑在前頭的狼從她身上竄過去，又掉頭撲在她身上。就這一瞬間她發現小柱子從她手裏滑掉了。她好像一下子失去控制，孤零零地迷失在一種強大的震驚和憤怒之中。她推開了那隻撲上來的狼，好像掀開蓋在身上的被子一樣，三步兩步攆上去抓住了正在追逐小柱子一隻灰狼的尾巴。那狼回過頭來咬住她的肩膀。並不覺得疼，熱的，使她全身都熱起來。她和那隻狼抱在了一起，在雪上扭打着，滾來滾去。狼像餓極了一樣，她也像餓極了一樣咬着狼。她第一次和狼這麼親近，看到狼身上那凸凸凹凹一片片梢兒發白管狀的灰色，那流着黃色黏液的鼻子和綠得比寶石還生動明亮的眼睛。就在她又一次被狼推翻在雪上，倒下的時候，她看見在林子邊上走過三個男人，都背着槍，能聽着酒壺和槍把撞擊的響聲。「救命啊——救命啊——」她大叫起來，把手伸出去搖着。那狼好像被喊震驚了，立住不動，但也不放開她。她看出那三個男人聽到她的喊聲也看見她在搖手了，但他們還繼續走他們的路。有個傢伙和她最後的男人一樣也是個白鏡子臉，也帶一頂黑色的狗皮帽子，把槍換了個肩，搓了搓手，電光雷火一樣長長地盯了她一眼，一直走到那兩個人的前頭去了。他們走進了林子，好像什麼也沒看見也沒聽見一樣，悄然沒入了林子的深處。雜種！她心裏駡了一聲，猛地抱着了狼的脖子，像狼一樣張開嘴，咬住了狼的喉管，血像泉水一樣噴出來，有一種碱一樣苦澀味。她不知過了多久，狼死在她身上。可小柱子不見了，除了滿地狼的腳印，那孩子什麼也沒留下。她喊呀找呀，直到天黑下來也沒找到。她預感到那孩子再也不會回來了。印滿了血迹和腳印的雪野上刮着空空蕩蕩的風，只有她和那隻已經硬了的狼……。

「我恨這世上的男人。」黑小還不知這女人和狼的事，卻像烙印在心裏一樣記住了這女人的話，還記得五姨說這話時眼裏發出和夜間狼眼一樣的綠光。但他並不理解五姨爲什麼這麼說，那時他還小，甚至因爲見到了那隻死狼他有些害怕這個女人，不願意到白房子來。

他肯定是走迷路了。每次打酒到白房子來用不了這麼長時間，也用不着鑽過一片黑壓壓的松樹林，風也沒這麼暖和，沒有新鮮水草的氣味，更不會看見一羣一羣動人的螢火蟲。可他擡頭能看見白房子的尖頂，似乎還能看見天窗上暖黃色的燈光和從裏飄出的銀灰色的水汽，心裏又亮開了。突然他在濕乎乎的路上發現一行彎彎曲曲的腳印，又發現他一直跟這行腳印走。那腳印窩裏汪着水，亮閃閃的，不知要把他引向那裏。

當他從迷路中清醒過來，他已經在白房子的木障子牆外站了好久了。是一個寬大而又彎下去的脊背擋住他，使他沒能走進院子。木障子院裏站滿了人。好半天，黑小才辨清那臉；也是好久他才認出擋在他前面的人是他爸爸。

「你怎麼來了？」黑小聲音很弱。

「雜種！再也別想喝酒了！」爸爸惡狠狠地瞪着黑小，「她走了。誰也沒看出來她是個這麼心硬的娘們兒。」

爸爸又轉過身，臉上一個尊崇的莊嚴望着白房子，彷彿那是一塊使他感到震憾的碑石。

這時在人縫間，黑小看見一個人蹲在院地裏，那臉那麼熟悉，好像他認識他，很早以前就認識他。

他就是那女人最後的男人。後來，黑小爸爸離開白房子連家也沒回就去別拉溝了，臨走之前告訴他，那男人找到他家，是他把他領到白房子來的。

「我知道你在這兒我才找來的。」那男人一見到那女人就這麼說。

「我知道你會找來才等着你，等你五年了。」那女人從櫃臺裏走出來，手裏攢着一把刀。

屋裏所有喝酒要錢的人都驚呆住了。

「還我兒子！不還我兒子我就殺了你！」那女人衝過去，撞翻了兩條凳子，一張桌子。

「我是倒霉了！大砬子溝鬧水把礦場沖了，才找你來的。」那男人躲到了另一張桌子的後面。

「找我要錢嗎？」那女人大笑起來，震得整個白房子都瑟瑟地顫。「我有的是金子！你去看吧，都在屋裏的狼肚子裏呢。有的是金子！」

她一刀劈過來，那男人不慌不忙地閃開了，又一刀，所有的男人都眼睜睜地看見刺進那男人的肋下，他晃了一下，張大了嘴，身子一縮，軟軟地倒在地上。

那女人一直看着他倒下，繞過櫃臺走進厨房裏去了。

那男人把刀拔出來，用手捂着傷口，晃晃地也走進厨房裏，眼睜睜地看着那女人從後障子門走了。

黑小看見，木障子外面濕漉漉的土地上，留下一行彎彎曲曲的腳印。腳印窩裏汪着水，亮的。

東西南北

古道

怎麼勸也勸不住，這幾輛架子車還是走了。

走就走吧，屎蟲！常六老漢站也沒站起來，棉簾子一樣耷拉着兩扇眼皮。他知道說也是白說。賣棉花來還穿着鋥光的皮鞋小腿子褲。過馮家灣集鎮的那會兒，瞧他媽那一對一對剛開世界的眼珠子，賊咕碌碌地滿街轉，給那些大姑娘小媳婦搜身，哪像賣棉花的呀！

屎蟲們從幾百輛裝滿棉花的架子車擠窄了的石子路上走了。車軸吱兒吱兒貓咬一樣地尖叫，蕩起一股浩浩蕩蕩的塵煙。那軸上早就要油了，常六心說，都是新車，遭禍吧。我又不是他們的爹。他認識他們的爹，都是老實得跟地裏的莊稼一樣的莊稼人。

那時天還沒黑。陽光薄薄地鋪在留下來人的臉上，黃裱紙一樣可以揭下來。早已掉光葉子的甜楊樹上響着風，一縷縷的，好像把什麼撕開了，散放出從黃河裏下來的水腥味。黃河這幾年又高上去許多。大堤築得像城牆一樣。流水的響動也好像是從天上下來。他離不開這條河又恨這條河。常六每聽到河裏的水響，肚裏的腸子就攪起來翻騰。他爺爺在河南邊留下來九畝地，還沒傳到他手上就滾進了河裏。他母親爲這在河邊上哭得死去活來的。可話又說回來，要是多了這九畝地，他家土改時就得劃成上中農。上中農離地主富農就不遠了。這三十年不要說直起腰說話不硬氣，那罪孽再結實的身子骨也讓他熬不過來。應該說他得這條河的濟了。可他老閨女就在那年修堤的時候，塌方傷了腿，至今癱在炕上嫁不出去。但他應該感激的是，他就在河邊的窪地裏種出了好棉花，一株至少七個桃，絲絲半尺多長，銀打的一樣，吹一口氣發出錚錚的琴弦一樣響聲。

留下來的人誰也沒動，鳥一樣縮着身子，用眼睛一程一程送遠了那幾輛越來越小的架子車。車輪聲和腳步聲更遠，像是在天邊上。這些人也和常六一樣從心底蔑視嘲笑那幾個穿皮鞋的。兔崽子，就你們幾個活得在意，身子骨嬌嫩！夜裏受點風涼，腦袋瓜子有點熱，也算是病！哪個不是一宿一宿地貓在車底下，就身上裏的那點衣裳，空着肚子抗着！十二天都等過去了，再多等幾天就等不了啦！——這些人還要等。雖然他們誰也說不上來收購站哪天能開門，但他們絕不把拉來的棉花再拉回家。不過，這些人在茫茫一片的蔑視嘲笑的背後，潛藏着更深刻更猛烈的矜持的嫉妒。那幾個穿皮鞋的臨走的時候說，他們「回家扔下架子車，就騎自行車去大成府集上販大葱。」——兎崽子，我們也有大葱。但他們不摸行情，不去冒險。他們怕棉花賣不了大葱也賺不着錢，白搭了功夫和腳力。他們都是精細了一輩子的莊稼人，故此生這幾個穿皮鞋的氣，也生自己的氣。兎崽子，就你們的大葱長得機靈，多長了個心眼兒！

淡下去的目光悠悠地收回來，盯着那塊一下子顯得空了許多的地方。地上扔着幾塊塑料布，一片破席頭和他們做飯燒水用的灶炕。樹上的風溜下來，把塑料布和破席頭打得沙沙響，好像在磨什麼，磨得這些人身上起了一層鷄皮疙瘩。

只有常六還衝着那條伸到天邊上的路站着。傴僂着腰，下巴頦向前探，兩隻眼裏有什麼東西漸漸地熄滅了。這是一條古道。道兩旁幾十里的莊稼人祖祖輩輩的命運都和這條道連着。要不是因爲這條道，他不會跑一百五十多里路到玉縣這個收購站來賣棉花。有這條道太便利了。他沒用兩天就到了這兒。要不是他們縣裏的收購站貼出告示說，庫裏已滿，又運不及，不收棉花了，他也不會跑到玉縣來。再說他有三個兒子，都頂門立戶了，就是跑玉縣也用不着他；可他怕兒子賣不上等級，非要親自來不可，要不哪能在這兒受這份罪呢。玉縣也有半個多月不收花了，也是庫已滿又運不及，而他只帶了五天的乾糧，這些天都是靠豆腐腦頂着。昨天盤纏又花乾了，豆腐腦也吃不上。肚子使他覺察到事情的嚴重性——就是現下回去也不好回去了。學那幾個屎蟲？而他從不思量爲什麼來賣棉花會鬧到這地步！不是政府要棉花嗎，還要出口換機器嗎，咋會收不下又運不及了呢？他從不這樣去想事，也從未產生這樣那樣疑問的念頭。那不是他的事。是政府的事。他常對自己這樣說，「政府的事用得着你來管麼？你難道比政府還高明！」而且他時時爲自己的這種解釋法感到自豪和驕傲。因爲他心裏的很多疙瘩都是這麼化解了的。像那年「割資本主義尾巴」，社員戶一口猪也不准許養了，隊上那幾欄猪又瘦得比貓大不了多少。有人就問：「咱們養猪也不是爲了宰了吃肉，那些城裏人也不吃猪肉了嗎？」常六就說：「那是政府的事，用得着你管麼？一定是前幾年城裏猪肉存得太多了，再不緊着吃就臭啦。」他還說，過年的時候，他二小子從縣城裏割回來的肉就有點耗子身上的味。一家人吃了都拉稀。老老少少都懷疑這肉是病猪身上的，他不懷疑。他說，「這是倉庫裏的肉，擱的時間長了鬧的。」因此他堅決阻止二小子到縣城去找那個賣肉的商店要治全家拉肚子的藥錢。他說：「那商店是政府開的，能賣病猪肉麼！人家城裏人不嫌有味，咱們莊戶人還能講究？我早就說過，城裏猪肉吃不了，在倉庫擱了好幾年了，能不有點味麼！不是肉多了，幹嗎割尾巴不讓咱們養猪。猪多了，吃不了，能眼看着讓國家受損失嗎！這事政府早想在了前頭。到時候該讓養了自然讓你養，還得給你獎勵糧呢。」事實果不出常六所料，沒幾年又鼓勵社員養猪了，他也越發爲自己的這種想法感到得意。也正因爲他把國家和個人的事聯在一起想得透徹，他心裏永遠是寬敞亮堂的。這次在玉縣的收購站外面等了十幾天，雖然連確準日期也沒有，但他沒一句怨言，還能保持着幾十年來養成的矜持的自尊。他常常用非常贊賞的眼光，遠遠地望着收購站石頭牆院裏一座一座小山一樣的棉花囤雄偉的身影。他一輩子都沒看到過這麼多棉花。「眞了不起！」他說這話的時候，身子很自然地往上挺了挺，那口氣彷彿不是在說棉花囤，而是在說他自己。他就是那棉花囤。

天黑下來的時候，那塊空下來的地方早已被架子車擠滿了。還有不知從哪個縣哪個村來的十幾輛架子車又在後面排上隊。他們大聲吵嚷着，好像打架一樣。不用耳朵去聽，也知道他們在議論站上什麼時候收花，這些車都等多少天了。望着這麼多人，這麼多車，擠擠攘攘的，常六的心裏卻油然產生一種異常充實異常舒服的感覺。這感覺已經好多年沒有了。還是那年大軍過河，挺進中原，他參加了支前的架子車隊，在河邊上等渡船的時候，望着河面上火龍一樣的船隊，心裏這麼充實這麼舒服過。那時他還年輕，才二十八歲。跟着大軍走了五百多里，回村就當了農會委員。土改時不僅人前人後幫助政府做事，而且還分了一筆浮財。可心的是那面大鏡子，鑲着銅邊，發出金子一樣的光輝。他總以爲，政府給他的比他想得到的多。雖然，他只跑過二個多月的架子車隊，只當過九個月的農會委員，但他把自己確定無疑地看作是革過命的人了。革命給他帶來的自我榮耀感三十多年都沒用完。每逢遇到開會的時候或者外面來人，不管問起土改時的事，還是向他打聽道兒要碗水喝，他都要向人家講這段歷史，並說明那時並沒有人樂意去，連他才去了三個。他說這些話的時候，眼睛並不盯着對方的臉，而是越過對方的頭頂，望着遠處的什麼地方，一句一頓，喉嚨裏發出咕嚕咕嚕的響聲，有一種讓人不能質疑的威懾力量。但是仍然有人拉下臉來好奇地問他：「嗨，我說你，這麼多年怎麼沒入黨，也沒當幹部啊？」他臉一下子變得蠟黃，眼睛鼓成兩個核桃，撕扯別人胸膛一樣吼起來：「我要是想入黨，想當幹部，我早就入上當上了！」吼過之後，他也覺得話說得過了頭，好像對不住誰，低着頭緘默不語，然後用鼻子發狠哼上一下，走開了。他一面走一面對自己說：「我是怕幹不好才沒動這個念頭的。入進去，白吃飯，不是累贅了組織了嗎！我怎麼能讓組織上爲」我受影響呢。」這種想法，和他常爲政府着想一樣而感到驕傲，況且村子的人沒有一個像他這麼清楚這麼明白想這些事的。雖然爲他這種種想法，常常和三個兒子發生爭吵，但他心裏永遠是平靜的。這種平靜正是來源於他腦瓜子裏從來沒有產生過非份的念頭。

不斷有汽車從道路中央扭扭歪歪的擠過去，喇叭叫得像死了人出殯一樣。又不斷地發生爭吵和叫罵，那些架子車和賣棉花的人被埋在紫色的汽油煙和混混沌沌的土霧裏。從土霧裏看那矗立着一個個棉花囤的收購站，好像離他們很遠，死氣沈沈跟一座廟宇一樣，那石牆裏面已經亮起來的黃色燈光，如同精靈一樣環繞着廟宇旋轉。這感覺使常六覺得很神秘，心裏突突地直跳。咬開酒瓶子上面玉米骨頭塞兒喝酒的時候，還想着他在那些棉花囤中間看到的一大塊空地。白天他就看到那塊空地了，早就看到了。所有賣棉花的都能越過那石頭牆看見那塊好大的空地裏。那裏還可以起幾個棉花囤。他們這些人的棉花都可以交出去，一天也不用等。他看見，稱棉花的大磅就放在空地上，有幾輛架子車從後院的小門推進去，圍着那臺磅秤在賣棉花。他不認識那些賣棉花的人，可他認識那個看秤的，站長，老杜頭，杜長海。

那傢伙敞着外衣，裏面是雪白的小褂。他當莊戶人時冬天都是空心棉襖，手老在懷裏摸摸索索的。眼下卻意氣昂然地挺著斗一樣的腦袋，額角上一個硬鼓鼓的肉瘤閃閃發光。

大概是下肚的幾口酒起了作用，常六走到收購站的石頭牆旁。他找了一個離那臺磅秤很近的地方，隔着牆頭向裏面張望。牆頭很矮。才到他上衣的第二個扣子。他不僅能聽見他們的說話聲，還能聞到從老杜頭厚厚嘴唇裏噴出來的酒味。「說不收棉花，咋收他們幾個的！」他忍不住問了一句。

不知他聲音小，還是裏面的人裝沒聽見或者不願搭理他，依然一頭過磅，一頭扯直了脖子爭論着不知是誰家女人：「穿着一條男人的褲子！」「大黑夜的你咋看得出來！」他們一塊吱吱呀呀地亂叫又嘻嘻哈哈地大笑起來。

「我說，」這回常六提高了嗓門，還用手拍着牆上的石頭，「我說你們，不是說不收棉花了嗎，咋又收他們幾個的！」

「這不關你的事！等你當了縣長我再告訴你！」說話的是年輕人，還沒他三兒子大，也穿着那路牛腿子褲，還像女人一樣燙着鬈花兒頭。

「×你的娘的！這些都是你親娘舅！」常六心裏駡了一句，把腳下那塊石頭蹬翻了，從土牆像滑行的鳥兒一樣落下來了。

就在他好像被石牆彈開了一刹那，他看見老杜頭轉過臉來。四隻眼睛並沒有相撞，倏地一下滑過去了。那張有一個硬硬的肉瘤子的臉上毫無表情，乾燥、冰冷得像一塊河溝裏的石頭一樣。這石頭在常六的心上尖銳地劃開了一道口子，使他一面往回走，一面牛一樣地歪着腦袋，脖子上的青筋鷄爪子一樣暴跳起來，發出蹦蹦的響聲。那條因爲馬車翻進溝裏砸傷的腿瘸得更厲害了。「雜種，你也成了好樣的了！」他自己不知道他已經駡出聲來，嗓音都變了，嘶啞得像鴨叫一樣，惹得那些擁擠在架子車旁的眼睛驚奇地看着他。

這些年來，他除了恨自己還不知道該恨什麼。可就這麼幾天，他已經恨上那張毫無表情的臉了。老杜頭每天晚上幾乎可擦過他的身子，從這路上到鎮上去。看見常六也好像沒看見一樣。他們頭一次碰面，常六很想表示一點熱情。倒不是要拉關係，因爲他們從小就認識。杜長海是常六姥家那個村的。他爹開個小舖面賣針頭線腦糖豆肥皂，一大家子人。常六常到小舖買東西。那時他正蹲在車板子底下，見杜長海走過來，心裏一熱站了出來。人們都諂媚着和杜長海拉話：「您回家呀！」「咋走着，不騎自行車呢？」杜長海愛理不理地點點頭應酬着，彷彿有什麼心事，兩個眼角勾勾着往下墜。眼看走到常六跟前，常六上前一步：「我說，嗨，長……長……」杜長海不但沒接茬，反倒扭頭往回走了，給他一個後背。還有幾次，也是這樣錯過去了。常六洩氣了，懷疑自己是不是衰老得讓人家認不出來了。還有一次，他們眞眞地面對面，常六還叫了他一聲，他也站下了，一愣，只是說了句：「你不是我們縣的吧！等着吧，庫裏的棉花運不出去我也沒辦法。大家都等着吧。」連衝常六笑一下都沒有就走了，常六能不罵嗎：「雜種！你要不是挨了你爹一頓打，你能混成這副人樣麼！」

常六清楚地記得這個黑黑的細高的小伙子在姥家村裏是怎樣一個名聲。那年，杜長海也就二十三四歲，在收棉花的時候，他爹讓他去幫助他的一個寡婦嬸子去收棉花，在地裏他把他年輕的嬸子按倒在地壠裏了。「混蛋呀！你咋會對我幹這混蛋的事呢！我要告訴你爹去……」他一把封住他嬸子的嘴：「你要是告訴我爹，我就勒死你。在你身上綁上石頭，扔到村北大窪子的水裏。你要是不說，我從我爹的小舖裏每天給你偷點東西來，還給你偷錢花。」但是他的寡婦嬸子還是告訴了他爹，而且聲言要在他家屋裏上吊。他爹是炮捻子脾氣，當晚叫上他的兩個哥哥和母親，在八里外常六他們村外的一個麥場的窩棚裏找到了他。他喝得醉醺醺的，正睡得香甜，被他爹一腳踢醒，和他兩個哥哥一頓暴打，他的母親在一旁叫罵。把整個村子裏的人都驚動了，都跑來看。當長海渾身泥血，躺在地上一動不動的時候，他爹才歇了手，對圍觀的人吼起來：「看什麼看，死了人了有什麼看的！你們給出殯吧！」人們散開了。他爹和他的兩個哥哥在人縫中像氣宇軒昂的勇士一樣走了。他的母親沒走，看着他喘過氣來，像發現了什麼奇蹟似的說：「長海沒死。」求人幫她套了一輛馬車送回家去，藏在了廂房裏。第三天他跑了，參軍了，抗美援朝去了。「雜種！要不這頓打，要不是去朝鮮打了幾天仗，他能混出個人模樣來麼！他家生活那麼好過，他這種人咋會去參軍呢。要去應該是我去，可我剛娶了媳婦，」常六心裏說，「我和他差就差那一頓打。要不我也吃官飯了，犯不着看他的臉色！」

肚裏有氣，常六沒話也不覺得餓了。他看了看天。天上已經上雲了，一堆一堆像草垛一樣。把架子車苫棉花的塑料布拉平塞嚴實了，抱着兩個肩膀猫進了車板子底下。他這時的臉色要多難看有多難看，好像拉了十二天痢疾，眼窩坑一齊塌下去，眼泡水嘟嘟的鼓出來。只是沒有光，誰也看不見。他嘴裏好像嚼着一根很硬的好像是活着的東西，牙齒發出咯吱咯吱的響聲。但他很快就平靜下來了。他身上像不斷地造血一樣，有一種自己平靜自己的自我調節能力。「雜種！讓他神氣去吧！政府會有一天不用他。小屯的李大耳朵不是回家種地了麼。他在鄉裏當供銷社主任那陣多神氣，狂得他連肥肉都不吃，怕得高血壓；攤鷄蛋也不樂意吃了，說吃出鷄屎味來。他也不想想，政府能要這樣的工作人嗎！回家種地了，倒是想着天天有肥肉鷄蛋吃呢！高血壓是富貴病，你想得還得不上呢！……」

他不情願地打了一個嗝。一股酒味從發熱的胃裏反上來，使他聞到漸漸涼起來的風裏都是這種朽爛了的酒味。

古道上倏地一下靜下來了，四野裏因爲沒有月亮，顯得更加空闊更加黑暗。一下子沒有車輛聲說話聲，甚至連呼吸聲都聽不到了，反使他覺得有點恐慌。望着沒有一點縫隙低垂下來的夜空，脖子不由自主地往衣領裏縮了縮，全身也彷彿縮進一個殼裏，這個無形的殼給了他一種安全感。他漸漸覺得手心有點發熱，就再也聽不到越來越強勁的風聲了。

突然一道沒有雷鳴乾躁的閃電從夜空雲劃下來，一直劃破了他的夢。他聽到古道邊上所有的樹枝都響起來。從樹頂上壓下來灰白的雲塊冒着冷氣，像波浪一樣從他頭頂上滾過去。古道那一端的黃河像一條銀色的條帶飄動起來，浪頭上閃着金黃色的火花，鬼叫一樣讓人感到戰慄。這黃河白日裏是看不見的，只有在沒有月光的夜裏，它才從河床上凸來，發出這種嚇人的叫囂聲。被悶熱和乾旱壓迫得很痛苦的大地上，有一股苦澀的藥味，讓身上的每一個毛孔眼都張開了，感到舒服極了。常六覺得自己在睡着，還沒完全醒來。一道道藍的紅的白的刀子一樣的閃電劈下來，他看到守在架子車旁的人們正在用驚恐的眼睛望着他。他這時才感到透不過氣來，身上被什麼沉重地壓住了。

大雨把四野變得一片白。水霧像發瘋的獸羣一樣跑來跑去。眨眼的工夫，四野裏的水就湧進了古道上。道莊的石子被流水驅趕起來，像耗子一樣吱吱地亂叫。在這一片亂響亂叫聲中，這些交售棉花的還沒來得及照看一下自己架子車上的財產，轟隆一聲，收購站的石頭院牆坍了。

「院牆倒了——」是常六發現的。他喊了一聲，身不由己地向那裏跑去。他在遠處，在天上的閃光下就清楚地看出來收購站的地勢比道還低。要是院牆不倒他也看不出來。雨水比他跑得快，趕在他前頭跑在院子裏，使那裏變成了一片銀亮的水窪子。

一囤囤的棉花像船一樣泊在水裏。院子裏沒一個人。常六頭一次看出這院落無比的大，也是頭一次使他對站上為什麼不收棉花產生了懷疑。但這個念頭在他心上很快就飄過去了。他非常堅定地把握住了自己，又望了一眼院裏越聚越厚的水，扭頭就向回走了。「×他們媽媽的！那些公家人都摟着老婆睡覺呢，誰都不管，我管得着嗎！」他心裏冰涼冰涼的，臉上也露出了那鐵銹一樣暗淡的顏色。「又不是我的棉花。我管得着嗎？管不着！衝他媽的杜長海也管不着。」

他的喊聲驚動了那些偎在車板子底下的人，但他們依然像鳥一樣縮着，誰也沒動，也沒心思去猜測常六跑到院牆那兒幹什麼。他自己也糊塗了，管不着幹嗎要跑到那兒去，身上什麼都濕透了，順着褲腿蟲子爬一樣往下淌水。

天上一下子露出了殘忍的白光，使來回抽動的雨線顯得更加瘋狂。薄明中，挺立在院裏的棉花囤，黑黝黝的影子搖搖晃晃的像鬼一樣。常六伏在車底下，總感到一種聲音在呼喚着他。那聲音像是來自那些鬼影一樣的棉花囤又像是來自他的心裏。好像是什麼在膨脹的聲音，隨着他的心跳，周身的血潮水一樣奔湧起來。

呼隆一聲，又一段石牆倒下了。騰起的土煙，在半空中久久不散。他看路上的水嗚嗚的低鳴着湧進院子裏。他看見一個膨脹了的棉花囤向水裏歪下來，像炸彈爆炸一樣倒進水裏。只有他覺得有那麼響。他猛地站起來，頭撞在車底板子上，眼裏冒出五彩繽紛的星火。

「×你們媽媽的！你們都死了！聽不見棉花囤倒了？」

他吼起來，又向那院子跑去，兩隻腳在水裏發出嘩啦嘩啦的響聲。這回猫在車底下的人都起來了。當他們跑到那院子邊上時，整段石牆都倒下了，所有的棉花囤都從他們眼前站起來。

「不要進去！把水攪起來還會倒的。」他聲音大的嚇人，也嚇了自己一跳。「把石牆疊起來，把水堵住。」

人們都驚住了。好像看見了一個瘋子，眼睛裏閃耀短短的藍光。

「看什麼看！沒有這院子誰收你們的棉花！」

他氣勢昂揚地走到牆那邊去，搬起一塊石頭，放在已經坍了的牆基上。大概因爲幾天沒吃飯，肚子裏沒底，他搬起石頭時大張着口喘氣，還覺嗓子眼堵着什麼，兩支腿杆子也瑟瑟地顫。他樣子顯得很笨拙，往牆基上放石頭動作悠緩，聲音也很輕，像是他咳了一聲。可這一聲使所有認眞看着他的人都動了起來，好像搶什麼寶貝一樣撲向了浸在泥水中的石頭。這些人，這些年，修水庫，造大寨田，築路，哪個沒練出點子水平來。不用灰不用泥，把牆疊得像刀切的一樣。「這裏！」「放在那兒！」「頭衝裏，翻過來擱！」人們都不說話，用眼睛相互發出指示。個個都像風箱一樣喘着粗氣，渾身弓弦一樣地綳着，從骨節裏發出咔咔的響聲，響成一片。

雨住了，他們都不知道。在緩緩流動的陽光裏，只有常六看見站上的人早已站在那兒，遠遠的，都穿着大水靴子，木樁子一樣看着他們。他沒看見杜長海。這傢伙可能打野食累壞了還沒醒呢！他早就聽說杜長海的家不在鎮上，靠上一個姓趙的年輕寡婦。月月的薪水讓那個寡婦掏空了，身子也快掏空了。每晚杜長海去鎮上，走過他車前，他就看到了杜長海眼圈子發黑，呼吸沒有底氣，腳步也很疲軟。「報應啊——」他把一塊牛卵子大的石頭用另一塊石頭使勁砸進牆縫裏，心裏好像起了皺褶一樣發麻，又像炒了一包鹽粒子一樣焦躁。

牆終於疊起來了。常六聽見了遠處黃河裏活潑潑的流水聲。他的兩條胳膊好像不是他的一樣吊在兩旁，吱嘎吱嘎地搖蕩着。人們毫無顧忌地叫罵着那幾個站上的「木樁子」。在這熱鬧的叫罵聲中，常六一面往回走，一面在身上摸他的煙荷包。不由地他把手伸進了懷裏，一股惡濁的汗氣癢癢地鑽進他的鼻子裏。他舒服地打了哈欠，心裏那皺皮上的鹽粒子消融了，漸漸變得像一匹錦緞一樣明亮光滑。

他還沒走回車前，杜長海已經在那裏等他了，嘴裏噴出一股蒜黃色的酒氣。

「大夥聽着，我剛去縣上開會了。要是沒有這場雨，縣裏要站上把大夥的棉花都收了，在院牆外面立囤。可偏偏下了雨，讓我怎麼收呢？」

「又不是我們讓下的雨！」「你那院子裏也有的是地方呢！」「總不能讓我們大遠地拉

來又拉回去吧！」大夥一下子把杜長海包圍起來。

「你們吵吵什麼！」

常六只看着杜長海滿口的黑牙好像地滾龍蟲子一樣蠕蠕地運動，嘴角堆起白色的泡沫，再也沒聽進去杜長海說什麼。他覺得自己好像一下子縮小了，簡直縮進了地裏。就在這時，他從高大的人的縫隙中又看到了剛剛疊起的站上的院牆，那院牆也顯得無比的高大，頂天立地，森森嚴嚴地把什麼都遮住了——他看不見那一囤囤棉花了，也看不見那棉花囤之間的空地了。以前有那塊空地，他心裏好像有什麼着落，是豁亮的。可壘起了這混賬的牆，什麼也看不見了。好像把他的眼睛也堵起來了。

眼前一黑，他險些栽在地上，心驚肉跳，冷汗淋漓。這一下他又聽見了人們嚷叫聲：

「憑什麼按等外棉收，又不是我存心讓它淋雨的。是你們不收淋了雨的！……」

「這不是我的責任！淋了雨的棉花就是等外棉！」杜長海好像對風說話，扭過身子搖搖蕩蕩地走了。他的身子也像風一樣輕，腳踩在石子路上沒丁點兒聲音。

人們衝着他的背影叫罵着，越罵越難聽，可又推起車子跟着那背影走進了收購站的大門。

只有常六沒動。他慢慢地揭開了苫在架子車的塑料布，看着被雨水煙濕了失去了光亮的棉花，身子像泥一樣軟下來，牆坍了一樣堆坐在地上。

後面上來的人把他扶起來問：「您是不是哪兒不舒服了？」

「我哪都不舒服！」他推開眾人站起來，心裏好像有什麼東西拱破那些皺皮尖銳地長起來，弄得他身上一陣一陣地燥熱。手伸進懷裏咔哧咔哧地撓着，左邊右邊，上上下下，撓得圍住的人心驚肉跳的。

「火哪？誰有洋火給我使使──」他撓了一陣，把腰帶煞緊了，在衣裳前頭兩個口袋裏摸一陣，驚叫起來。兩隻本來不大的眼睛灼灼地閃着白光，好像刀尖一樣在圍住他的臉上劃來劃去的。

「火哪？誰有火──」大夥都摸口袋，都叫起來，但沒有一個人知道常六為什麼要找火。

有個長着一頭豬鬃一樣的小伙子，把一盒火柴遞到常六的手裏。常六嘩地搖了一下，攥在手裏，緩慢而有力地走近了他的架子車，利索地解開了繩子扣，轉身抓住了兩根車把，還不等人們閃出道來，他已經把車上的棉花撏到了地上。

「您這是怎麼啦?」大夥都怔住了，都伸長了脖子，目光如電，都問，「您不賣了?」

「不賣我上這兒來幹啥?撑的!」

「那您咋卸下來了?」

「我的棉花我願意咋的就咋的。」

嚓!常六劃着了一根火柴。那火是黃的，一會兒就變成白金色，一片輝煌。他輕輕地咳了一聲，那火跳了一下，像飛旋的刀刺向了地上那堆棉花。

「您這是要毀它!」長着一頭猪鬃的小伙子斜挿着抓着了常六的手，那火叫了一聲滅了。

「我的!」常六一下甩掉了搿隻手，「你滾開——」

「這是錢呀——」猪鬃挺柔軟地嘟囔了一句。

「我不稀罕這幾個錢。我這都是一級棉花，燒了它我也不做等外棉賣!」

嚓地又劃着一根火柴。常六撕下一縷棉花，把火投了下去，吧吧地一陣亂響，紅成了一片。轟地又爆炸一般地響了一聲，火苗子竄了起來，像無數隻歡呼的手臂伸向了天空，呼閃着把天空燒成了紅的。

所有的眼珠子都爆開了，呆呆的，什麼都不動了。所有的又猛地被擊了一下，又好像都醒了，嘖聲如潮。所有的呆板的像貼了黃裱紙一樣乾枯的臉上，突然都有了感覺，有了活氣，有了像火一樣的血色。

那火越燒越旺，像爆竹一樣劈劈叭叭地響開了；亮出去幾十里地，把收購站那道新疊起來的牆也亮成一片燦爛的金色。人們嗓子眼裏都發癢，舌頭黏在上膛上，相互能聽見咕咚咕咚的心跳聲，卻什麼話也說不出來，眼看着常六推着空了的架子車從那火光中走了。

他那顫動着的背影，在被火光鋪展寬了的古道上，讓人看了眼暈。他的車軸聲像一支歌，一直響到天邊上。

這老漢，沒回過一下頭。

夜火

瞎老五從村口晃出來，一手裏揑着半個西瓜，一頭走一頭把臉埋進西瓜裏啃。豆子地裏幹活的人一個一個都像木偶一樣齊刷刷地立起來。

這時太陽還老高。只有在了無遮攔的豆子地裏幹活，才能體驗太陽是怎樣一個惡毒的怪物。人臉透出綠色，吐出來的氣有一股青豆子味，可在地裏找不到一個豆莢皮。豆莢皮都埋起來了，姚未名在割豆子的時候，看見一些婦女完全不避人地把一捧捧豆子裝進扎着腿帶的褲筒子裏。

「收工了。看着我幹嗎！你們這些不長眼的！」瞎老五一面說一面把身子轉過去，解開褲子嘩啦嘩啦地撒尿。

「這麼早？」不知誰冒了這麼一句。

「你們還不願意走哇？你們這些不長眼的。我還不知道你們在豆子地裏的勾當，讓我把你們一個個的褲子解下來看看呀！」

「回家看你娘們的腿吧！」有幾個婦女一面用土塊衝瞎老五投去，一面慌慌張張地順着豆壠跑起來。

「我告訴你們，」瞎老五衝着那幾個踏起一股黃煙的女人喊，「今晚上你們不要做飯了！咱們把長明媳婦的事料理了，在她家院裏起『夜火』。」婦女們像被撕裂一般地叫了起來：「那飯吃了也髒口！」「她家哪還有出氣的拿出來做犧牲呀！」「起夜火得隊上出柴禾！」……

瞎老五響亮地咳嗽了一聲，卽刻，世界都安靜下來。

「你們這些不長眼的！」瞎老五又罵起來，「吃過夜火就等着公社抽人去修公路。這回可是抽上誰算誰。誰也別他媽腿肚子轉筋，跟我嚷嚷腦瓜子疼腰仁子疼。」

還不等瞎老五說完那些婦女又叫起來：「還是從大井ㄇ到流利屯那段路嗎？」「我家男

人還在水庫上，孩爪子老人都放到你家去養呀？」「這地裏的莊稼剛收，隊上哪有幾個整齊的勞力呀！」

「你們叫什麼叫！」瞎老五擠着那只塌下去的死眼，說，「這是修備戰公路，政治任務，你不要腦袋了！再說這次工分加一成，糧食每天多給二兩，去的都能肥起來。哪找這等好事去！這次連公社書記王麻子都出血了，把公社種猪場的五頭大種猪也送到公路上讓民工們吃。讓你們這些不長眼的吃得夜裏都睡不着覺！……」

瞎老五和那羣婦女們在前頭走了，地上不斷地有青豆子掉下來。姚未名一個人孤零零呆愣在那兒。他只聽見瞎老五說「吃夜火」的時候，好好給你們這些人講講修戰備公路的意義。不知爲什麼那些女人們笑起來，嘰嘰呱呱像鑼鼓一樣一直響到村口。他們都不像他心裏那麼寒冷。但他又擺脫不了那笑聲對他的誘惑。過去他是不大注意村裏女人們的。從同學們走了以後，知青點只剩下他一個人了，他常常胡思亂想。又常常悔恨自己冷古丁冒出來那些怪念頭。有幾次，他看見瞎老五從吳寡婦家走出來，上衣短短地吊着，露着鬆軟的肚皮和肚臍眼，上面爬着蟲子一樣汗溜子，心裏也是癢癢的。眞他媽的，自己怎麼也變得這麼卑鄙了！這是我麼？我恐怕再也走不出從這些人身上散發出來的誘惑。

他也把褲腿扎起來，也往褲筒裏搓豆子，也把豆莢皮埋在豆棵底下，也那麼圓規一樣叉着兩條腿一晃一晃地往回走了。青豆子煮了吃很香，還可以餵猪。這對於他來說，也不是第一次了。

太陽不動。陽光從他破草帽縫兒鑽進來，斜斜地落在他臉上。臉一半白一半黑的。人有時就和鬼一樣，他心裏這麼想着，跟着說話聲走進村裏。這村裏沒有幾間磚房，連瞎老五辦公的隊部也不是。都是土坯垛子，屋頂上長滿厚厚的蒿子，都是土黃色的。連街上跑的那些瘦骨丁丁的鷄狗和貓，都是土黃色的。他再也不像剛進村的時候，望着這些破敗的院落，扇扇塌陷進去的門窗，覺得滿眼醜陋，牙根發涼了。他知道那裏面發生過和正在發生的一個一個奇妙悲壯鮮活活的故事，被不可言狀的溫暖沈沈地擁抱住了，也成了一個角色。

只有他每次進了後街，路過在院子裏養着十幾個猪崽子的長明家的時候，心裏才格登響一下。那院子裏曾經有一個十分俊俏的媳婦和一個只能在細面的笸籮裏躺着玩的娃娃。平日收工以後，這裏總聚一夥幫閒的漢子們，鬧得鷄飛猪叫孩子哭鍋鏟響煙熏火冒的，充滿了熱辣辣的生氣。如今院落裏變得死沈沈空蕩蕩了。坨坨草飛快地把門封起來，窗紙被撕得七零八落的，黑洞洞的張着嘴。他其實沒跟這個女人說過一句話，也沒注意過這女人什麼模樣。

只有一次，這女人放羊回來，在坑坑窪窪的路中間遇見了，她看了他一眼，那眼光有些發直，火燎燎的，好像在他身上的什麼地方燙了他一下。他看清她了，也記住她了。可沒多久，一天夜裏，他被七長八短七亂八糟的吵嚷聲驚醒了，火把穿過樹林，在村東河邊上亮成一片。火光下，鮮亮明媚的牛卵石灘上，横躺着一長一短兩個水淋淋的屍體。屍體上蓋着布滿大大小小窟窿的葦席。有一個窟窿裏露出來的半個臉，蠟白得像沙漠一樣荒涼。眼睛還亮着一道縫，目光還是那麼直直的，火燎燎的燙着他身上的什麼地方。被水泡得發脹的孩子，肚上鼓起來老高，像一個球一樣在咕碌咕碌地動。兩條小腿是豆青色的，和看着他的人的臉色一樣。

「她犯不上走這條路……」瞎老五像看一羣羊一樣，掃了下圍着的人。喉嚨眼裏發出絲絲的響聲說，「好像有誰逼着她跳河的……」

「這也是報應。」不知誰說了這麼一句。

「報應你媽個蛋！公社知道了，少扣不了你們這些花腳蚊子的口糧。死了人就是給大好形勢抹黑。我們學大寨先進村，大寨不死人，我們死了，一次倆，還什麼先進！年底縣裏組織去大寨參觀，說定了有我。這回，這回成了狗咬屎泡的夢。我瞎老五想去，是因爲我沒坐過火車。我當隊長的都沒坐過火車，讓我怎麼領你們走大寨路？說出去都讓人笑掉門牙……」

他沒聽見瞎老五說些什麼，總覺着席洞下那目光，從人縫中直直地漫過來。那眼睛裏好像有話要對他說。那天也是這樣。那天他們在路中間遇上，她直直地看着他，兩手不停地擺弄着趕羊的樹枝子說：「就剩下你一個人了……」他應了一聲，靜等着她說下去，可她吆喝着羊走了，頭也不回地走進響着孩子哭聲的院子裏。他不知她要跟他說什麼，但他肯定她有話要說。她現在躺在那兒，他覺得他欠下了她什麼。也是這時他才注意到她身上的衣裳。還是那天他見着的那件藍褂子，染過一次，又褪成灰白的了，袖口肘頭胸前都補過，好像是補了又染的。

這衣裳一直讓他忘不了，還有那句話，白天晚上，一直到夢裏，渾身冷汗地驚醒了。

「就你一個人了……」

這或許是一種誘惑。但她並不了解他，一個城裏來的知青；他也不知道她倒底是一個什麼樣女人。只聽村裏人說，她二十六歲，結婚後一年長明就死了，修水庫炸石頭塌方砸成了肉餅子。按這裏的規矩她要守一年寡才准許回娘家另嫁人。可就在這一年裏她有了身孕。也不說這孩子的爸爸是誰。那男人也不敢站出來承認他是孩子的爸爸。從此這小東西有了無數的爸爸。每個抱起他的男人，都咧着大嘴讓孩子叫爸爸。這些「爸爸」們使長明媳婦破落的院子裏，日復一日地熱鬧起來。就在今年夏天，長明的弟弟長生回來了，從部隊裏復員回來的。他好像完全沒有在意這些事，也沒有在意這些人，每天上工回來，不聲不響地修理他家的院門，很有耐心把門上的木板都拆下來，把彎了的釘子敲直再釘上。修完門，他又修補院牆。村裏沒一個人能看出來，長生修補院牆以後要幹什麼。

那天在南下窪子鋤地，長生回來得很晚，堵住了一院子的人，隊長瞎老五也在裏面，那顆死眼裏都放着光。長生走進院門，把鋤斜拄在地上，懶懶洋洋一副挺有耐性的樣子，一個一個地看着院子裏的人。那目光誰也沒感覺到和以往有什麼不同，誰也沒放在心上。他在地上來回轉動着鋤柄，突然咔嚓一下子把鋤杆搖斷了。這響聲震動了院裏的人。那硬木鋤杆齊齊斷的，不是中間，從按鋤頭的地方。

「我把門修好了。我把牆也修好了。從今天起，你們這些野狗，哪一個也不許鑽進來！」

他聲音不大，連屋裏的人都聽到了，都慌慌往外走。但因爲瞎老五不動，他們又站住了。

「滾吧！你們這些野狗都給我滾出去！」

鋤杆子掄了起來，一陣旋風般把一羣人從院門和院牆上掃了出去。第二天才知道有好幾個人胳膊、肋骨和腳踝被打折了。長生給瞎老五送去一百塊錢，做爲這些人的藥錢。這是他復員費的一部分，那另一部分交給長明媳婦了。

奇怪的是，這麼多人受傷，連瞎老五腰上也挨了一下，卻沒有一點反響，在地裏幹活也沒人議論。好像什麼也沒發生過一樣。

不久，好像人們都睡了一覺，醒過來一般傳出來了閒話，其實不是閒話，說長明媳婦那孩子，是她和她小叔子生的。他小叔子那年探親回來，在家住了半個月。

這話姚未名沒聽到，可那天晚上「捉姦」，有他。

「姚未名，你起來！」

瞎老五的聲音。一邊叫一邊敲他的窗戶。

「去長明媳婦那兒掏他的小叔子！」

「我？」他還沒從夢裏醒來。院牆外面影影幢幢地站一羣人。

「你，是知青，和村裏什麼瓜葛都不沾。你領着人去，隊上給你記兩個工。」

「我不要這兩個工。」

「那一年的口糧你也不想要了！」

還不等他弄明白賭老五話的深刻，幾個人從背後撲上來，把他連推帶拽地拖走了。

他已經記不淸這伙人，是怎樣砸開長明媳婦家門，闖進屋裏去的。當然沒抓着長生。他去霍村了，長明媳婦說，他讓他戰友拉去喝酒了。那孩子在炕上哇哇地哭。他們拿走了長生的幾件軍衣和一條皮腰帶，把地上的兩個箱子都翻了。他看到的事實是，這屋子裏除了他們拿走的幾件衣裳，再沒有値錢的東西了。這讓他很長時間都感到內心深處怎麼也驅散不掉的寒冷。

就從那天晚上起，沒有人再看見長生。但人們都看見他家院門被拆下來了，連那兩根光溜溜的榆木門柱子也被拆下來。修補得齊齊整整的院牆被扒開了，東倒西歪在地上。這肯定是長生毀的。卻不知道是什麼時候，連一點聲響動靜都沒有。

他走了，不知到哪去了，再也沒回來。

也許就因爲小叔子的出走，長明媳婦跳河的。可河水並沒有把她的名聲和心裏洗乾淨。

瞎老五踢了一下那領席，吼了一聲：「擡走吧！還看什麼看。誰也不要說她跳河了，丟一個村的臉。過幾天，派個人到公社，報個急症，銷了戶口就算了。」

他說完頭前走了。那兩個屍體用門板擡着跟在後面。沒一個人說話。只是到了長明媳婦家門口的時候，二狗子他爹長長地嘆了一口氣說：「要是早幾天讓我二狗子娶過來就好了。身子骨挺好，還能好生養一氣。這，這白糟蹋了。」

後來，有人告訴姚未名說，這村裏每年都死人。不是投河跳井就是上吊。也都這樣不聲不響的，過了三天，由瞎老五主持，全村人吃一頓「夜火」，也就算了啦。何況盡是些女輩尋死，不僅是嚇唬男人，還因爲這村裏規矩嚴，祖輩都是正正經經的人家，容不得「走水」，放這些人活也沒臉面了。那人說到這裏，十分神聖地停頓了一下，足有半袋煙的工夫，然後又十分嚴肅地說，這些人也算懂規矩，通情達理，不聲不響死了，上面也不知道，什麼也漏不出去。村裏人都吃了「夜火」，自然沒誰說什麼，照樣正正經經地過日子。

姚未名猛然感到，死也是一種誘惑。不論投河跳井還是上吊。大伙還能吃「夜火」，要宰幾頭猪，還要殺鷄，都是淨肉。

但他怎麼也想不到，瞎老五把他養的那頭克郎猪，也拉進了「夜火」的宰殺之列。

大概這頭「克郎」是知青餵養，長得極其聰明，不僅口味高，因爲吃過知青的剩苞米麵窩頭和紅薯粥，餵牠野菜，不放些糧食煮過是堅決不吃的；而且示威一般地一面拱圈門一面聲嘶力竭地叫，所以牠不長膘，精瘦精瘦的，彈跳力好又跑得快，拱圈門拱煩了，一躍從圈牆跑出去，得到十幾里以外去找，幾天以後才能找回來。回來以後就更難圈住了。村裏有經驗的老人說，這猪跑野了，心也野了。用知青們的話說是有思想了。猪一旦有思想，或者成爲一個哲學家，肯定能十分透徹地揣摸出主人的心理來。這些天，姚未名收工回來，還沒把幹活的家什放下，牠就哼哼地叫起來，叫他褲筒子裏裝回來的青豆子。這猪眞成了精了，吃過豆子，連苞米麵窩頭都不吃，姚未名日漸一日地心急起來，因爲時間不多了，收過秋，把猪賣到集上，有了盤纏，就可以回家探親了。父母來信說，他們正在給他辦病退手續。多少破費一點。也只有這條路了。

他因爲有飯吃，今晚也不用起火了。提來一桶水，擺在門口，脫得光光的，只留一條褲衩，潑天蓋地的洗，一天裏只有一次的痛快。

他正洗得痛快，瞎老五來了，挺響地拍着他的後背，說：「準備好了嗎，未名？」

「什麼準備好了沒有？是肚子嗎？」

「我是說你的猪，」他這時看見供銷社的李聾子從房後走過去，挑着兩筐蘿蔔，他喊了一聲走過去，「我說你，今夜裏上兩桶酒，再來十瓶色酒，打發那些娘們兒。隊上現下沒現錢，過幾天收下核桃來用核桃頂，再給你幾張好羊皮。可有一宗，這次修公路，你那二小子……」（以下姚未名聽不見了）他倆嘀嘀咕咕了好一陣，瞎老五又走回來說，「我說你的猪，也得拉去宰了『夜火』。不能光吃隊上的，沒一點政策。」

「那殺知青的猪是根據哪條政策？我還用它做盤纏回城呢。」

「我說了就是政策。關於你回城的盤纏，這我早想在你前頭。等你回城的時候，隊上給你支錢，還不是我一句話的事。可宰了社員戶的猪，帳上怎麼寫？咱們吃要吃在明處。這也是我的經驗了。我從五七年在這村裏當社長當隊長，帳就沒瞎過。」

姚未名被瞎老五說愣在那兒了。還沒等他緩過氣來，瞎老五將手中蘿蔔上的泥銼在褲子上，扭身走了，一路嚼得十分響亮。那是李聾子的蘿蔔。他走出老遠，又回過頭來說：「猪我一會兒派人來捉。你不用動手，就等着吃肉吧。」

天還沒黑，村裏一片猪叫聲。

聽說長明媳婦家的十幾個猪崽也殺了。按規矩主要是吃死主的。有鷄殺鷄，有狗殺狗，有猪殺猪。大夥吃了全村消災消難。這叫做「犧牲」。

村裏歌唱一般的猪叫聲一停，四個殺猪的，後頭跟定一大羣高高低低的孩子，來捉姚未名的猪了。那猪好像有一種覺悟，未等四個殺猪的跳進圈裏，牠已用屁股頂着一個牆角拿住了架式，把嘴緊貼在地上，把眼睛吊起來盯住人。這幾個殺猪的壯漢都是好手，兩次撲上去沒抓住猪耳朵，還差點被咬上，火了，用後腰上抻出來鐵撓鈎。一上一下地耍了過去，老遠能聽見那撓鈎在半空中撕開了什麼的風聲。可那猪一下子從他們頭頂上竄了出去，把他們一前一後一左一右扔進圈坑裏滿臉渾身都是糞泥。孩子們快活地笑起來。姚未名心裏肯定着：「這猪是聰明！」孩子們又笑起來，他們又摔了下去。又摔了兩次，又笑了兩陣。這下站在外面看熱鬧的兩個人也下去了。但六個人都沒有捉住，還是讓牠跑了。從圈門上面橫空飛出去的。驚人的彈跳力，又不叫一聲。

這猪一跑，給「夜火」的準備工作掀起了第一個高潮。幾乎全村的男人都出動了，去找，去追。瞎老五敲着上工用的那口土地廟前的鐵鐘，喊着：「民兵帶着槍去追！這也是備戰練兵的機會！天黑以前要給我抓回來，活的死的都行！」

姚未名從未見過瞎老五這麼威風，凛然像一個指揮千軍萬馬的大將軍。他那只不好使的眼裏也一閃一閃地放光，使整個村子都變得一片輝煌。

在田野裏人們都狼一樣地喊叫起來，橫踩着莊稼跑。但也有人說不要踩了莊稼，可沒人理會。四下裏騰起一片灰黃色的煙塵，瀑布一般地漫流着，有無數金子一樣的東西在裏面閃閃爍爍的。姚未名也瘋狂地跟着跑，跟着喊。而且喊聲越來越大，使他都不敢相信是自己的聲音了。他跑着喊着，已經忘記了是尋找他的猪，而是追隨着一種什麼強大的誘惑。

不知在什麼地方捉住了那猪，宰的時候也沒叫一聲。還是條好漢！姚未名不忍心去看。牠算他唯一的伙伴，這多時間，畢竟有了一些感情。相形之下，他甚至有點自羞；瞎老五說要宰牠的時候，他都沒爲牠說一句硬話。

天黑下來以後，整個村子裏也黑得嚴嚴實實的。各家各戶都不點燈，都細得節省。而且沒等到敲鐘，都已湧向後街的長明媳婦家。無論大人孩子都很興奮，臉上光亮得和過節日一樣。那些婦女們還一路走一路咒罵，說長明媳婦如何如何偷小叔子，豈能容得這等傷風敗俗。還神秘地比劃着，在耳朵根上嚾嚾。時時笑得兩個奶子顫得衣裳風響。好像他們親眼所見一般。姚未名走在人羣後頭，沒出息的肚子咕咕地叫，身上卻像貓抓一樣。他總覺得在人羣黑鴉鴉的頭頂上頭，有一雙眼睛在直直地盯着他，火辣辣的目光還是那麼燙。「就你一個人了……」這聲音在半空裏回響。那是一顆不屈的靈魂，他心裏說，或許等吃了「夜火」，她也就心甘情願地離去了。

長明媳婦家的院子裏燈火通明。屋檐下起了幾個大灶，煮肉的，煮土豆子的，架着籠屜蒸發餅的，水汽像田野裏追猪時的煙塵一樣漫流着，也有無數金子一樣的東西在裏面閃閃爍爍的。擁擁擠擠的人羣一走近這院子就沒一點聲響了，連孩子也不再吸溜鼻涕了，靜謐得有些神秘。似乎這神秘來自每一個人的心裏，又嚴嚴實實地籠罩着整個村子。

肉味出來了。亂了好一陣子的人們又安靜了。都站定了一個有利的位置，都暗使着勁吸着一股股飄來的肉香，都瞪着那幾口突突直響的大鍋。

「該下粉條子了！要不吃不進味去！」

有幾個靠門的婦女叫起來，於是裏面又一陣忙亂，把兩大筐黑褐色的紅薯粉墶上來，也不洗就倒進四口大鍋裏，然後從熱騰騰的鍋裏，小心地揀薯粉中挾帶進去的草葉子和樹枝子。

「也不泡一泡。」「只要不加涼水就行了。孩子們喜歡吃。」「就是肉塊子大了一點。」「有蒸餅可以夾着吃。」

婦女們很有興致地議論着，還不斷往外轟狗，嚇唬哭嚷着餓了的孩子。

燕餅出歷的時候，瞎老五和觳二爺來了。觳二爺是風水先生，看面相手相，看生辰八字，看地氣風水。在這裏他雖不是什麼幹部，卻脫産，和瞎老五拿一樣的工分。因爲哪塊地種什麼莊稼，水渠怎麼開，何時給牛馬配種以及何日社員可以到鎭上去趕集，都要他說話。這老頭子平日很少說話。腰已塌下去，眼睛不好使，走路也搖搖擺擺的了。在村裏又是族裏唯一留在人間的長輩，瞎老五的隊長似乎是爲他當的。後來，是姚未名辦下回城手續離村的時候，長明的一個近支的堂兄對他說（這人有點缺心眼，傻呵呵的，要不然也不會對他說），說觳二爺知道長生回來以後，對瞎老五說，叔嫂住在一個院子裏，陰陽不合，二鬼鬧水，精舍東陷，中關有難，不是死人就是鬧災。結果果然出了這樣事。他挺神秘地逼近姚未名說：「長明媳婦是瞎老五勸了半宿，跳了河的！」姚未名咔地一下炸開了，好像眞的走了什麼「精舍」一樣。雖然人已離開了揷隊的村子，魂兒卻再也找不回來了。

「點火！」

觳二爺念念叨叨地在院子四周灑了水，四角裏擺放了四堆柴禾，瞎老五下了命令，那火一下子從四角裏竄起來，有丈把高，在半空裏打起旋兒來，形成呼哨的風響。

殼二爺興奮地說：「中爾開了，精舍保住了，眞是好兆頭！」

「好！」瞎老五從殼二爺身後走出來，從火光中走出來，對院子外面的人說，「咱們借這個好兆頭，把計畫着生孩子的事說說。這回上面下來指標了，鐵的，誰也不能打馬虎眼。有仨的不能再生了。有倆的也不能再生了，有一個的也不能再生了。兩口子只能生一個。你們聽明白沒有，生一個的有獎勵工分，還有獎勵糧……」

「一個工才一毛五，我不要這工要孩子，你這個瞎東西能把我怎麼辦！」就是在地裏帶頭往褲筒子裏裝青豆子的婦女叫起來。

「那就給你動手術，上面來人，像劁猪一樣把你劁了！」

「你這個瞎東西！」

那婦女闖了進去，一下子人羣裏亂了，相跟着都進了院子，像搶一樣把幾口大鍋包圍起來。人在上面吃，狗在下面吃，一片吧唧吧唧吸溜吸溜的響聲。

姚未名一直在院外站着，不知爲什麼一點也不覺得餓了。他看見人羣一撥一夥地走出院子的時候，鍋裏地上都是乾乾淨淨的，連屋裏也乾乾淨淨的，連門窗都被拆走了。只有那聲音還在半空裏回響：「就你一個人……」

這不是什麼誘惑！他很久以後才眞正明白。

遠雷

三十年前的月亮是圓的，白而透明，見過的人都這麼說。今天的北京人沒那樣心縫兒注意月亮了，就是農曆八月十五瞥幾眼，也引發不出多少情思和聯想，似乎把它忘了。其實它還耐心地掛在天上，只不過離人遠了一點——天文學家這麼說的——變得昏黃而又濕潤。那些見過三十年前月亮的人，都說現今的鐘也出了毛病——這是他們積三十年經驗做出的結論——天亮早了一個小時，而且沒必要也不屑於和格林威治時間進行核對。我們的老祖宗公元前一千九百八十多年前已經使用「晷」了，那會兒格林威治人在哪兒轉腰子呢？嘁！然而，唯一使這些三十年前見過月亮的人遺憾的是，十不閑胡同裏天源酒店照常是九點開門。

在「天源」幹了三十多年的麻六說：「這是老規矩了。我學徒那陣就是九點。」這老伙計兩扇腮幫子上的囊肉顫顫地笑，眼睛不笑。除了往酒裏摻水，他不如他掌櫃的那麼狠，什麼都做到家了。

「天源」是老字號。老掌櫃死後改叫「新生」，後來又改名叫「躍進」，「文化大革命」裏改名叫「代代紅」。爲了這個名，還因爲麻六唱的「語錄歌」帶樂亭梆子味，差點沒讓那些「小爺爺們」（他當時就這麼叫的）把他揉搓成「扒骨鷄」。現今又恢復「天源」這個字號了，他還活着。他心裏認定這是天意，但嘴上不說，怕給兒女們找病。他還沒活膩歪。

像「天源」這樣的老字號酒店，現今在四角九門的北京城裏已經不多見了。兩間窄得像肋骨條一樣的門臉，屋裏兩三張粗糙的八仙桌，四五條杌凳，木製的櫃臺，黑黢黢的，讓人喝了酒都提不起精神來。有幾位是這兒的常客，天天不到九點就頂着門栓響進來了，佔住靠窗那張桌子；其外大部分是散客，又大多數是年輕人，喝啤酒，站着，一個人一瓶或一個人一升，用手抓猪頭肉或者香腸，一會兒揚脖咕嘟一陣子，一會兒揚脖又咕嘟一陣子，晃着兩條因牛仔褲而變長了的腿走了。而那老幾位從不喝啤酒，不上算！沒多少度數，還叫酒?!他們也從不買猪肉或香腸，下酒的東西都是自帶。一根胡蘿蔔、一頭蒜或者一塊鹹菜。有人聊天，話也能下酒。

他們之中唯有「不結盟」的紀教授（大夥都這麼叫，因爲他帶副眼鏡，在北京大學裏工作了許多年，侯寶林應聘當中文系名譽教授他在場，在勺園見過洋學生跳迪斯可，也見聶元梓。了不起！），唯有他在櫃上買酒菜，一盤花生米或者一碟油炸開花豆，有時還喝二兩葡萄酒。可他有日子沒有來了，他的位置老幾位還給他留着。他們還惦記着他。他那一對「玉鳥」和一只「留眉」吊在窗檐上，看着聽着，都解悶兒。

「他這一綳子有兩個禮拜沒露了……」

「敢情有兩個禮拜了……」

兩碗清酒蹲在桌子上，二十分鐘過去了，誰也沒碰它一下。

四隻眼睛瞪着窗外頭，馬路對面那起了三層的樓。

「眼瞅着一個禮拜一層。這就是承包。錢催的。」王老頭兒吸一口天壇牌雪茄，足有半截下去了，緊閉着嘴，喉結上來下去的讓那煙在肚裏運動幾個過兒，才慢慢吐出來，淡得幾乎沒有顏色。

「晃旗那小子，他爹我認得。」坐在王老頭兒對面這位老爺子姓趙，光頭，臉上乾乾淨淨的，說話的時候嗓子眼裏像藏着隻猫一樣呼嚕呼嚕地響。「他爹有點羅鍋，在東直門裏，提着個燈，背着個箱子，賣驢錢肉。」

「人家深圳，像這樓，三天一層。」

「那小子，聽說前幾年沒工作，咂他媽那幾個退休的錢，天天和他後爹打架，動刀子了，讓局子關了仨月。瞧瞧，晃上旗啦！什麼鳥長上翅膀都能飛。」

「我跟您說深圳呢。人家深圳，剛建的時候，只有六條馬路，不到三年，三十六條了。」

「噢，您二小子活動到那邊去了。」

「這是報上登的。您大半有日子沒看報了。」

吊塔上一斗混凝土「嘩啦」一下放進模子裏，晃旗那小子把旗兒往後腰一別，操起了一把鐵鍬。陽光在模槽裏一張張濕漉漉的臉上閃耀。

「瞧，眼珠子都凸出來了。」「一天不多弄個三塊五塊，能這麼練！」……馬路對面，工地鐵絲網外面，聚着幾十口子人。看，有說有笑，有滋有味地看。那幾個老太太安安穩穩地坐在板凳上，馬扎上，揀着菜，哄着孩子，好像天沒亮就在那兒了。她們一定認爲這也是一種便宜，看，看，而且沒一點麻煩還非常自由。

看，在十不亂胡同是有點傳統的。據說，蓋樓這地點，老輩子上是個糧棧。在糧棧門口，有一天吊死了一個人，不知是欠債的還是催債的，也聚了幾十口子圍着看，議論他是怎麼吊上去的，門框那麼高，又沒有蹬的物兒。可惜了腳上那雙新鞋，千層底兒，禮服呢的面，不是內聯陞就是步瀛齋的手藝——卻沒有一個人把他從繩子上放下來。後來，這地點改建成工廠，鬧「文化大革命」那年，這個廠的女工程師從「牛棚」裏跑出來，爬到三十多米高的煙囪上去了；整條胡同裏都站滿了人看，看她一蹬一蹬地往上爬，好像看馬戲團的高空驚險動作表演，足足看了有兩個小時，看她一直爬到煙囪頂上。不知什麼時候，在人羣中出來個戴紅箍兒的人，手裏捏着個電喇叭筒，對着煙囪那小小的人影兒喊：「楊桂蘭，你個『走資派』的臭老婆，對抗羣眾，自取滅亡，是沒有好下場的！」接着，在這個戴紅箍兒的鼓動下，所有的人異口同聲地喊起來：「楊桂蘭！對抗羣眾！自取滅亡！絕沒有好下場！」喊得非常響亮，非常整齊，又足足有兩個小時，直到那小小的人影兒倏地一下消失了，看的人才帶着一種刺激性勝利的滿足和微微有些悵然若失的遺憾，像散戲一樣地有滋有味地議論着走了……。

「昨兒下午，您怎麼也沒露？」老趙頭掏出一個紙包擺在粗糙的桌面上，打開，裏面是兩勺綿白糖。

「大閨女帶着兩個孩子來了。鬧離婚呢。我現在眞不明白這些年輕人是怎麼想的？她媽一條腿不俐落，還不是一樣生孩子，一樣都帶大了。」王老頭兒在桌上擺出來一個梨，在家裏已經切成了四瓣，往桌上一擱就散開了。

痲六在櫃臺裏架上案板開始切肉了。他刀下的肘花像紙一樣薄；一根香雪腸擺在盤子裏看不見刀口，但用筷子一抖，絕無一片連刀。可惜他這一身手藝啦，當年他加工的醬猪爪在櫃臺上，誰見了都得誇，跟活的一樣。

「昨兒下午，我到天安門去了，正趕上迎接一個非洲頭腦的車隊。您猜，一共多少輛『紅旗』？姥姥的，十四輛？比上回那個美國大鼻子來還多三輛。」老趙頭用唾沫潤濕了手指頭，在紙包裏沾一點綿白糖，吮進嘴裏，吱地咂一口酒，緩緩地放下酒碗，蒼白而枯槁的臉上掛出一層紅顏色，使勁擠了擠眼睛裏的黏東西，放出一種奇異的光來，「那『紅旗車』離我不到一米，一輛一輛開過去，那風撲到臉上都熱的。那熱勁兒，跟站在火爐子邊上的熱勁兒不一樣，喊！你就覺得全身的骨頭節都鬆開了，跟駕了雲一樣。我都不知道我是誰了。」

「我昨兒可是鬧了一肚子氣。在先我還總以爲是姑爺不好，哪想到是自己的閨女出了毛病。上了幾年夜大，跟他娘的夜大的一個老師勾上了。那小子我認得，是她同學，挿隊的時候要往一塊去，要不是我攔着，那陣就得做出丟人現眼的事來。一個山西，一個雲南，又這些年了；再說我那姑爺，是她媽廠子裏的一個科長，雖說臉上有幾個痲子，痲子礙着什麼了?!人家進三梯隊了，兩步就要上去啦！這不是福份嗎？我他媽蹬了一輩子三輪。」王老頭兒小心地咬下一塊梨，在嘴裏使勁地咂着，腮上的筋一根一根地綳起來。

對面樓上的吊塔在哨子聲裏又卸下一斗混凝土，小伙子們叫着，罵着，使整個十不亂胡同都緊張起來。

「哎，我說痲六，聽說你這個酒店也要拆了蓋樓呀？」老趙頭仔細地用嘴唇尋找着指頭裂紋上的白糖渣，從嘴角和眼窩現出淡淡的笑。

「蓋樓也不是蓋酒店。規劃局的倒是來看地方了……」窗口外面的聲音太大，老趙頭沒聽淸痲六又說了些什麼。只見他的刀上冷光一閃一閃的，五香猪頭肉味像針一樣鑽進鼻子裏，讓胃裏照例的不舒服起來。

「我說厤六，我那四小子結婚，你可得幫幫忙呀。還有店裏那萍姑娘也去。這回，我光廚師傅就得請個十個八個的，你和萍姑娘就負責冷盤。現今的什麼事都講究起來，連個吃屎的孩子辦滿月，也得在『新橋』定個蛋糕。我小時候，他媽的到三歲連個布絲兒都沒沾着過。那陣搭棚請客是咱們這樣人家的份兒嗎！上『火坨螺』，叫上『庄眼兒』，十桌八桌的，咱們只能咽着唾沫瞧着！這陣都時興起來，咱們也時興時興，擺二十桌，一桌不算煙酒五十塊，左不過是糟禍這倆錢兒唄！」

老趙頭吱了一口酒，用手指頭沾一點綿白糖送進嘴裏，響亮地咂着說：「我趙全福不是吹，光乾海蜇我就買了十斤……」

「您今天還沒醉，」厤六用圍裙擦着手，送過一碟拆骨肉來，「算您五分錢怎麼樣？都是瘦的。」

「越瘦越塞牙，我的牙……」老趙頭立刻把碟子推開了。

厤六貼近他的耳朵說：「我說您那四兒媳不都生了孩子了嗎？要不是在家裏您連個坐的地方都沒有，您能跑到這兒來看人家蓋樓，看得眼睛發藍！」

「喊，你這人……」老趙頭的腦袋差點縮進腔子裏。

「我呀，可沒那麼大胃口，下次調工資的時候，給我的退休費上加幾塊就知足了。」王老頭兒喝了一大口酒，嘆了一口氣說，「錢少了，在家裏說話都不佔地方。」

「我這還不是開開心。」老趙頭覺得喝下去的酒有點發酸，瞥一眼那盤拆骨肉，說，「咱爺們兒先前也闊過，那時候在東交民巷裏拉洋車，一天掙過六塊袁大頭……」

「您還是讓舌頭涼快涼快吧，『紅衛兵』的皮帶還沒給您解够癢癢呀！」麻六端起那盤拆骨肉，晃着碾子一樣的腰板，進櫃臺裏頭去了。

低矮昏暗的酒店裏沈寂了一陣，老趙頭和王老頭兒幾乎同時看了一眼牆上的電鐘，都把臉轉向了窗外。

「我早就知道『教授』不會來了。」老趙頭從上衣口袋裏捻出一張紙片，慢慢地捲着煙。

「前些天我還看見他蹓鳥呢。」王老頭兒把手伸進衣裳裏一下一下地搓着，舒服得臉上的皺紋都開了。

「蹓鳥？那是什麼時候的事了！如今人家蹓娘們兒了，找了個燙飛機頭的。」

「是麼，抖起來了？」

「聽說人家被順義縣的什麼家具公司給請去了，一月三百多塊。」

「我說人家不來了呢。」王老頭兒把手從懷裏拿出來，看着手上的泥卷兒說，「其實，我就想找個『補差』的地方，托了十幾個門子了，肉包子打狗。」

「你就不如我想得開，有酒喝，有覺睡，還圖什麼呀！抗日那陣咱沒扛過槍，援朝那陣咱沒過江，有今兒這日子就該知足了。」

兩個人都低下眼，沒話了。於是酒店又沈寂了，似乎整個世界也安靜了。

窗外傳來一陣起死回生般的哄笑聲，王老頭兒和老趙頭激愣了一下，把眼睛從玻璃裏瞪出去，看見對面樓上的吊塔停了，電焊槍不亮了，預制板、翻斗、鐵鍬、安全帽什麼的都像定在那兒，不動了。那一幫七長八短的小伙子，表演雜技一樣從腳手架上溜下來，搶球一樣湧向酒店門口。

「嗨，嗨，伸手算一份！」

那個晃旗的小子，在臺階上把一個五分錢的鋼鏰兒拋起來，問一個把絨線衣繫在腰上、赤着脊樑的小伙子：「今天可是該你請啤酒啦，要字要面？」

「我就今兒沒帶錢。」那小伙子長得挺漂亮。

「裝什麼孫子！把你女朋友讓我們哥幾個押一夜也行啊！」這一羣又哄起來，那一張張掛滿汗鹼的臉上漾出了油光。

「我拍賣這件衣裳，正經的日本八五年紅氣球網球衫！」那個漂亮的小子，解下腰上那件衣裳，抖開，「怎麼樣，十塊！」

「算啦！衝藝華實業公司的女老板，這一遭啤酒我請了！」那個晃旗的從後臀兜裏摸出一張大票，晃了一下，「誰讓我這個月多拿四十塊獎金呢！」

這一伙子，一人一升，站在櫃臺前頭喝起來，滿屋子咕嘟咕嘟的響聲。

老趙頭忽然覺着心裏挺不是滋味的，因爲他聽見這一伙子都「工長」、「工長」的稱呼那晃旗的。雖說他不知道「工長」在建築行是個什麼階級的領導，但見一個賣驢錢肉的兒子這麼威風，他身上的汗毛孔就像堵住了一樣的不舒服。這種不舒服好像傳染，他漸漸地對啤酒也不舒服起來。

「我跟你這麼說吧，王老頭兒，三十年前，可北京城，就沒有人喝這個。這也是洋人帶過來的。什麼都是洋的好了。穿上那細腿的洋褲子有了洋屁股，再喝上這種洋馬尿，連下水都變成洋的了。這就跟船要沈了一樣，誰也擋不住。瞧着吧，活現！他也不知知道不知道他爹是賣驢錢肉的。」

「要說您操這份心也是瞎掰，」王老頭兒用眼睛冷靜地送走了這伙子年輕人，依然盯着窗外說，「這『天源』字號三十年前就有了，您坐在這兒喝過酒麼？現在可倒好，您每天二兩，要我說呀，您就知足吧，就是那些當部長的，也沒您這麼滋潤。」

老趙頭不吭聲了，捏了一大撮兒白糖扔進嘴裏，又喝了一大口酒，喉結咕嘟一響，把眼皮也撂下來了。

王老頭兒喝一口酒，咬一口梨，嚼得滿屋子響，用舌頭在唇邊掃一圈，又一口酒，又一口梨，不一會兒就把酒喝乾了，梨吃光了，連核兒都咂乾淨了，瞇起眼，深吸了一口煙，從鼻子眼慢慢吐出來，說：「我看『教授』不會來了，人家比咱們心眼兒活潑。」

老趙頭悠悠地撩開眼皮，瞄了那條一直空着的杌凳，說：「前些年老頭不値錢，這兩年老頭賣『高價』，你也看着是個便宜呀？早晚！早晚得下來條文收拾這些沒邊沒沿的事兒！」

那勁頭好像「條文」就在老趙頭的手裏攥着，王老頭兒的臉兒都有點掛色，半天才憋出這麼一句話來：「快十二點了，我得回去了，今兒中午是麻醬涼麵。」

「其實這事，誰心裏頭都明白，改革裏頭還得改革。」王老頭兒見老趙頭正襟危坐，臉還綳着，順下一口氣又說，「就說我們院東屋那個『二舌頭』，初中念了五年都沒畢業，全院的水電費都算不俐落，這不，去年也不知怎麼一撲騰和香港掛上鈎啦，成了駐京辦事處主任，來回坐飛機上廣州，回家騎着一個比活驢還大的摩托，買賣都是幾萬幾十萬的幹着。人家算是跟上潮流了，連他爹媽都說，要早知道『二舌頭』有這麼大出息，就不往死裏逼他拿那張初中畢業證了。您聽聽，要是不來個『文』兒整治整治還了得嗎？連那些科長處長們也都得去搗騰牛腿褲、玻璃襪子啦！」

「早晚！王老頭兒，你等着，早晚有這麼一天！」老趙頭一口把碗裏的殘酒倒進嘴裏，依然很斯文地用手指頭沾着白糖，支起肩，身子微微地晃起來，說，「錢不是個好東西，抓得急了，一樣咬手！再說，再說，」他覺得自己應該用點「文」上的話，一來問題就這麼嚴重，二來他老趙頭有這個水平，脖子粗了足有五分鐘，終於找到了，「這麼跟你說吧王老頭兒，社會主義的錢和資本主義的錢有本質的不同！」

「那是，那是啊！」王老頭兒聽了也嚇了一跳，把帽子戴上，顫顫地站了起來。

老趙頭冷冷地一笑，臉上的肉横起來，弄得桌子板凳劈叭的響，晃到櫃臺前，又向門口晃去。

坐在櫃臺裏面陰暗處的厖六，似乎睡着了，縮着脖子，寬臉上沒有光，只有兩眼像香火頭一樣透出一點亮兒。

正這時，門口來了一輛摩托車，放了一陣子「屁」，閃進兩個人來。男的，細高，拎着個猪尿泡一樣的盔，木樁一樣戳在中央不動了，兩隻眼像搜查什麼似的在屋子的四角掃來掃去。女的，就是那個萍姑娘，罩一件叫什麼柔姿紗的連衣裙，領口還綴了一圈什麼，閃着像銀子一樣的光。還沒等厖六站起來，她就把一張挺硬的紙展在櫃臺上：「您看看吧，我已經把營業執照拿下來了。」

「你承包了？連這酒店？」厖六像觸電一樣瞄了一眼那張紙，渾身震了一下，僵硬在那兒了。

「還有這位」，萍姑娘貼在櫃臺上壓低了嗓門說他是×××的兒子。老趙頭和王老頭兒就想聽清這個「×××」，可能由於精神太緊張，錯過了。當他們又聽到萍姑娘說，「執照上寫着呢，『美的爲您服務公司，』他是經理，我是副經理」，老趙頭和王老頭兒的目光一下變得遙遠了，好像在看飛碟或人造衛星，四條腿同時顫了一下，往後退了兩步。

「這房子下個星期我們就把它拆了，蓋個二層樓，加拿大全塑材料的門面。」萍姑娘柔和地瞭了那個木椿子一眼。

「那你們把我也承包了嗎？」麻六把臉上的笑一直送到萍姑娘的眼睛裏。

「我們這個公司主要經營的是廠貨和西餐，您要是願意留下就看門吧。」萍姑娘像照相機的閃光燈一閃地笑了一下，衝麻六擺擺手，相跟着那個木椿子走了。

酒店裏，在摩托的轟鳴之後又沈寂起來了。

「美的？」麻六罵了一聲，從櫃臺拿出一盤盤的肘花、蹄花，眼睛有些潮潤，悶悶地說，

「我就是可惜我這點手藝……」

「看來，我們也滋潤不了幾天了。」王老頭兒瞥了老趙頭一眼。

「喊！我還看不透！麻六，來六兩二鍋頭，兩盤肘花。」老趙頭從懷裏像拔毛兒一樣摸出一張大票，拍在了桌子上。「你也陪着我們喝兩盅，算我請客！」

鐵屋

一

「你看，那就是二十四號院住的丁老頭。」每次我和喜子下班回來，由西向東走進胡同，丁老頭從東往西，兩隻手捧着一封信去郵局，喜子都要站下，嘴角翻上去，不易讓人察覺地笑着，直到丁老頭款款地從我們跟前走過去，拐過副食店門前的菜棚子，看不見了，才笑出聲來，「神經病。自己給自己寫信還往郵局送。」

他眼裏閃耀着被刺激起來興奮的亮光。他這雙眼睛在工作臺上一天價也沒這麼亮過一下。不光是他，丁老頭走過去，胡同裏所有的人都是這種眼光。也許這種眼光的判斷是對的。不能大家都錯了。也許我的眼睛出了毛病。要不，爲什麼丁老頭從跟前走過去，我總感到他身上放射一種奇怪的電流，把我腦袋裏、身體裏什麼什麼都攪亂了。連自己都不相信，我好像面對着一輪鮮活濕潤的月亮。丁老頭要從那月亮裏走出來，繚繞着乳汁一般霧氣，頭髮像夜一樣黑，眼裏有像水晶一樣的東西流出來；手裏捧的也不是一封信，是月光一樣的一張白紙。可喜子說丁老頭滿頭白髮，發出銀子一般的光，鼻梁上架着一副深度眼鏡，手裏捧着的那封信上貼着一張「紀念抗日戰爭勝利四十周年」的郵票。

喜子顯得很得意，是那老頭帶來的，嘴裏像嚼甘草一樣咂着滋味。我卻沒有，一點也沒有這種「幸災樂禍的惡毒」。其實喜子才比我小幾歲，沒正經上過學，也沒插過隊。

他把嘴裏嚼過的什麼東西吐在地上了。絕不是甘草渣子，黑的，冒着黑色的煙，好像還在燒着。我有點發傻，心想，這不僅僅是眼睛出了毛病。正這時，丁老頭從胡同西口的菜棚子前面走回來了，手裏空蕩蕩的，兩眼還流着那水晶一樣的東西。風好像把他寬大的中山裝飄起來，頭髮也飄起來，背後像一輪吱嘎吱嘎滾動着西下的太陽。他和那夕陽都是硃磦色的。

他還是那樣款款地從我和喜子面前走過去。喜子的嘴角又翻上去笑，我心裏還是沈甸甸的。我總希望從他的眼睛裏看出點什麼，渾身的汗毛孔都張開了。但我驚異地發現水晶並不透明。

他走進了那座有九層石階的院子。臺階好像不是九層？要不他怎麼走那麼長時間？時間好像也停止了。西下的太陽凝固在那兒，一動不動。反正很久。他好像在一個孤獨的世界裏，艱難地走了許多許多年。

「有意思吧？比看球有意思。像昨兒晚上那場球，還五毛錢一張票。喊！兩個隊都是臭大糞，比不上丁老頭來得刺激。」

喜子翻上去的兩個嘴角堆着奶油一樣的泡沫。

我的兩手卻汗津津的，心裏也是濕的。

我和喜子推着自行車繼續由西往東走。他車上的加快軸響得可憐，好像那上面也有神經，一跳一跳地抽搐。他又往嘴裏不停地塞東西，不停地嚼着。就是在班上他也這樣不停地嚼，嚼得有滋有味。這會兒我才深深地感到他和我的不一樣，就幾歲之差，身上的每個細胞好像都不一樣。也許我眞像他說的，活得過份認眞了，活得太累了。腦子裏「剩餘價值」生產得太快。還想追求點什麼，得到點什麼，等待點什麼。還有失去了痛苦。他管這叫「當乖孩子的痲煩」和「找不到自己的苦惱」。他就活得輕快，一種具有「時代優越感」的輕快。他的「思維半徑」很小，什麼都不往心裏去，什麼對他來說都是無所謂的。甚至他的女朋友被車撞了，他也不去醫院看看。他說：「那是她的事兒，和我有什麼相干。我又不想當雷鋒。我也不想攙着一個架着拐的女人，在街上招攬別人的尊敬。」他活得輕鬆，是因爲他並不想對誰有什麼意義。他就是他。他不是「特殊材料的人」，但也是一個人，也算一種「材料」。正像我們廠長頭疼的時候說的：「娘的，這一代！」

丁老頭終於從臺階上消失了。喜子騎上車走了。他兩個肩把腦袋緊緊夾住，黑色的蝙蝠「T恤衫」鼓起來，烏鴉翅膀一樣呼呼地搧着。騎出五十米，他忽然回過頭來喊我：「別忘了明兒中午去薇薇家吃生日蛋糕，還有酒和藝術什麼的。」他把嘴角拉下來笑着。這個混蛋，不知什麼時候又和薇薇「勾搭」上了。他就像那自行車上的加快軸一樣，在莫名其妙的抽搐的旋律中旋轉。

二

就是這個喜子告訴我，丁老頭叫丁兆遠，過去在一個什麼研究所裏工作。是什麼研究所他記不清了，這並不是他腦子有問題，「麥克唐納」和「馬克西姆」他只聽過一遍，就焊在了嘴上。

丁老頭是這兒的老住戶。可長庚街十不老胡同裏的人都記不清有這麼個丁兆遠。他離開這兒的年頭太多了。喜子說話的時候，眼睛總心不在焉地看着別處，追踪着街上風馳電掣的「暴走族」。聽說他是鬧「文化大革命」頭一批被抓走的。對不起，那時本人才一周歲。他回來的時候，胡同裏的人都認不出來了。不是他變了就是胡同裏的人變了，也許是一塊兒都變了。這和我沒一點關係。我認識他是因爲他們院的三兒。他就住在三兒後院的三間北房裏。三兒和我一塊兒進廠，不到一年就辭職跑買賣了，成了湖北「華大」公司駐京辦事處的採購員。也有了一輛摩托，也他媽成天帶着個妞兒兜風，大把大把地花錢。我們這幾個同學，每個星期都去「宰」他兩頓。其實是吃他姥爺。他姥爺是個大官。雖說比不上孟嘗君，也養得起我們這幾個「吃主兒」。我頭一次見着丁老頭，就是他去郵局發信。大熱天的穿一身中山服，所有的扣子都扣得緊緊的。走道好像腳後跟不着地，顛顛的，縮着脖子，眼睛有點發直。我聽人說過，兩眼發直的人，腦子有毛病。三兒他媽也說，這人腦子有毛病，兒女都不來看他，連他老伴死了也不敢告訴他。我卻覺得這人活得怪解悶兒的。他平常不說話，總是遠遠站下看着你，眼神也是遠遠的。他把話都寫在信裏，每天一封。不是寫給他老伴，你聽清了，是用他老伴的名義寫的，寫給他的。貼上八分郵票在郵局裏發了，然後再由郵遞員送回來。他聽到郵遞員喊他的名字，眞像收到他老伴的信一樣，不住地衝郵遞員點頭。他說他老伴還在向陽湖「五七」幹校，不過不是「接受再教育」了，她被教育好了，又去教育別人，教那些農場職工識字，學文化。他接過信必定說一句：「是瓊的信。」然後不等郵遞員走出大門，就把信拆開了一路往回走一路咕嚕咕嚕念出聲來，但沒有一個人聽清楚他念的是什麼。然後站定在他的屋門口，兩眼淚花花地拍打着那信，喃喃地說：「她不回來了。又不回來了。都不回來了。」

這時院子裏的人有的搖頭有的嘆氣有的撇着嘴笑着走開了，只有好事的袁奶奶搖搖晃晃地走到葡萄架下，對着丁老頭的背影說：「又是亞瓊的信吧？」

「嗯。」他含混地應一聲，緩緩地轉過身來。

「照說她也該回來了。怎麼政策會沒落實到她那兒?!」

「她病好了，能吃東西了，也胖了。」

「寄相片來了？」

「信上說的。」

「照說她回不來，你該去看看她。」

「我要是離得開，我要是沒有事幹，早就去了。」

說着，丁老頭就眞跟有工作等着他，顚顚地進屋去了。袁奶奶要在那兒睡着一樣地站一會兒，兩支胳膊直直地垂着，乾癟了的嘴上噘出一朵菊花，兩眼也淚花花的。都跟眞的一樣。喜子把嘴翻上去說，不是這兩個人哪兒出了毛病，就是這個世界哪兒出了毛病。

就是這個淸醒的喜子告訴我說，在他的印象中，丁老頭只有幾天沒自己給自己寫信（少攢了三張郵票）。那是去年冬天，他煤氣中毒送進了醫院。這個怪老頭連睡覺都跟正常人不一樣。他的三間房，東邊一間，雙人床、衣櫃、梳粧臺、撢瓶、盆花，好像他老伴在家一樣，收拾得停停當當；中間一間是火爐子、沙發、書櫃、寫字臺，拉着窗簾；西面一間，只有一張單人木板床，上面放一個簡單的行李卷，四壁空空。他每天都睡在這西間屋裏，而不是東屋的雙人床上。白天總關着門，好像藏着什麼秘密。那天闖進去搶救他的人，都聞到了屋裏那種已經腐爛多年的發霉的味道。他每天晚上都要用什麼硬東西敲一陣子那門，好像是一串鑰匙，有一種嘩啷嘩啷金屬的響聲，然後就閉了燈，然後就是他好像做晚禱一樣背誦什麼咕隆咕隆的聲音，然後就安靜下來，像死了一樣沒一點響動了。那晚上沒聽見他的敲門聲。院子裏只有袁奶奶留意着這響聲。好像只有聽到這響聲她才能放心睡覺一樣。每當這響聲傳來，袁奶奶就說：「聽，丁總又敲上了。這是叫人呢……」她的家裏人，看電視的照樣看，督促孩子洗腳的照樣呼叫得像吵架一樣，沒人聽她天天如是莫名其妙的解釋。奇怪的是，那天晚上沒聽見丁老頭的敲門聲。袁奶奶幾乎嘮叨了一宿，還添了咳嗽：「你們去看看，丁總每天晚上都叫人，今兒怎麼不叫了呢？」

她的家裏人都不願意去。兒媳婦說：「明兒早上再去看吧。也許他忘了。」

袁奶奶更固執：「他不會忘。一個人孤零零在黑夜裏，什麼都能想起來。」

兒媳婦笑出老遠。走到老太太床前：「您說的也是。人跟人不一樣。我這個人吃飽了就睡，一輩子過得糊裏糊塗的。」

「人是不一樣。」袁奶奶瞪着天花板上鬼魂一樣扶搖的樹影兒說，「有人在過去裏，過不來了，就像牆堵上了……」

這世上有幾個人能明白袁奶奶說的是什麼？人都是過去就過去了。我什麼都不想，所以我吃什麼都香。喜子嘴角又翻上去笑了一下，說，第二天撞開丁老頭的門，發現他中煤氣了，嘴裏直吐白沫子。袁奶奶讓人灌了他半瓶醋才送到醫院去的。還是這老法子靈驗，到了醫院一針沒打，也沒灌氧氣就緩過來了。袁奶奶說：「犯不着上醫院。卡住『人中』讓他吐了，喝幾口涼風就好啦。煤氣也是一股邪氣。」

丁老頭在醫院老老實實躺了三天。三天裏就說了一句話：「完了。這下完了。」瓊不會給我來信了。」

三

看着喜子描述丁老頭。嘴角翻上來拉下去的，我心裏忽然有點噁心，一種厭惡他嘴裏嚼那東西的噁心。

那天中午我也沒去吃薇薇二十歲的生日蛋糕，我怕也吃出喜子嘴裏嚼的那種味來。其實我是怕我自己，喜子那張嘴總讓我想起我插隊那地方河溝裏的鰭足魚，嘴很大，兩隻眼睛很小，常常大白日裏爬上岸來，吸食樹根和草葉上的蟲子。

這絕不是我看不起我的朋友，但我也不羨慕他們活得輕鬆，心理上或者說血液裏的種種

「優越」。那天三兒幫我買來兩條「大重九」，喜子交給我時說：「你要的兩盤磁帶他星期六晚上給你帶來。你自己去取吧。我星期天和『老猫』有事，『妖精』從堪培拉回來了。」他這回嘴角沒往上翻也沒往下拉，而是嘴唇使勁往外吸了一下就走了。他從沒像一般人那樣笑過。他說他不是笑給別人看的。

星期天我來到了二十四號院，還沒踏上臺階就聽見從院子流出來的歌聲：「……思緒也不斷地在我心中翻攪，告訴我歸去吧，奔向你的呼喚，回不去的是我的夢。」什麼破嗓子！阿猫阿狗都想成爲歌星。東北酸菜味。我一面朝臺階上走，一面想着那天看見的丁老頭。那油漆已經落光了的柏木門，也使我想起了小時候大白天鑽進這個院子來偷棗的事。院子裏有三棵棗樹。那是在前院，後院從來沒進去過。又是小時候。

後院的房子看上去說有多古老就有多古老。瓦上牆上石基上長出厚厚一層黑銹。門窗也是黑色的，整個兒鐵鑄的一樣。那像弓一樣繃起來一條條鼓棱棱的瓦壟，那像獸頭一樣探出來的飛檐，那像翅膀一樣伸展着的女兒牆，使我想起自然博物館裏巨大的恐龍骨骼。恐龍曾經有生命，我想這房子也是有生命的。不然它怎麼能顯得那麼安詳又那麼威嚴，那麼鎭定又那麼冷峻呢。它的根深深地紮在地裏，昂着頭又終日緊閉着眼睛，好像在長久地等待着什麼，也許不是等待，而是為了什麼長久地忍耐着。這堅強的如絲如縷的生命。或許完全不是這樣，它就是一堆骨骼。

你是何木林嗎？我正胡思亂想：三兒媽走了出來。她才五十歲，臉上每一條肌肉都失去應有的彈性了。

這時西屋的歌聲停了，全世界好像安靜了一半。從門縫裏冒出一個姑娘的臉來，上面塗着一層大白粉。

他一早就走了。三兒媽把我讓進東屋裏，讓到沙發上坐下說。他把磁帶給我撂下了。我不知道你們愛聽這哼唧哼唧的，咂磨出個什麼味兒來？

我這兩盤是柴可夫斯基的交響樂。

一樣。都跟鋸木頭一樣。

她不像不喜歡歌曲和交響樂的女人。我覺得她不像，可又不知是什麼敗壞了她胃口。

這時，傳來吱地一聲門響。我走到窗前，看見丁老頭從屋裏走出來。臉上一片荒涼一片寒冷，兩眼直杠杠地走到院中央的自來水管前站定，一迭連聲地說：「我是十九號我是十九號我是十九號……」

每天都這樣。三兒媽陷在沙發裏，兩個胡蘿蔔一樣的手指一挑一挑地織着毛活兒，說，這院裏有這麼個寶貝，大夥都陪着受罪。他「落實」回來的時候，我們都以爲他是瘋子，把他送到了安定醫院。可那兒的大夫說他沒病，一切反映都正常。可你看他那樣兒，每天上午十點下午三點準從屋裏出來，在那兒站着，念念叨叨的，十五分鐘。誰知道他念的是什麼經？他也沒個錶，沒個鐘的，可比咱們這有錶有鐘的還準。你看着他吧，他在那兒念叨完就回屋去了，在他西間屋裏像耗子一樣順着牆根來回走。嚓嚓地走得你心裏七煩八亂的。哼，安定醫院的大夫還硬說他沒毛病，我看那些大夫也都是瘋子。

十五分鐘以後丁老頭果然回屋去了。他兩隻手悠悠地擺動着，身上每一個骨節都顯得很輕鬆，眼裏一片空明。

最讓我受不了的是他夜裏像狼那樣的叫。三兒媽好像想起了什麼，突然擡起頭來，停下手裏的活兒說，我心臟不大好，他這一叫，得了，就別想再睡了。吃什麼藥都止不住心跳，一直眼瞪瞪地瞪到天亮。

他每天夜裏都叫嗎？我堅信三兒媽沒聽見過狼叫。我聽見過，插隊那時候。

也不。三兒媽又低下頭去織毛活兒。

他都喊什麼呢？

就那麼一嗓子。怪嚇人的。三兒媽的兩根胡蘿蔔數着針說，有時也喊我是十九號。

十九號是什麼意思？

許是他過去的事。咳，誰像他那麼活着。人都是越活越沒記性了。看不出來丁老頭使三兒媽的生活有什麼不如意的地方。三兒媽的心臟病是不是丁老頭引起的，我也說不好，就是這院裏沒丁老頭，三兒媽有沒有睡不着覺的時候呢，我也說不好。

我走出三兒他們家，三兒媽也出來了，一直跟我走到丁老頭的窗根底下。那兒有點風，不知從哪刮來的，挺涼。葡萄架後面那棵白果樹相當高大，一眼似乎望不到梢。樹影密密匝匝鋪在鐵一樣老屋的門窗上。每一個葉影都圓圓的，活的一樣。那白色的光斑也是活的。我站在這兒，好像兩隻腳離開地面，就像那次在冰水裏的感覺一樣。不敢回頭，害怕激流一下子把我捲走。

屋裏響起了嚓嚓嚓的腳步聲。我從窗櫺裏看見丁老頭沿着牆根，緩緩地從這個屋角走向那個屋角，又從那個屋角走向另一個屋角。猶如一個機器人，神情異常平靜，兩條胳膊直直地垂着，不擺，脖頸有點向前傾，眼睛對着地可目光又不落在地上，像是懸在半空裏的一個什麼地方。我忽然感到一種悲愴的衝擊，那灰白色的擺在屋子中央的木板床，那灰白色的擺在床上的行李捲，在灰白色朦朦朧朧的光影裏，好像一頭猛獸蹲在那裏，用只有丁老頭聽得見的咒語驅趕着他不停地走。我不知道是自己的神經有什麼異常，還是這屋子裏和丁老頭的身上有什麼異常的地方。我從那嚓嚓的腳步裏聽到了金屬的響聲。

丁老頭停住腳步，木頭一樣衝着牆悶悶地站了一會兒，走到中間屋裏。又掏出手絹來擦了好一會兒眼鏡戴上，那目光變得柔和起來，溫暖起來，明亮得一片輝煌。在這片輝煌的目光裏，他攤開寫字臺上一張很大的紙，一手握着鉛筆，一手推着三稜尺，專心致志地畫起來。那張紙上已經布滿了線條。很多線條已經重合在一起了。還有密密麻麻的阿拉伯數字，各種奇奇怪怪的符號和碳素筆寫的英文字母。我怎麼也看不出來他畫的是什麼，也許因爲隔着玻璃。像一條船又像一部機器，有很多很多門，很多很多窗戶和很多很多柱子。

他說他畫的是房子。三兒媽突然從背後冒了這麼一句。她手裏還織毛活兒，離得遠遠的。

怎麼是房子呢？

是房子。他說是房子。他說他房子出了毛病，要造一座新房子。他整天整天地畫。

我眞想不出來那是房子，能够住人的房子。也想不出這三間像鐵一樣的老屋，哪兒出了毛病？需要那麼多門窗，那麼多柱子？

這時，丁老頭走了出來。他大概是聽到了我和三兒媽的話。他兩眼定定地看着我，好像我倆是老熟人，木木板板地笑了一下，說：「我是在設計新房子。是新房子。我不知道畫得好畫不好。」他又笑了一下，臉上叫媚得像個孩子一樣，眼裏又流出來那像水晶一樣的東西，「我現在住的這房子不行了，早就不行了。要不我怎麼會得了風濕病。腰疼腿疼骨頭疼。心臟裏積了好厚的土。一夜一夜的做惡夢。」

他那孩子般的笑又在我臉上閃了一下，轉身回屋去了。

我驚異地發現，他站過的地方，那長着黑色苔銹的石階上，留下兩個深深的坑。其實他只在這兒站了一會兒，我看見的，也許不是他的一生。因此我想像不出來他是怎麼留下這深坑一般的腳印的。

在丁老頭走出來的時候，三兒媽就悄沒聲地回屋去了。我雖然沒回頭，可我的心能看到她回屋的路上，手裏的毛線團一次兩次三次掉在了地上。

我不知道在那石階前站了多久。從街上買菜回來的袁奶奶引開了我。她臉上也那麼明媚，眼裏也流着那水晶一樣的東西，也那般孩子一樣地笑着說：「走吧小伙子，幹你自己的事去。你沒聽見電匣子裏說，四川有一個小伙子，帶着個皮筏子進了西藏，去漂流長江麼？這才是小伙子的事。千萬別笑話上了歲數的人。人老了就沒腦筋了。他沒腦筋了，我也沒腦筋了。記住了盡是些奇奇怪怪的東西。」

我不知道該怎麼理解袁奶奶的話。也許怎麼理解都可以，也許怎麼都不能理解，因爲我跟她相差五十歲。但我從二十四號院走出來，總覺得我的心緒和在插隊的地方那次丟失了白馬的心緒是一樣的。那是在老皮子溝，沒腰深的草甸子，灰褐色的水泡子，遠處是浩浩蕩蕩的樺樹林。白馬就在那兒走失了。我和玲玲去找。天上飄着小雪，沒有一絲風。我走迷了路，玲玲又走失了，再也沒回來。多少年了……我的玲玲，我的白馬。

四

有好長時間我沒有到二十四號院去，也沒有見着喜子。說不清因爲什麼。而且這些天父母都出差了，電大也考試完了，沒什麼可幹的事，心裏空着好大一塊。

發季度獎金那天，說不清爲什麼我很想找地方喝點酒。正在街上轉，碰見喜子。他騎着三兒那輛摩托，臉上一片上癮的氣象。

「紐約來的音樂會去不去聽？」他也抽起來「希爾頓」，彈給我一支。

「不去。」抽上烟我才想起來那大我忘了拿三兒那兩盒磁帶。或許柴可夫斯基能塡平我心裏空着的那一大塊。

「你這個人眞不開竅！我這兩天連着聽。騎着這玩藝兒，聽着音樂會，更時髦。那才是『份兒』、『派兒』、『味兒』什麼全有了。」

我知道他連簡譜都哼不下來，不知道他在那種「精神過剩」的「室內音樂」裏聽出什麼「味兒」來。

「你還不知道吧，人家三兒上香港了，要和港客合資搞個買賣……」

我不想聽這些，轉身就走了。

「咳，你怎麼不等我說完了就走。人家三兒還挺惦記你的，打算……」

我還照走我的。

「你有什麼急事？聽我把話說完了嘛。」

「喝酒去。」

「那咱們一塊去。」

喜子推着摩托跟上來說：「告訴你點新鮮事。你知道丁老頭，前兩天讓車撞了。」

我一愣，站住了。

「怎麼樣？」

「他倒沒事，就是胳膊上腿上破了點皮。那個騎摩托車的小伙子倒住了院了。三處粉碎性骨折。你說邪不邪？」

「是怎麼撞的？」

「丁老頭這人，魔症。平時，除了郵遞員，別人一喊他的名字，他馬上就跟一句『我是十九號』。要是逢着在外面買麵買菜上車，反正不管什麼事，只要排隊，他排在隊裏，前面總要留一個空檔兒。別人讓他往前靠一靠，他總說：『這兒有人。』人家就說：『這兒明明空着，怎麼有人？』他就說：『有人就有人。十八號在這兒。』人家就問：『誰是十八號？』他說：『十八號就是十八號。』人家認定他是神經病，也就不和他計較了。三兒他媽問過丁老頭，那個十八號哪去了？丁老頭說不知道。他說他就記得那天早晨吃飯排隊的時候還站在他前頭。上工點名的時候也在。中午吃飯排隊的時候就不見了，以後再也沒見過他。

丁老頭還說，十八號給過他一雙襪子。那襪子已經穿破了，可他還留着，他又買了一雙新的，可這些年也沒見着十八號。你說有沒有邪的？」

喜子又點上一支煙，瞥一眼前面十字路口川流不息的車輛，把嘴角翻上去笑了一下說：「邪就邪在這十八號身上了。那天丁老頭在胡同口那個副食店排隊買豆腐，前面照樣兒留了個空兒，照樣嘟嘟囔囔地向人家解釋那是十八號的位置。就在他快排到頭的時候，誰也不知他在馬路上看見了什麼，突然扔下裝豆腐的鋁盆，離開隊伍，向馬路上跑去，一面跑一面大叫：『十八號！十八號！我是十九號呀——』就這樣，撞在了一輛摩托車上，把那騎摩托的小子撞進了醫院。」

我心裏空的那一大塊，好像忽地一下被什麼塡滿了，塞得結結實實的。我好像看見了丁老頭高喊着，衝過去，那兩眼裏放射出太陽一樣燦爛的光芒。

「怎麼樣，丁老頭這人挺來刺激的吧？」喜子似乎是從我臉上看到了什麼，從摩托車上下來，一隻手搭在我的肩膀上，說：「不過，照我看，這人也够可憐的。我眞不知道像他這樣的人還活下去能活出什麼味兒來？」

我全身的血突然湧進了手裏，叭地一下打在了喜子的臉上。

「混蛋！」我衝他罵了一聲，扭頭就走了。

過了好一會兒，喜子衝我的背嘟囔着：「我沒什麼得罪你的地方呀！我是說那丁老頭，自打被撞了一下以後，什麼數字都記不清了；連自己家的門牌號碼都記不住了，整天逢人就說，我見着十八號了！我見着十八號了……」

我呢？我的玲玲……我的白馬……

木頭人

那年，我十五歲，第一次一個人坐火車從北京去大興安嶺，到父親那兒。走之前沒寫信也沒拍電報，想突然地出現嚇他一跳。

那時父親在開闢一個新的貯木場，叫「塔圖」。在黑龍江和內蒙古地圖上都找不到它。我不知道它離牙克石有多遠，在哪個方位上。

那時是九月，北京的女人還穿着裙子到處亂走，牙克石街上紅紅綠綠的毛衣已穿在外頭，還有的披着大板皮襖，臉上依然冷颼颼的。問遍了我碰到的人，沒一個知道塔圖，又都盯着我不走，盯着我那件怪裏怪氣的滑雪衫，打聽多少錢一件，在哪兒買的。聽我一說，都張大了嘴，啞出聲來。

我在牙克石呆了三天，坐了一段火車，又坐了十一個小時汽車，到塔圖已經黑下來了。「沒多遠了。」司機是個小伙子。一盒「大重九」煙的功效，一路上都對我挺照顧。半道上我撒了三泡尿，他停了三次車，也撒。他從耳朵上取下一支煙來，點上，指着前頭一片黑森森的樺樹林子說：「過了這片草甸子就是。你要踩着塔頭草墩子走，有的地方水深。」他笑得很輝煌，露出一個假金牙。還叮囑我回北京的時候，再搭他的車，可以不要錢了。這一趟他要了我二十五塊。他是去年從關裏來的，靠這輛車掙了一萬九千多塊錢，還找了一個女人，「二和水」。告訴我這些的時候，金牙齜出來老長。我猜測出他關裏老家有老婆孩子。

草甸子裏水不深，也沒碰着狼。又穿過一片低矮的柞木林子。望見側面半坡上有一排木頭垛鐵皮頂的房子。我想那就是貯木場了，心忽悠一下吊起來。有兩個窗口亮着燈，短短的燈光像毛茸茸的眼睛一樣。

我走進屋裏，工人們都吃過飯了，在裏間屋的炕上，頂着一盞馬燈，用一種樺皮做的「九九」牌賭錢，叫喚得像狼咬着了，臉上都掛着一層熱汗。父親一個人坐在飯桌前，臉安靜得和相片上一樣。

「我等你呢。」他看了我一眼，又很快收回去了日光。用一張很窄的舊報紙條兒，顫顫索索地捲煙，發黑的煙末子在紙片上硬殼蟲一樣地跳。他那雙手很長，每個關節都像老樹一樣結出了疙瘩。

他知道我來。我不明白他怎麼會知道我來。我要跟他說說火車上的情形，他垂下眼皮說：「先吃飯，吃了就睡覺。我到山上去轉轉。」

他抓起立在牆角的一支俄式步騎槍，頭也不回地走了。他的腰明顯地往下塌了，走路也顯得有些笨重。

我大概眞是累了，一直昏睡到第二天晚上。

起來的時候，工人們又都吃過飯了，又都打牌去了，又是父親一個人坐在飯桌前等我。他不幹什麼也不想什麼，就那麼坐着。桌子上一大盆熱氣騰騰的炖狍子肉。頂棚上吊着的馬燈很大，罩子上還有雲子花紋，賊亮賊亮的。燈光好像把大塊大塊的狍子肉都照透了，猩紅猩紅的，好像還活着，還有血在流動。

父親說：「趁熱吃，新鮮。」後來我才知道這是他爲我特意到山後的碱灘打的。他在一片陰濕的樹棵子裏蹲了將近九個小時。

正吃飯的時候下雨了，斜的，沙沙沙地在木頭窗上響。水霧從門口流進來，帶着一種苦澀的銹味。父親在看好幾年前的一張舊報紙，那上面登着英軍在馬島和阿根廷人打仗的事，還有一張挺大的英軍軍艦的照片。

「你說南美洲到底在哪兒？」父親神情莊重地盯着我。他說他一直留着這張報紙，也問過許多人了，他們都說不上來。

我也不能使他明白南美洲到底在哪兒。因爲我無力使他相信地球是圓的，地球那邊的人怎麼也和我們一樣頭朝上活着？我的地理老師也和我一樣是個糊塗蛋。

「那兒比我們大興安嶺還冷，咱們的科學考察船就從那兒去南極。」父親把報紙折起來，沒看見他收在什麼地方，自言自語了這麼一句，靠着火牆瞇起了眼睛，臉上的皺褶慢慢地放開了。

正這時來了一個人，帶着一身水霧，裹着一個短大衣，鞋上褲子上沾滿紅色的黏泥，兩個眼泡腫着，像畫上的一樣有兩圈紫暈。他大口地喘着氣，依在門框上，半天才抹一把臉上黏膩膩的雨水，說：「去六十一工作點怎麼走？」

那聲音好像從很遠的地方傳來。他眼裏沒一點光，也不看屋裏的人。臉在燈光下，像紙一樣白。

「過了這道崗子，到河頭那個窩棚裏喊船……馬六興許睡了。那傢伙天一黑喝了酒就睡。你過了河再走半個鐘頭就到了，一排老木頭房子。」父親很短地看了一下這個帶眼鏡的人。

那人用短大衣裏子擦了眼鏡又戴上，把身上的背包卸在地上，緊了緊帶子又背上，連聲「謝」也不道，扭頭就往外走。

「你還沒吃飯吧？吃了再走吧。」父親叫住他，「要是河上沒船，你得天亮才到。」

「這雨把我凍毀了。」那人轉回來，把背包扔在地上，很艱澀地笑了一下，說，「我還是昨兒天黑以前吃的飯呢，在杉河。」

「聽說杉河那邊昨晚上下雪了。」

「我沒趕上，下雪的時候我已經出溝了。」

「杉河的老金頭病好了沒有？這個老可憐的，說是前幾年讓外面來的幾個造反派把腿打折了。他女人也跑了，那女人不是個正經貨，走了好幾家啦。我早就勸過不要收留她，他不聽啊。這個下賤的，見了女人就走不動道了。報應，這是報應。他也不開酒館了吧？我有六七年沒見着他了。」

那人「嗯」了一聲，濕淋淋地坐在我的對面，挑衅似的看了我一眼，把狍子肉盆一下子拉到他跟前，手伸進了盆裏。那不像一雙幹活的手，很細嫩。

父親說：「蘸着辣子油吃吧，解濕氣。」

那人的頭顯得很沈重，幾乎壓到盆邊上，吃像搶來的一樣。他眞是餓毀了，一會兒腦頂上就升起一團熱氣來。

他忽然問父親：「有酒麼，大伯？」

父親說：「沒好的了，只有木桶裝的。」

「來半斤。」

「這酒半斤喝不出味來。」

父親下炕從裏屋給他提來一壺，那種燒水用的鋁壺。裏屋裏還在賭牌，還熱火朝天的，還那樣像狼咬着了地叫。

那人喝酒像喝水般痛快，狍子肉在嘴裏鍘草一樣咔吃咔吃地響。兩眼停在一個地方不動。

喝了酒，他腫着的眼泡山都柿一般紅起來，臉上很亮，眼珠像燈捻兒一樣放出光來。我看見他嘴裏有兩顆牙掉了，說話的時候上嘴唇一嘬一嘬的。他長得挺漂亮，雖然臉上很髒，但有一種極溫柔的俊氣。

他搖搖晃晃地把身子靠近父親：「大伯，還有葉子煙麼？讓我拿點。」

父親把煙笸籮遞給他。他抓了一大把，又抓了一大把塞進短大衣裏面的口袋裏，還拿了一疊捲煙的紙條兒。

他那兩隻手因爲喝多了酒有些不聽使喚，費了很大勁才捲好一支煙，貪婪地吸着，也不看父親說：「我的火柴也沒有了。」

父親從火炕的狼皮褥子底下拿了一盒給他。

他拿在手裏搖了搖，不知沖什麼點了點頭，搖搖晃晃地走了，立即消逝在黑暗裏，但老遠還能聽見他響亮的咳嗽聲。

我恨他臉上那不以爲然的笑，問父親：「他是誰？」

父親說：「過路的，不認識。」

我憋了一口氣說：「不認識，那你還……這麼招待他？」

「我瞧出他餓了，管他是誰幹嗎。」

我還要再說什麼，可父親已經倒在火炕上睡了，臉依然平靜得和相片上一樣。

父親一個人在大興安嶺裏生活了有五十年。五十年，他對我對這個世界來說都相當陌生了。我倆之間的親近，都是感到很需要，卻沒話。他沒問過一句我的學習情況，也從不談自己。他每天都領我到林子去走，認各種樹，看草棵裏的蘑菇，聽鳥的叫聲，追踪野物留下來的腳印。有一次我們攆一隻被打傷了的馬鹿，跑了二十多里，到了河邊上。他在林子裏眼睛火焰一樣地亮起來，閃着藍色的光。我卻有點害怕，總覺得幽暗的林子裏面潛藏着種種危險。

他在離河很遠的地方站下了，那頭受傷的馬鹿在河那邊的石灘上也站下了。他們都一動不動，都感到很緊張，都緊張地互相望着，都入了神一樣。

「你幹嗎不開槍？」等馬鹿走開了，隱沒在河對面的林子裏，我說。

「我有意放它走的。過河的時候，我看出來它有胎了。」他不看我，向河邊上一個碉堡形的木頭房子走去。

那門鎖着。他沖着門罵了一句，蹲在地上捲煙，突然說：「那人那晚上沒要着船。」我知道他說的是那晚上來問路的那個人。他點上煙，閉着眼一口接一口地抽着說，「馬六這老狗早就走了，到下河灣找那個養羊的寡婦去了。他口袋裏錢一多了就往那兒送。那娘們兒可是吃得進去屙不出來的，連件棉襖都不給他做。去年冬天就披着我送他那件袍皮板，凍得連門都不敢出。」

他在木頭房子的角上很響地撒了泡尿，搓着兩隻手也不看我說：「那小子我看他不是此地人，眼神也不對。」

我說：「他把那盆肉都吃了。」

他空洞地笑了一下，說：「他好像來這兒找什麼。」

「你知道他來找什麼嗎？」我問。

「大半他也不知道，要知道他就不這麼瞎頭瞎腦地找了。」他說完，從牆邊上拿起槍，弓一樣勾着身子往回走了。

腳底的草都黃了，發出鬆脆的響聲。前面林子裏的松樹還綠活活地挺清醒，有一種甜甜的酒味漫出來，讓人渾身都癢癢，可我心裏一直想着那頭受傷的馬鹿。

「大伯——」突然從身後傳來喊聲，「是我！」

是那個問路的人，手裏拄根棍子，鶴一樣站在河對面的草窪裏。臉像瓦片一樣陰暗，好像又餓了好幾天了，但眼睛還像刀尖那麼銳利。

父親愣了一下，把槍扔給我，緩緩地向河邊走去。他在那木頭房子後頭解下船，也不搭話，將那人慢慢地渡了過來。

他們快走到我跟前的時候，那人站下了，從懷裏摸索了半天，掏出幾十元錢來，目光搖曳不安地看着父親說：「這是您的錢，還給您吧。」

父親也不看他，接過來，手指在下嘴唇上舔一下，不緊不慢地點了數，掖進懷裏，說：「你這個雜種！我早知道你偷了我的錢也沒有用。」

「那六十一點連個賣酒的都沒有。只剩下三四戶人家了。」

「這地點錢用不上，你那行手藝白廢了。」

他倆談得很輕鬆，好像什麼事情也沒發生過。我卻感到新鮮而又震驚，怎麼也想像不出來這個畜牲給他飯吃給他煙抽還下手偷錢，也想像不出來是什麼時候偷的。

「你他媽原來是個小偷！」我把槍口對準了他，咔地一下推上了槍栓。

那聲音很響，但他沒動也沒感到驚慌。父親卻一把抓住我的槍管說：「你他媽這是幹啥！幹啥！」

他一下子把槍奪了過去。那人走過來說：「那行當我早不幹了。就是把這位老爺子的錢花了，我也會還他。」

我忿忿地說：「眞看不出你是個好人！」

「什麼人拉屎都是臭的。」他眼睛看着父親說，「我看您老倒是個好人。」說着他從口袋裏掏出一副撲克牌來。嘩嘩像流水一樣在兩手間洗着牌。「不知道您信命不信？我給您算一卦吧？」

父親不動也不說話，還是那般冷冷地看着他。

他乾枯地笑了一下，收起牌來說．「那您伸出手來，我給您看看手相吧。不是孩子們玩的日本曲線模型，是陰陽六十四卦。」

父親還是沒動，連臉上的肉也不顫一下。

「那您知道您的血型嗎？我看您是O型血，只有O型血的人才像您這樣冷靜地看人，對朋友也是看到底才說眞話。啊，您不願談血型，其實血型可以看出來一個人的氣質，那我給您相相面吧。看您的山根挺亮，天庭的神氣也挺充足，您要長壽的，過了八十，九十還得有幾年……」

父親突然打斷他說：「你是不是要跟我討點酒喝，在六十一點連飯也沒吃上？」

那人說：「飯倒吃了，沒酒。」

「那『大白蘿蔔』他們呢？」

「都上山挖黃芪去了，只有一個半死不活的老太太。」

「你這個雜種！收起你那堆玩藝兒來吧。你跟我老實說，你什麼時候進山的？」

「去冬十一月。」

「那到這兒來幹嗎？」父親猛抓住他的胳膊。

「要知道幹嗎我就不來了，在哪兒找不着點活幹，弄不到點錢花。我是想四處走走，轉到這兒了。」他把胳膊往上擡了擡說，「您小點勁兒，我這骨頭都讓您揑酥了。」

「你沒跟我說實話。」父親放下他的胳膊，說，「走吧，先到我那兒去吃飯。」

我不明白父親爲什麼還要叫他去吃飯，他肯定不是個好人。就在他給我父親算卦的時候，我看見他臉上光彩輝煌，脖上的喉結咕嚕咕嚕地上下滾動，十個指頭靈活擺弄紙牌的手簌簌地顫抖。活像一個電影裏的吉普賽占相師，又像跑到山裏和鄂倫春獵人做買賣那些嘴皮子上蹦金豆子的皮貨販子。

我們一路上沒話，父親一直走在前頭，他腳擡得很高，腳步很輕。他是在林子裏多年鍛煉出來的這麼走路。回到塔圖的房子天已經黑了。屋裏的燈好亮，好像把人一下子剝光了一樣。那些工人們又在黑屋的炕上賭牌，滿滿騰騰的煙從人縫裏流出來，掛在臉上，眼睛都是辣的。父親說他們下了大雪就忙了，開山雪道來，到塔爾達奇山上去運木頭。拉木頭的馬出一層汗結一層冰，渾身水淋淋的。人腦袋上都像蒸饅頭一樣，一個人頂着一團熱氣。

因爲我一直想着那頭受傷的馬鹿，再也吃不下去炖狍子肉了。那個人還吃得挺熱烈，酒也喝多了，臉上熬白煞白的，掛了一層霜。不知爲什麼看着他吃得那般激動，我有點自卑，覺得自己像受傷的馬鹿肚子裏的小胎鹿一樣，身上一陣陣發緊。

他用手抹嘴的時候，眉毛一下子奓起來，眼窩越來越深，兩眼黑幽幽的像兩口望不到底的深井。他的脖子上起了一層發紅的鷄皮疙瘩，把手從脖領裏伸進去在胸口上亂撓，發出又乾又澀的咔哧咔哧的響聲，那響聲使我身上也刺癢。

父親說：「他喝多了，你給他泡杯紅茶。」他一把抓住裝酒的那只鋁壺，說：「是你捨不得了吧？你這老頭，喝你多少酒，到時候我會還你。在這個世上，我杜爾河從來不欠誰的。」

父親淡淡地看着他，對我說：「那再給他弄一壺酒來。」

他再喝下去，臉上變得更白。而且從結霜一般的臉上漫散出一股涼氣來。但他還喝。父親也不去制止他。直到他喝得猛地打了一個嗝，肚子裏的東西翻江倒海地湧出來，吐在屋地上，衣服上。吐完了，用頭咚咚地磕着炕沿，鼻涕眼淚流下來，嚎叫着：「你這個混蛋！我要找到你，一片一片把你撕碎了！」

他就這麼叫了大半夜，父親一動不動地看着他，一直看着他歪在桌子旁邊昏昏睡去。

那夜裏又下雨了。屋後的林子裏有狼叫也有鹿叫，聲聲入夢。第二天我醒來的時候出了一身涼汗。

那人走了，不知道什麼時候走的。父親也不在，桌子還擺着他喝空了的兩個鋁壺和凝在盆裏的狍肉。吊在房樑上的馬燈也沒人吹滅，搖搖晃晃地亮着。

「你醒了，」場裏做飯的那個河南人，聽見我把一只鋁壺碰掉地上，走過來說，「昨兒夜裏你一直做惡夢，說夢話。」

「是我嗎？」怎麼不是那個酒鬼呢？我心說。

「是你，還又哭又叫的。」那個河南人拾掇着桌上的家什，問：「是啥把你嚇壞了？」

「我自己。」我已經記不得做的什麼夢了，只覺得頭很疼。「那個人上哪兒去了？」

「天不亮就走了。」

「我爸呢？」

「去送他了。」

「送他？他是什麼人，還要送他！」

「誰知道。我和你們老爺子一塊呆了這麼多年，也鬧不清他有些事是怎麼想的。」

他一直到天黑才回來，像是把那人一直送到天邊上。

「他是幹什麼的，值得您這麼老遠送他？」我看着父親渾身泥濕的樣子，心裏升起來一股火，但問他這話的時候，還是把聲音壓扁了說的。

誰想到他反倒火了：「你這混蛋！你以爲警察在抓他，他才跑到這兒來的嗎？你他媽就這麼糊裏糊塗地活着吧！」

說完他起身就走了，到外面去了。他總是這樣，要一個人呆一會兒，清靜清靜。而且從那天晚上起，一直到我離開塔圖，幾乎沒和我說話，好像再也沒什麼可說的了。

我走那天下了凍雨，只有這兒下這種雨。當年的最後一場雨，在天上是水滴，到地上就成了冰疙瘩。走在上面，發出火車車輪輾軋鋼一樣堅硬的響聲。

父親天剛亮就一趟一趟地跑到北面的山坡上去望　。在那裏看到的塔爾達奇山是蔚藍色的。我知道他是望那個姓杜的，但不知道那個姓杜的用什麼招數使他這麼上心。

吃了早飯，他又出去了一趟，回來說：「你要走現在就走吧。過午有雪。大雪封了山，有多大本事也出不去了。」他身上好像就有一股雪味。「讓小孫去送你，走下河口那條道，在北場能搭上汽車。」小孫就是那個做飯的。「要眞是大雪封了山，他後天到不了塔爾達奇了。」我知道他說的是那個姓杜的，說完他倒頭就睡了。一會兒他就發出來輕微的鼾聲，好像空樹裏的風一樣。

「你就穿這點衣服頂得住？北場的汽車都是送原木的，要在車頂上七八個小時？」在路上，小孫非要把他的皮大衣脫給我。他說我的嘴唇有點發紫是凍的。他媽的，餓，人能咬牙忍住。我心裏罵道，冷，怎麼咬牙也能露出來。

出山口那陣，風響得像狼叫一樣。小孫不知爲啥顯得非常高興，扛着我的帆布提包，歪着腦袋，嘮個沒完，說他在林管局幾個局長家都做過飯，還到北京的大飯莊學習過，吃過滿漢全席，三天三宿不擱筷子，九百九十九道菜。

他那雙小眼睛像針尖一樣閃亮，身上有一股黏膩膩的油味。我住在塔圖時不大跟他說話，聽說他這個人品行不好，在局長家做飯時經常把局長家的事不斷向外傳播。那是能隨便廣播的嗎！他還偷看人家女主人洗澡，議論女人的乳房和屁股。那是能隨便議論的嗎！到了塔圖好啦，一年四季見不到一個女人。

「要說你爹應該送送你。平日他總是念叨，想不到見了你又這麼淡。」他看我並不渴望「滿漢全席」，立卽轉了話題，但又立卽覺得說得過分了。「其實他對人還是很實在的。那個姓杜的，我看他是個騙子，他酒醒過來，從口袋裏掏出一堆廢紙讓你爹看。」

「我爸看了？那上面寫的什麼？」

「不知道。他看完以後，和那個姓杜的一對一支地抽煙，聽那個姓杜的說，一直到過半夜三四點。說完那個姓杜的就走了。你爹把我叫起來，給那個姓杜的酒、肉乾子和硬面餠。你爹送他走的，一直送他到北面山頂上。那時正下着雨。」他掏出一盒「葡萄」牌香煙塞給我，「抽一支吧。林子裏寒氣太大。」

這裏的林子很稀，雜生的白樺和黑樺都很矮很小。從對面峽谷裏翻湧上來的霧，一堵堵牆一樣橫在前面，壓得那些瘦小的樹嘎叭嘎叭地響。在這沈甸甸的霧裏穿行，鼻頭冷得有點痛，點上一支煙，心裏覺乎着有點暖和。

「他說他要找的那個人是誰？」我一抽煙嗓子眼就刺癢。

「不知道。他罵那個人是混蛋。他要找到他，他就把他一片一片撕碎了。我看他會這麼做的。他跟他的仇挺深的。爲了一包什麼挺值錢挺貴重的東西。不過，我覺得他說的這些都是瞎編的。別人誰肯把那麼值錢那麼貴重的東西交給他呢？」

「是什麼東西？」

「他沒說。可你爹信了。我不知道你爹幹嗎這麼輕易地相信他，臨走的時候，還把自己的新大頭鞋給了他。眞便宜了那個王八蛋。」

我猜不到那姓杜的是不是偷了小孫的什麼。他一路上都是忿忿的，扛着我的手提包，走得順脖筒子往外冒白汽，也不讓我幫一下。後來察覺出我對他說的沒興趣，一個人走在前頭，一直到我們在河邊上搭上汽車。司機還是那個小伙子，拉了一車黃芪，他說他這幾天在掙藥材收購站的錢。小孫和這個司機是熟人，交待了幾句他就回去了。臨走的時候塞給司機一瓶「北大倉」牌白酒，原本這瓶酒是要送給火車站上什麼人的。司機理所當然地收下了，搖着瓶裏的酒罵小孫，一瓶你們也拿得出手！又是公家的酒，眞他媽不開眼！

我不知從什麼時候開始有點喜歡這個司機了，也不知我倆怎麼就談到了那個姓杜的。他臉上的熱量一下子消失了，身子也軟了下去，呆呆地看着前面的一溝石頭，好半天才說，我讓他白搭了好幾回車，還管了他幾頓飯。說老實話我還沒這麼仁義過。我瞧他是條漢子。

接着他給我講了那個姓杜的故事，是那個姓杜的在那遜河谷一個馬架子裏，點一堆火，一面烤肉一面喝酒講的。他喝了很多但沒醉。

你沒去過大連？那兒靠海，城市挺漂亮的。在早日本人佔過，後來老毛子佔過。我小時候家裏日子挺不好過。聽說父親在以前的運動裏犯了錯誤，送到甘肅去了，和我母親離了婚。母親不常住在家裏，住在一個姓金的叔叔那兒。可能姓金。因爲他開始來我家說姓王，後來又說姓丁，最後說姓金。長得很醜，很窘的臉上長着很大的一個鼻子，有一斤多重，遠看像隻鷹。可能媽媽就喜歡他的鼻子。媽媽很漂亮，人家都這麼說。但她找的男人都很醜，爸爸也是。可我已經記不得他的模樣了。他們都不愛我，讓我一個人去面對世界。我一直恨他們，也嫉恨那些有好吃好穿還有人領着去玩的孩子。找個茬兒就打架，讓他們不好受，我身上也經常帶着傷。夜裏睡覺，碰破了傷口就疼醒了。他們罵我是野孩子，說我有一雙賊眼，爲了這雙賊眼，數不清多少次，放學以後，他們在十字街口那個垃圾站後堵住我，往我身上唾吐沫。等我習慣了這種敵對的局面，能够勇敢鎮定地把持自己的時候，他們也沒少挨我的揍。我手指上戴着兩個戒指一般的鐵環，使很多人像我一樣帶着傷睡覺。這些都瞞不了老師，但經常到教室外面罰站的就是我一個人。最不公平的就是那次地區足球賽，參賽的名單裏沒有我，而我的外號是有名的「鐵鞋」，在校隊裏踢左前鋒。我知道是誰搗的鬼，到老師那兒告我在校隊裏打架。臨賽的前一天我跑到海邊上，呆到夜裏十一點，想跳海。我眞慶幸我沒那個勇氣，要不見不着你了。我又後悔自己沒跳，要跳了，就什麼囉嗦事也沒有了。就在那天晚上我闖了禍，翻牆進了學校，把新搭起的觀禮臺上的紅布橫幅偸了出來。那玩藝兒有幾十斤重，出了一身臭汗才把它從牆裏扔到牆外。拖到海邊上，我把它燒了。那火眞好看，好像海水都燒起來了。我聽到腳步聲就逃了，而且一逃就是十天。十天之後我才知道學校找了我母親，讓她賠了錢，還把我開除了。我一點也不悲傷。不能忍受的是那姓金的跑到我們家來了，一進門就打我，像搖蒲扇一樣搧我耳刮子。我咬了他，還一口一個「雜種」罵了他。「你算我的什麼，你來管我？」他臨走的時候，我告訴他，「你這個混蛋等着吧，我要把你打我的那隻手剁下來！」可能就是爲他打我，母親和他分開了。帶我搬到郊區崗上。她辭去了市第二醫院藥劑師工作，在我家附近一個農村小學教書。但我並不原諒她，不叫她媽，直到她死，沒哭一聲。我也是個畜牲！一個十五歲的畜牲。那是一九六四年。母親得的是一種血液的什麼病，很快，住院三個星期就死了。「你現在無依無靠，成了社會的負擔了。對我們來說，應該把你管起來。」街道主任帶着幾個人，都是那種小腳女人，來到我家裏，顫顫巍巍地站在我面前。我第一次感到羞恥，是因爲這些枯乾的女人們的眼光，直直看着我的眼光，好像從一個幽深的地方亮過來，把我脫光了打了一頓一樣。「你明天到街道居民委員會去一趟，在十三號大門的兩層樓裏。」街道主任說話的時候，嘴唇向裏一噏一噏的，臉頰上幾顆挺亮的白廝子跳起來，我心裏有一種看見了見不得人的東西的感覺。

第二天街道主任在一家汽水廠裏給我找了個活幹。不是裝橘子汽水而是釘木箱子。和我一起幹活的是一幫身強力壯、精力過剩的混蛋。他們白天在廠裏幹活，早晚去趕海偷海。我也跟着他們去幹，學會了抽煙喝酒賭錢，還學着他們腰上紮一條寬板帶，裏面別一把短柄刀子，截住串海回來的女人耍混蛋。有一回他們都跑了，讓我挨一頓苦揍，這兒還挨了一刀，扎在骨頭上了，要不然就喝酒也不香了。你也喝呀！我算死過一回了。可這幫混蛋並不領我的情，過春節的時候，在馬家灘賭錢，我輸了個淨光，那個坐莊的叫魯大水，還不放我走：「這兒沒欠着的規矩。你打聽打聽，我姓魯的是什麼人！別人輸淨了，可以把老婆押上，你押什麼？給我當兒子，我還得管你飯吃！」我知道他黑上了我新買的上海手錶。我不等他靠過來，用背貼着牆慢慢地站起來，把手伸進了腰間的板帶裏。這傢伙力氣太大了，我還沒把刀子揮起來，他胳膊一抖就把我手上的刀子震掉在地上，手腕子也被他抓住了，手錶落在了他手裏。他用拳頭又把我逼到牆角裏說：「這錶我不是想要你的。我是怕你小子輸急了，到外面把我們幾個都賣了。你快滾吧！過幾個月，你再帶着錢到這兒來，我會給你錶。」我幾乎是被他從屋裏扔出去的，胳膊腿好像都摔斷了。但我一去沒回頭。那個汽水廠也去他娘的了！我就在這期間認識了「盆兒爺」，一個戴眼鏡的看上去文縐縐的有一口漂亮的假牙的老頭子。我跟他學會偷東西，有時一天可以扒二十多個錢包。但不久我就和他分手了，把我所有的錢都掏給了他，四個口袋裏空蕩蕩走的，我不願意把他當作我爹一樣地養活着他。但我沒忘了那個魯大水，總有一天我會去找他！

這年的五月，有一天，在去棒槌島的公共汽車上，我認識了一個姑娘。她一身雪白，臉上的桃紅色亮出來老遠。她好像有什麼心事看着車外，兩隻手緊緊摟着胸前的一個白帆布挎包。我早就在猜測那個挎包裹的東西了，是那裏面的什麼東西讓她臉上發紅的。她眼睛很大，漆黑，睫毛很長。但還沒等我看清她臉，車停了，人們擠過去，她也隨着下車了。就在這時，我看見一副眼鏡，那眼鏡把一個黑色的人造革包舉到頭頂上，正好擋在那個姑娘的眼前。我躥上去，抓住了伸進白帆布包裹的手。在車下面，那個眼鏡罵起來：「兔崽子！你看上這個小嫚的臉蛋兒了吧！」我鬆開手，讓他走了。他就是盆兒爺。車站上只剩下我和她兩個人，風在頭頂上的樹上響着。「這是我給爸爸送的書。如果你樂意到我家來玩吧，斯大林大街六十六號。」她低着頭，一直不看我，說完就走了。六十六號我認識，是那黑色的破舊的大鐵門。院子很大，種着菜、玉米，還養着一條小狗。我沒去她家，可我們後來又遇上了幾次，都是在那條路線的公共汽車上。但都沒說話，也都有點莫名其妙的緊張。只有一次，她站在車後面的窗前，離我很遠，一直靜靜地微笑着望着我。那笑容使我身上發熱。我很想跟她說話，但又不知道說什麼。後來「十六條」下來了，「文化大革命」開始了，我再也沒見着她。我還是經常去坐那條路線的車，但那條路上和車上已經變得空蕩蕩了。

一天，我在汽水廠的朋友跑來找我，說：「魯大水昨天抓起來了。這傢伙當過滿洲國的警察。」

全世界都鬆了一口氣。我要報復的一個人，「紅衛兵」替我報復了，肯定還讓這傢伙嘗個够，因爲我見識過「紅衛兵」怎麼打人。我因此也想當「紅衛兵」，但跑了好多地方都碰了釘子。終於有一天我偷了個「紅袖章」戴上了，從此好像有了特別通行證，拉着我的徒弟小剛子在哪個飯館吃飯都不花錢，還可以隨便跑到人家裏拿東西，手裏也拎着一根皮帶，過上了「軍事共產主義」的生活。連街道主任見了我也縮短了脖子，原地不動地笑着送出去老遠。後來我們和大連海軍學校的「紅衛兵」一起上了北京，開始「大串聯」，回來的時候兩個口袋裏的錢滿滿的，還落了一串金項鏈，兩個金鎦子。

我覺得我變成了另外一個人。革命就有這麼大力量。我把希望寄托在革命上，也嚮往和那些造反派頭頭一樣有小汽車坐，有兩個女秘書跟着，還有一支槍。

就在我和小剛子參加汽水廠批鬪大會回來那天晚上，我倆正在屋裏玩牌，有人敲門，想不到竟是我在公共汽車上遇到的那個姑娘。她穿一件軍大衣，銀灰色的圍巾把臉圍得很小，喘了好一陣，從大衣裏面拿出一個用線繩捆了無數道的白布包，塞給我說：「我叫羅珊。我想您是個好人。您把它保存起來吧。您這裏安全。他們不會來抄您家的。我家已經被抄了。我爸爸媽媽的幾個親戚朋友家也被抄了。」她又那樣直直地看着我，流下淚來，「拜託您了。我實在沒有辦法才來麻煩您的。這東西比我生命還重要。」還不等我回答，她把圍巾往上一拉，只露出兩隻眼睛，轉身就走了，好像有人在追踪她。她臨走的時候，使勁地抓了一下我的手。我的手彷彿被烙了一下。

那布包裏面是個硬硬的木匣子，不很重，好像不是什麼金銀珠寶之類的東西，但我沒有打開就交給了小剛子：「放到你家。你爸爸是蹬三輪的，絕對的無產階級，比我這兒還安全。」小剛子當時說：「就是鬼也想不到這東西又轉移了。不過，這小媳到時候眞跟你搞上了，你得借我愉快兩天。」我掄圓了給他一個耳刮子，揪住他的衣領子說：「這事天知地知你知我知，要是讓第三個人知道了，我就把你那幾根腸子掏出來。」

我倆話雖說到這份兒上，可事兒還是壞在了我對小剛子的信任上。就在我把布包交給小剛子的第四天中午，小剛子媽來找我，劈頭就問我交給小剛子那包東西是不是贓物？我告訴她那是藥。她張着大嘴像驢一樣又哭又叫起來：「什麼藥！是要我們家命的藥哇——」她說，昨天到她家來了一幫人有軍人也有穿便衣的，都戴着紅箍兒也都帶着槍，進門就朝我們要那包東西，說是一個姓羅的姑娘讓他們來拿的，小剛子就給了他們。他們不光把東西拿走了，還把小剛子也帶走了。小剛子他爹病在炕上，你這不是要了我們一家子的命嗎！

我問：「他們怎麼知道那東西在你們家呢？」

她說：「剛子告訴我，他從你這兒拿回東西的時候，有一個人跟上了他。」

我問：「是不是一個大鬍子？」

她說：「我哪知道呀。那些人進了門又喊又叫，翻箱倒櫃，跟鬍子一樣，還罵剛子爹是個老雜種……」

我突然叫起來：「你騙我！你騙我！剛子那天是穿着我的棉大衣走的，東西藏在大衣裏，怎麼會被人發現呢？你說，是不是剛子把我出賣了？是不是拿着這包東西去敲詐那個姓羅的小嫚了？……雜種！你們都是雜種！」

我不記得那天是怎麼把小剛子媽打發走的。我只記得我夜間還像一條瘋狗一樣在街上轉，手攥得那刀子都發燙了。我去了所有和小剛子有關係的人家去找他，還找那個大鬍子。就因爲那包東西，羅珊的一家人毀了。住在黑大門裏的另一家人告訴我，昨天來人把她父親抓走了，她媽跳樓了，她從後牆跳出去跑了。

不知道過了多少天，我在街上碰上了那個大鬍子，因爲下雨，路燈也比較暗，也不知道是不是那個大鬍子，我一句話不說，上去就把他的紅袖章扯了下來，狼一樣撲上去和他打了起來。他個頭很高，塊頭也很大，在他把我摁在地上的時候，我清楚地記得我的刀子從他的肋下扎了進去，像撕布一樣悶鈍地響了一下，血噴出來，濺到了我的臉上，他不動了，木頭一樣壓在我身上，壓得我手腳都變軟了，似乎所有的骨頭都脫節了。當我從這個雜種的身底下爬起來時，周圍站滿了人，有幾個警察什麼也沒說就把我帶走了。再給我一支煙抽吧！

我這一走就是十年。從「笆籬子」裏出來，我聽說小剛子早就到大興安嶺來了。我說不清他在哪兒。但我終有一天會找到他的。我不會放過這個混蛋！你記住，這事不要對旁人說，我不會放過這個混蛋的！……

「他一邊跟我說着，一邊拿出一把刀子來，掂來掂去地讓我看。他臉上沒有一點血色。眼珠子骨碌碌地轉。他見我不說話就用手去摸那刀刃，刀刃上發出嗤嗤的蛇叫一樣鑽心的響聲。」這個開車的說到這兒，灌了一陣子酒，乾冷地笑了一陣，「我說他跟我講的這些不是眞的。實不瞞你，我也是在關裏犯了事才跑到這兒來的。我能從一個人的眼裏把他心裏想什麼看得一清二楚的。他媽的，我覺得他跟我說的沒一句是實話。」

他見我不說話，又灌了一陣子酒，又乾冷地笑了一陣說：「其實，他說的是眞是假，干你我的屁事。天下的路多得很，各走各的。他要是心裏沒點苦，也走不到這條路上來。」

他的話使我一陣陣發愣。我總是離開他的話，想像着他在關裏和那個姓杜的也是一路人，到這兒來不光是掙錢，還爲了點什麼別的。因爲上次我來的時候，他說過，他掙錢還要往北走，到漠河去。他說他在那兒有一個相好的。人總是把什麼寄托在一個挺遠的地方。

汽車又往前走了。他一支接一支地吸着煙。在北京開車抽煙喝酒都要被罰款或者吊銷執照，在這裏卻沒人管。這眞是個好地方。

汽車在石頭上跑，車身所有的零件都抖動起來，顫得想睡也合不上眼皮。我眼前出現了海，像撫摸自己皮膚一樣溫柔，沒有形狀，無邊無際的。跑了大半天了還跑不出去這條溝。兩邊都是一樣的松樹，都活得結實，又都綠得快活。我眼前老出現那片藍得發白的海，其實我沒見過海，不知爲什麼這條山溝讓我產生一種面對海水的感覺。人好像一片葉子在裏面飄浮着。怪不得凡知道這塊地方的人都往這兒跑，有說不出來又不能說出來的東西在裏面。然而在裏面的也未必就一定活得像人。這是我想不透的地方。也許因爲我那時還小，才十五歲，不知其不知。

出了那條山溝，坐上火車我又回北京了。一切都沒變，都是老樣子，住在八個人一間的宿舍裏，天天做不完的功課，鋼筆還是不愛出水，常常把紙劃破了，外語還是不及格，老師還是用指頭敲完桌子又敲我的腦門，但我感到這一切都陌生了，連那個有點翹鼻子的姑娘梁金麗直直盯着我的目光也顯得很遙遠。

父親只寄過一次錢，沒有信。春節是我一個人過的，在學校附近的幾個飯館像大人一樣去吃，也喝酒，還買了一盒煙大模大樣地抽。可我給他寫過許多信，剛從大興安嶺回來的時候，差不多一個星期一封。我一直惦記着那個姓杜的，他找到那個要報仇的人沒有，後面又發生了什麼故事？因爲父親沒有信，我一個人的時候，常常幻想着也像那個姓杜的一樣，到處去走走，找點什麼。我也是不知道要找什麼，只有找到了才知道。去一個和大興安嶺地北天南的方向，讓我父親失去我，失去他的兒子。

但我沒這個勇氣。是我周圍那些眼光牽着我。到了第二年暑假，父親派人來把我又接到他那裏去了。我十分懊悔自己不能超出我的能力之外去幹點什麼。

父親沒在塔圖貯木場他的房子裏。小孫說他去諾敏河了。他隔一天要去一次，經常夜裏從那裏過河，到對面山上「移民屯」去。小孫說不知他到那裏和什麼人一起喝酒，每次都醉醺醺地回來。

晚上他回來了，兩眼矇矇矓矓地看着我。臉上發紅，整個屋子都染上了這玫瑰一樣的紅色。吃飯的時候，他跟我說起一個叫方宗元的人。牙齒和眼睛都放光。他也從來沒這麼愛說話。這是我從一記事，記住這個人是我的父親印象裏他就是個沈默寡言的人。他說我應該跟方宗元叫大伯。這個方大伯原來在一條山車站當站長。那是只裝運木材沒有客車的小站。他走了很多年了，走的時候還沒生我。現在他又回來了。父親卻硬說我應該認識他，他的那個兒子叫丟兒，丟兒的一隻眼是因爲和我打架瞎了的。還說……我已經記不住他說什麼了。

他說了一大堆話，喝了有一斤白酒就睡了。說話時完全把我當作他的熟人，朋友，而不是兒子，這使我很高興。因爲是朋友就有義務聽朋友胡說，是兒子就不行，父親胡說你也得點頭，不能笑不能反駁更不能告訴別人。

他眞正使我心中產生疑問的是第二天早晨，我告訴他我要到塔爾達奇山去，去找那個姓杜的。他直愣愣地盯了我好久，說他想不起來這杜爾河是誰，也根本不記着他留人家吃飯，還讓人家偷了錢的事。這使我很驚奇，但我也沒辦法幫助他去恢復記憶了。可能是在林子裏呆久了，有許多事過去就永遠遺忘了，記住的卻是一些稀奇古怪的東西。因爲後來小孫告訴我，他說的那個方宗元根本就不是一條山車站的方宗元。方宗元三年困難時期死在車站上，得肺炎死的，怎麼會活過來？可他硬說人家是方宗元，還給人家送酒送肉乾去。

我走了。父親沒攔我。搭的是一輛去塔爾達奇收購藥材的馬車。那個中年車老板子聽說我去找的杜爾河是個和我毫無相關的人，噙着笑，看了我好久不說什麼。他的腮幫子鼓起來，亮得像馬的臀部一樣光滑。

我問他：「你見過那個姓杜的？」

他搖搖頭說：「聽說過。他從大連跑來，不是找什麼仇人，是一個姑娘，一個挺漂亮的大姑娘。這姑娘當年插隊在這兒。」

我說：「可能就是交他保管東西那個姑娘。」

他說：「這我可不知道。這兒只剩一間空房子了。那姑娘早走了。有人把她接走的，去加拿大了。」

我說：「……那姓杜的呢？」

他說：「就留在那房子裏了。整天到山上去挖藥材。但他不到收購點來，都是讓別人幫助他賣，所以我沒見過這個人。」

他說的肯定是真的，但我印象中的故事產生了裂縫。這裂縫使我覺得這林子越來越陌生起來，和我同北京的陌生一樣。也許正是這種陌生才有一種吸引力，吸引我一直走進去。

到了巴布爾那小屯子，很容易就找到那個姓杜的。巴布爾很小，十三戶，在一個很深的山凹裏，四圍是整齊的樺樹，樺樹下是麥田，麥子一直種到房根底下。通往姓杜的住的地方是一條潮濕的小路，那裏是一排木頭房子，過去知青住的，還有一根鐵煙囪，已經倒了，死屍一樣躺在地上，上面長起雜草、樹棵子和花臉的蘑菇。如果仔細找，還可找到知青們的碗、襪子和酒瓶子。只有一間木頭房子立着，領我去的那個老太太說羅珊就住在這間房子裏。她是最後一個走的，去年夏天，也就是那個姓杜的找來的前一個月。

那房子旁邊有一個馬架子，讓煙給糟蹋不成樣子了。有一個衣衫襤褸的男人正在馬架子前用一口吊鍋子煮肉，地上是一張剛打來的被剝過肉的狍子皮。

那男人就是杜爾河。可從他的模樣到他最初的目光裏我怎麼也認不出來了。

我就蹲在他的火旁像大人一樣地抽煙，希望他能認出我來，因爲我什麼都沒變，穿的還是去年見他時那身衣裳。但他連看也不看我，只是用刀削一根鐵鍬把，木條子一片一片很準確地飛進火裏。他手指頭已經變粗了，骨節上結着一塊塊硬皮。

「杜爾河，你還認識我麼?」我終於忍不住了。

他好像聽到什麼異常的聲音一樣，肩膀震動了一下，擡起眼來看我。那目光很銳利，使我有點害怕。他看了好一陣，收回月光時說：「杜爾河死了。」說完又去削他的木頭了。

我說：「你不就是杜爾河麼？」

他用刀子指了一下：「我告訴你，那個混蛋已經死了。在那兒。」

那是一棵半截子枯樹，在羅珊住過的房子前面。那樹皮已經被剝光了，在上面像木雕一樣刻着一個人，臉很長，臉上面還刻着很多字。

我剛要走過去，他把刀子橫到我面前：「你要幹嗎？離他遠一點！」

我只好又回到火那兒，把帶來的酒掏出來，向他講去年我倆相遇的事，還沒講完，他就說：「那你還來找我幹嗎？我已經把那個混蛋殺死了。」

他說着，用刀刃在臉上一下一下地刮，嚓嚓地不斷有粉末落下來。這使我很驚奇。驚奇他得多長時間不洗臉才能實施這般壯舉。他很從容也很熟練地一面刮着臉上的泥垢，一面艱難地咧着嘴笑了一下，說：「我要找的那個混蛋就是我自己。是我把羅珊的東西交給那個大鬍子的。他給了我一個紅袖章，也在那兒呢。」

我簡直完全被鬧矇了，但卻真實地看見他把那條已經變黑了的紅袖章釘在木頭人的身上。

上。他還告訴我羅珊仍然住在那間房子裏。她每天夜裏出來到河邊上去提水，洗衣服，唱歌。她還穿着那身雪白的衣裳，使整個村子裏都是亮的。他說得和眞的一樣，好像羅珊無所不在。但他的臉上是一片荒凉的絕望。

天黑的時候我離開那堆還沒燒完的火，一個人下山了。路還是那麼泥濘。天上沒有月光。草葉和樹葉上都是亮的。我還沒走回屯子，就遠遠地聽見背後傳來的鼾聲，響得像雷一樣。

走出城市

一

在這個關於城市的故事裏，我曾和他一起上小學上中學，下鄉揷隊，後來，就見面點點頭，都敬而遠之。

那是一條瓦灰色的胡同。

這胡同很有名。住了兩個大人物，一個是什麼首長，還有一個好像也是什麼首長。都是漆成墨綠色的鐵大門，常年關着。胡同裏的人沒見過他們長得什麼樣，是男是女。都有車庫，只看見汽車來來往往的。

應該說，這胡同裏有三個知名人物，還有一個就是我。我在晚報上發表過兩篇散文，還寫過一篇街道居委會主任雨夜帶病探查危險房屋的報導。街道主任從此見面就管我叫作家，胡同裏的人也都跟着叫。可是作家協會不承認。我給他們寫了一封信，告訴他們：你們不承認也不要緊，我二十年以後才自殺。自殺和寫作兩條路挨着，中間是一條河。

只有他不以爲然，也從不叫我作家。不叫就不叫，下鄉時我倆蓋一床被，誰都知道是怎麼回事。照舊是遠遠地點點頭，咧一下嘴，像笑又不是笑。這年頭，人嘛！有一次，我倆在胡同口的公共厠所裏碰上了。那厠所一共兩個坑，早晚人多，在馬路上排隊。裏面的牆上，雪白，到處是圖文並茂的創作，而且都不假模假式，體現出一種精力過剩的眞誠。和蹲下去的目光在一個水平線上，是兩句詩：「這就是自暴自棄，你只能嘲笑自己。」豎寫着。上面還有兩句橫寫着：「這事誰都得親自來辦，拉屎撒尿人人平等。」據說，這都是他幹的。他不承認，不是沒有勇氣，是覺得這不屬於「精神污染」，都是實話。他這次碰上我，沒點頭，直直地看着我，走到厠所門口，說：「上帝保佑你這個可憐蟲！」說完，大咧咧地笑起來；笑完，轉身就走了。「可憐蟲」還愣在那兒，撒不出來了，讓他說得尿突然一下沒有了。

第二天，我去找一位想當提琴手的異性朋友。只要她在家，就能聽見她的提琴像哭一樣地唱，在街上就能聽見。也許不是爲了琴聲，而是因爲她獨身，因爲她的年齡，很多小男人或立在街口或躲在胡同拐彎的地方浸泡在她的哭泣中。她原來是想當畫家的。整天背個畫夾子跟着一個禿頭，她管禿頭叫老師，到處去寫生。後來不幹了，把畫夾子燒了，對我說：「那個禿驢子眞不是東西！」我只好一笑了之。當初她認爲禿頭兩天刷一次牙三天洗一次臉都充滿了神秘意味。後來她又學攝影，把錄相機賣了換了一架「尼康」，不知爲什麼和那個風流倜儻的報社記者也鬧翻了。大概也不是東西，才去學提琴的。我應該承認她的天份不錯，但她把什麼都看成是買賣，內裏頭有點假。今天她在家，卻沒有一點聲音。街口胡同裏也沒那些小男人。琴不知道哪去了，多了一把吉他，牆上還是那張二尺二長的大照片，那身米黃，充滿了實際價值的笑。「我要當流行歌手了！」她剛喝了酒，臉上有些發紅，平着聲說，「只要會咳嗽就能當歌星。其實，演出公司的人，也不在乎你咳嗽得好不好，看臉蛋兒，看臉蛋漂亮不漂亮。」

她不漂亮。電視裏宣傳的那些化妝品也不負責任。割了雙眼皮也沒添彩。這都不是她的錯誤。或許人家要的不是咳嗽是喘。咳嗽從去年開始就不新潮了，還有那米黃，這才是她的悲哀。再說吉他也有點過景，應該換曼陀鈴和比基尼泳裝。

她不願意那麼沒落。現代派也不是學來的，是從身上長出來的。過了一個禮拜，她住院了。又過了一個禮拜，她出院了。鼻子做了手術，墊高了一公分，連她媽都認不出來她了。起了個藝名，很快就訂了三份演出合同。攤在桌上，一份一份讓我看。看了一個多小時，出了一身汗，我也沒敢看她的鼻子。

那天從她家出來，我不知該往哪去。一直走，一直走，沒碰見一個熟人。到天黑，我走進一片空空蕩蕩的工地。遠處，那堆冰冷的水泥構件後面，是一座已經傾斜了的磚塔。聽人說這裏是老城，八百年前的老城。那塔還早，有一千五百年了。

我下意識地摸了摸我的鼻子。我也許眞是活得够可憐的。比她或他，都沒勁。他們從來沒想過鮮花和輝煌一類的東西。

那塔還在那兒。我覺得，也許不是塔傾斜了，天空是傾斜的。走進風裏和掀起全城烈酒般的種種熾熱，一想起他們來，我就完了，連挨駡都提不起精神來。

他說：「我在市場上，把這些買東西的，都看成我爹我媽我親二大爺。用嘴皮子賺他們的錢，誰都不會覺着虧了什麼。現今，要想掙錢，就不要怕當三孫子。」

她說：「我在臺上，把那些聽眾都當成蘿蔔土豆，有幾個音唱不準，也不會怯場。」

這就是他們，還有老城和一千五百年前的磚塔。

二

「明個兒，你要還打算在這兒賣魚蟲就得起個『照』。」

昨晚上，刀把胡同「自由市場」管理員于胖子這麼說的。說的時候，臉上的肉一層一層地塌下來。

于胖子他爹過去在蠟扦胡同口上擺卦攤。地上鋪一塊白布，中間一個太極圖，上書「陰陽四象」四個篆字，靠那張嘴賣錢，也這麼胖，一百七八十斤，脖子下面一堆肉褶子，耳朵上有一塊疤，白亮白亮的。大有雖然這段時間天天和他打交道，也沒看清他的牙長得齊不齊，只是聽他說話有點漏氣。他爹說話時就漏氣，上邊缺一個牙下邊缺兩個。

「您是知道我起不下來『照』的。」大有擡起頭，挺軟和地看着于胖子，話出來也挺軟和，「我就是利用這幾天病假，撈點魚蟲換點工夫錢。」

「你甭跟我說這個！這是規定。」于胖子的嗓音像讓門擠了一下，顫兩顫，停住，把用來剔牙銜在嘴上的條帚苗挺準地吐在大有的洋鐵皮的洗衣盆裏，嚇了裏面的魚蟲一跳，水面上暗出來一個黑圈。「起不下來『照』，那你就別到市場上來賣了！」

于胖子很充足地看了大有一眼走開了。那眼光好像看着一條狗一樣。他走向那個賣南豆腐的小妞兒，小妞兒長得像豆腐一樣白嫩。白嫩的光在那裏顫動了很久。于胖子要犯錯誤的。大有心說，這地方什麼人進來也要犯錯誤的。他爲了魚蟲改了好幾次假條。這種事他以前從未幹過。以前年年是全勤，還有獎狀。生活在改變你。太快了。現在不去做，以後要後悔的。他只是有點害怕。直到那天，車間主任接過他的假條，連看也不看，就把他拉到車間外面的一個拐角，說「我家禮拜日要粉刷房子，你能來一天嗎？要是有路子，再幫我買兩條好烟。」這下，他放心了，徹底地對自己放心了。因爲他拿穩了自己和所有的人一樣那麼正經。

他用眼睛放過了胖子。就是將來于胖子在錢上在女人身上犯了錯誤，他也會原諒他的：誰也不是鐵打的。

他沒有傘。因爲身上有些涼，他摸了摸頭上的草帽子。這草帽還是一九七六年「工支農」下鄉幫助割麥子廠裏發的。

就這點雨，淅淅瀝瀝飄飄乎乎的，讓那些買魚蟲的也犯難了——他想出十條八條理由來體諒買主：派個孩子來吧大人不放心怕把瓶子碎了；大人來吧爲這點魚蟲又捨不得踩濕了鞋。要是這些戶固定要，他可以像送牛奶一樣送魚蟲上門。他有三個孩子。

能處處替別人着想，又能設身處地尋找理由去諒解別人，這確是大有的美德。可「美德」並不能幫他擺脫困境，不能幫他把魚蟲賣出去。他把草帽往上推了推，呆呆地看着從他面前經過的一張張臉和一雙雙「刷刷」地來回打閃的眼睛，看着那些人手裏提的大的小的長的短的紅的綠的硬的軟的混帳東西，看着發出呱唧呱唧響音把柏油路踩泥濘了的一隻隻腳，看着細密的雨點在魚蟲盆裏激起來彩色的水泡和遠處霓虹燈鬼魂一樣的倒影。

那霓虹燈是起子哥倆在對過胡同裏辦的飯館。臨街找不到鋪面房，招牌做在了街口上。那下面就是于胖子他爹早年擺卦攤的地方。這幾個字就花了三百八十多塊。看着紅的綠的一閃一閃地挺熱鬧，可生意並不興旺，上月還差點讓區裏的衛生檢查組摘了牌子。大有早就說過，不能賣他媽的鹵煮火燒！看着森森餐館的鹵煮火燒生意好，你們就跟著幹。人家那地界好，把口；人家在屠宰場裏有人，能弄到新鮮下水；人家還能從著名的「小腸陳」那兒請來師傅指導，賣的是老湯；人家還在居委會工商局稅務所副食公司裏有路子；你們有哪樣？錢長着眼睛。這做買賣裏頭學問深了。有人伸手抓着元寶，有人抓了一手燎泡。這叫，你們往哪兒燒香，財神爺就往哪兒掉屁股！

人總愛那些非份的念頭。又正好趕上了機會，幾十年沒有的機會。起子哥倆，歲數也好，看見他們院裏推車賣烤白薯的一個月抓撓三四百塊錢。搗騰牛仔褲的，一個跑貨一個在家裏「做舊」，翻手就是一個大數，當工人哪有這麼大油水，他倆瞞着他們老爺子把挺體面的鐵路上的工作辭了。幾個月折騰下來，除了這一閃一閃的玩藝兒，兩手空空一屁股債。要栽！

雨大了。魚蟲盆裏一片嘩嘩的響聲。這時大有才發現自己兩隻腳站在水裏。腳上那雙過時了的草綠色「解放鞋」也是廠裏發的。大腳趾上面一個窟窿，他早就想找個鞋匠補補。他去找過。過去是一毛錢補一個窟窿，現下變成一塊錢補倆。他不願意讓人家這麼瞪着眼睛宰。心說，對付着還能穿兩月。誰走道不往前看，看那些花花綠綠的地方，單看鞋上的窟窿！正在「五講四美」的市民都有這點覺悟。再說他早過了要臉面去吸引點什麼的年齡，十年前臉上就起了銹。

「爸，我來接你。」

大有擡起頭看見兒子金生站在雨裏，頭頂頂了塊破條大口子的藍地白花塑料桌布，兩條胳膊翅膀一樣縮着，眼裏沒一點亮光。看樣子在雨裏站了好一會兒了。

他可憐這孩子，個頭長得太快了，褂子跟不上緊綳綳地吊着；褲子也沒跟上，露出好大一截腿，顯得那雙鞋特大。也是「解放鞋」，今年他廠裏發的。也像他一樣兩個大腳趾露出來了。見了足球就不要命，能不費鞋！爲這他沒少打他。足球是混賬不講理的東西，踢，得有那個條件。

大有又看見金生右邊嘴巴子上那五條鮮紅鮮紅的肉棱子。其實他當時打得很輕，離那小臉挺近地撩了一下。他感到一股風，挺滑。「孩子大了，你不該動不動就打他。要打也別打臉，讓他明兒怎麼上學。」他媽總是在他打完了才說這話。讓他後悔，手裏像攥着火一樣發燙。不知從什麼時候開始，兩個人很少有話。他不喜歡兒子見了他像一頭受傷的小獸一樣哆里哆嗦的。反而喜歡兒子挺着肚子梗着脖子用帶着辣味的眼光盯着他。可這眼神又像電擊一樣讓他受不了，剛才就爲這，他搧了他一下。

那是兒子給他送水來了。他媽讓他來的。搪瓷茶缸子用一塊破手巾托着，兩隻小手像一堆小胡蘿蔔。「你功課做完了嗎？」他用嘴吹着茶缸裏的熱氣，吸溜吸溜喝得挺響。他從來不正經地看兒子。他爹那時對他也這樣。整天挑着擔子沿街修理鋁鍋盆焊洋鐵壺，那張臉成年跟壺底一樣。兒子沒回他的話，嘟囔了一聲：「喝湯的長食道癌。」這話就讓他心裏有點不痛快，臉上開始發黑。可兒子沒看出來，卻旋起一股亮風般地看見了一只低低飛過來全身碧綠有兩個玻璃眼睛的蜻蜓。嗶地把頭上塑料桌布扯下來，驚叫着：「爸，你看，『老杆兒』！『老杆兒』——！」掄圓了追過去。那時市場上人正多。有一輛乳白色的豐田車響着喇叭在人羣裏擠。那混帳的喇叭聲叫得像殺猪一樣。金生從車前頭閃過去，又從車後頭繞過去，眼看就要撲着那隻「老杆兒」了，車上探出一個腦袋吼道：「找死呀小兔崽子！」人們的眼神都定住了。他心裏也倏地一顫。金生一隻腳踩進魚蟲盆裏。豐田車放着屁走了，車輪輾起來的水，鞭炮一樣響在那塊塑料布上。「過來你這個混蛋！那汽車也是你玩的地方嗎？」金生把眼睛從越飛越遠的「老杆兒」身上收回來，擰着脖子把身子往上拔了拔，盯着他爸，瞳孔裏面好像飄出雪花一樣的東西。這東西讓他憤怒，也像是給了他力量，他打了他一個嘴巴子。

那聲音很響，好像把什麼東西撕碎了。

金生還在那兒站着，細細的剛竄起來的身子骨像根竹竿一樣。他把頂在頭頂上那塊塑料布使勁往前拉了拉，遮住魚蟲盆上面的雨。他一會兒擠一下眼睛一會兒又擠一下，那是雨水順着桌布的破口子鑽進了他的衣領裏。

大有覺得有點冷。上禮拜六到金生他們學校開家長會，老師說今年初中升高中，六個班收四個，明年也一樣，畢業的卻是八個班。這撥孩子多。金生是鬧「文化大革命」以後生的。那時候什麼都亂了，也亂生孩子。他們一氣生了三個還刮了三個。他不知道金生考不下高中該幹嘛去，也和他媽一塊糊紙盒？要不是糊紙盒送紙盒，這孩子躭誤不了這麼多功課。上小學的時候，他總是班上的前五名。恨到這兒，他退回去想，又諒解了兒子。他和他老婆都沒長着有三角幾何的腦袋，讓金生往哪兒聰明？

他瞄着兒子腳上那雙鞋，站起身來說：「等天晴了你把鞋刷刷，我給你拿出去補上。」

「後跟那兒也漏了。」

「也補上。」

金生是想換雙新鞋。大有想後跟怎麼也漏了，太快了。兩個人自然想不到一塊，也自然沒話說了。

這時「自由市場」上已經空空蕩蕩了。胡同那頭市場管委會綠色木板房亮起了燈，活像一對眼睛。那眼睛讓大有心裏感到不舒服，好像在慢慢地移過來，盯着他身上的一個洞，這洞和他槽牙上的一個蛀洞通着，使他整個牙齦都充血般火辣辣的疼。那疼又是一跳一跳的，土名叫做「跳火」。

「喂喂，這兒就你們一份賣魚蟲的嗎？」

一輛深綠色的摩托車，在水光光的馬路上斜着劃了一條弧線，停在了大有跟前，那氣勢很威武，走下來「一根電線杆子」，手裏拎着「555」香烟商標的白色頭盔。

大有看着他不說話，總覺得他高得有點玄，身上還有一股怪味，喉頭一上一下地使鼻孔裏發出絲絲的響聲。

「你姓馮嗎？」

「姓馮。」

「有盛魚蟲的家什沒有？」

「你買魚蟲幹嘛問我姓什麼？」

「我買有名有姓的魚蟲，這些我都包圓了。」

「你都要？」

「不都要叫什麼包圓！」

大有又深刻地看了他一眼，用小抄子一下一下把已經有些泛白了的魚蟲都抄進一個塑料口袋裏。

「一共是四塊八角。裏面有死的，就算你四塊吧。」

「我的魚活的死的都吃，不在乎你的八毛。」

電線杆子塞過來一張五塊。大有硬要找給他一塊。他一晃就騎在了車上，突地一下子，又劃了一條白色的弧線走了。

還是金生眼尖，遠遠地看見那深綠色的怪物停在十字路口的垃圾站前，把那塑料口袋很漂亮地又劃了一條弧線扔進了垃圾桶裏。

「眞扔到垃圾桶裏了？」

「我看得淸淸楚楚的。」

大有深刻地看了又看手裏的錢，是不是假的。又對着剛亮起來的路燈照了一下，又拿給金生看，不能不有一種擔心，因爲那票子在他手上有一種古怪的感覺，活的一樣在動。而且自此以後他卻沒失去這種感覺。無論是什麼人來買魚蟲付給他的錢，不是在他的手裏動，就是在他口袋裏動，還發出窸窸窣窣的響聲。

「爸，這人我見過。」

「在那兒？」

「在北馬路對過高臺階的酒鋪裏。」

「你不會看錯？」

「不會。他和我二叔一起喝過酒。」

「那是什麼時候？」

「就是下雪那天。」

「就是下雪那天……」

下雪那天，正好是禮拜天，他很想喝點酒，讓金生去的。但金生回來並沒說看見了他二叔。

大有「嘿」了一聲蹲在了地上，又「呼」地一下站起來，沖着兒子吼道：「你看見他，爲什麼不拉他回家！……你沒跟他說話？沒讓他回家嗎？」

他的嗓音一下變得尖細了，也有了那怪里怪氣絲絲的響聲。

金生一點也不恐慌，兩眼像猫眼一樣地看着他。

他想到電線杆子或許是老二派來的，或許……他把手裏擽成一團的五塊錢，閃電一般扔在了地上。

「我不要他的錢！人，都這麼骯髒了！」

三

金生說的那家高臺階酒舖，就在十字路口交通警崗樓後面光明電影院旁邊。

以前這裏並不是繁華地段。這幾年由於光明電影院常演一些外國電影周的新片，加夜場放進口錄相，又爲擴大營業增加收入，闢一半門廳爲冷飲部，一天二十四小時供應啤酒，還賣各色各樣時興的港衫港褲，法國口紅和假珍珠項鏈，門口，晝夜聚集着一批影迷和閒散好事的人。因此這裏也就成了個非常的地方。閒散人等之中，有專職和業餘倒騰電影票戲票音樂會舞票和球票的，也有倒騰郵票的，還有倒騰外匯和自行車電視機電冰箱票的，偶爾也有在這兒倒騰花鳥魚蟲摩托車汽車和鋼筋水泥木材的，熙熙攘攘，造成一種空前的熱鬧。

今年這種熱鬧忽然一下子過去了。因爲這兒要蓋樓，一個商業中心，一個大型影劇院和一個九層樓現代化停車場。不到一個月就把光明電影院拆了，那家酒舖也拆了，還拆了一家百貨公司，一家信託商店和一家化工油漆商店。那些日子車來車往，運送幾百年下來的塵土和破磚碎石。然後，沿街夾起了木板障子，上面寫着：「行人止步，勿入工地。」一一大片地空起來，又被那些木板子嚴嚴實實圍着，使住這一帶的居民，享受到天空豁然開濶的同時，又有點不習慣這種人造的寧靜。就像馬路上沒有汽車跑，沿街住戶頓然幻聽，夜裏常常睡不好覺，總覺得有什麼事情要發生一樣。其實什麼事也沒有，就是一片空地。空地上除了堆着一些水泥構件，扔着一高一矮兩臺吊機，好幾個月裏面沒任何動靜。

後來人們漸漸從木板縫兒裏看出來，是爲兩個「釘子戶」沒搬遷，動不了工。一共兩間房子，分兩處孤零零又異常堅毅地挺立在空地中央，和那兩臺吊機示威。這不是一件簡單的事，看到的人都爲這兩戶擔心，因爲那房子兩面的牆都裸露出來裏面的碎磚，一律向外弓着，不斷有土向下流，說不定哪一天牆土被掏空了，房子呼隆一聲倒下來。

後來人們越來越清楚了這兩戶的底細，也越加感到玄，越加爲他們擔心。有一戶是人口多，嫌給的房子小，不願意動窩。而且這家女主人嘴上的功夫頗硬，和那些拆遷辦公室的人能對說七個小時，嘴角上不掛白沫。幾十個回合下來，拆遷辦公室的人才悟出，這位女主人不僅是嫌房子小，還要給她的一兒一女安排工作。然而他們只管「死」的不管「活」的，哪管得了兒女就業！於是說不過她，於是只聽她說：「是你們讓我搬家，又不是我稀罕住樓！既然你們讓我提條件，我就這麼個條件！」她男人是個七級車工，墳頭一樣一聲不吭，一動不動，轉着眼珠瞅瞅這個瞅瞅那個，好像在馬路邊上抱着兩個肩膀看人吵架。如此這般，圍而不打，就拖下來了。這一家人照常清早起來上廁所，提着籃子買菜，推着自行車上班，在門口外面大咧咧地倒煤灰，潑髒水，晾衣服。只有一些細心人，日子久了，看出一點不正常，但也不知哪兒出了毛病。這一家人都是提着兩隻腳走路，兩隻眼睛像尋找什麼搜來搜去的，又都有一種很古怪的笑。有人看見那個最小的孩子，臉上髒兮兮地去上學，一面走路一面低着頭嘻嘻地笑；那男人常躲在一堆鋼筋後面偷偷地笑；那女人見了人也是怪里怪氣地笑，買菜的時候常常把菜放在籃子外面，提着一個空籃子就往回走。有好心人追上她，把菜交給她，她不要，說不是她的，而且像逃避什麼一般扭頭就跑。

還有一位「釘子戶」是位老太太，出門拄着根棍，棍和人一塊顫。她老頭兒死了，一個人過。她說她老頭兒就死在這屋裏，三天沒閉上眼睛，還常常托夢給她。她也要死在這兒，哪也不去。她準備了一大瓶「滴滴畏」，那些拆遷辦公室的人來了，就從床底下拎出來，吱吱地擰開瓶蓋兒，很有信心地說：「我不能再活七十一了！你們要是逼我，我就喝了它。」

嚇得拆遷辦公室的人從此再也不敢登門。

幾個月來，這兒什麼事也沒發生。彷彿這兒原來就是一片空地。那兩戶天經地義就該住在那片空地上。何況也沒妨礙這一地段居民們什麼，大家照常吃飯上班睡覺，沒死一個人，也沒一個人生病住院，反倒添了兩女一男，或者是兩男一女。唯一有點遺憾的是，夜裏睡覺的時候，不如以前那麼踏實了，有一個聲音常常闖進他們的夢裏。那粗鈍沉悶的聲音，是從空地裏傳出來的，有人說是那老太太整宿不息地咳嗽，也有人說是那一家人在偷工地上的木料做家具。似乎這就是結局，也好像還沒開始。

四

那天下午在「迷你咖啡廳」分手的時候，他告訴他，他住在大石橋新月胡同五號。

他找到了大石橋，在河那邊，算郊區了，一條斜街，還有一半是土路，一直通到比丘塔下面軍用打靶場。但是這裏沒有一個新月胡同，他問過許多人。都說不知道。

他說過了橋，可這兒沒有橋；往前走，左面第七個胡同，走到底，倒數第三個門。說得清清楚楚的，瞪着兩個眼睛。

他在這條街上逛來逛去，漸漸變得很虛弱也很敏感，覺得所有的人都在看他。他走累了，歪在一根水泥電線杆子上。那上面貼滿了對換房對換工作和專治陽痿專治痔瘻以及尋人的紙條子。他不期待有奇蹟發生，也同樣不反對出現奇蹟。他已經連續來找了五天了。爲了那筆錢。雖然多少對他已經不重要了，但他不能讓人這樣鉚了。

他又看見了那個遛鳥的老人，還是用那種深不可測的目光在研究他。那臉上沒有鬍鬚也沒有光澤。那天老人就是這樣走近他，嗓音像女人一般柔軟：「你在找人？」

「我找新月胡同。」

「這兒壓根就沒個新月胡同。我在這兒住了六十八年了。我祖上就在這兒住，那時期這兒都是菜地，還沒這房子，也沒這街，你那腳底下是一條河。」

這時老人又走近了他，嗓音還是像女人一樣柔軟：「你又來了，來過六七趟了吧？」

「閒着沒事，出來走走，您遛鳥，我遛遛食。」

「哪兒的屋子都一樣，在裏面悶得太久了，得出來走走，過過風，晒晒太陽。要是下雨就好了，什麼都是活的，都變了。夜裏天就塌下來了，誰也不知道。」

老人說完就走了。他不明白老人爲什麼跟他說這個！那話裏好像暗示着某種東西。但也許是他的錯覺。他無法了解一個六十八歲以上的老人。或者等他到了六十八歲，他才能理解老人話裏的涵義。但他不想活到六十八，然後去遛鳥。

當老人走遠了，他才發現老人手中搖晃的兩個鳥籠是空的。他的眼睛和腦袋都沒有毛病，記起第一次見到這個老人，那兩個鳥籠就是空的。只是沒有引起他的注意，也沒有像今天這樣令他驚奇。

他又回到了「迷你咖啡廳」，等他。

他和他就是在這裏，經過二丫頭介紹認識的。二丫頭是個「鴿子」水份一點沒退，一身的好活兒。你是什麼時候見她，她都是穿得神氣活現。就因爲那張臉着實燦爛輝煌，她從不缺錢花。但每日她都是吃白食，有人願意當這份下三爛。她叫菜很內行，使坐東的陪吃的都不覺得難過，而且她吃得很少，又很斯文，像隻猫一樣，使在座的每一個都能各取所需地享受到某種樂趣。他沒當過幾次這種寃大頭，但每次他都看見二丫頭在收桌的時候，心安理得地把桌上不銹鋼餐具裝進她馬桶一樣的挎包裏。出了門又順手扔了，就這麼丫挺的！可她有一句話很精采，他一直記着。她說：「你認爲你是星星你就是星星，你認爲你是泥土你就是泥土。你是星星就被別人捧着，你是泥土就讓別人踩着。」她就是星星。但他不認爲這話是她的發明。她沒這水平。除了錢和商標，她什麼帶字的東西都不看。當然還有菜譜。

那天又是她點的菜。一瓶啤酒向人家要了有一斤冰塊。當然是那個下三爛出錢。他竟裝得像個大富翁一樣。一隻手擺弄着另一隻手上的戒指，看不出來是銅的還是金的。用一種彼此是老朋友的眼光直對着他。

都把酒杯舉起來，二丫頭把他介紹給那位富翁：「這就是我常說的馮精有，手縫寬得厲害，用不了一個禮拜就能幫你把那一千五百雙『安芬娜』襪子倒出去。」

她像一個母山羊一樣把臉伸過來，笑得挺惡毒。要是平時，馮精有會身上發熱，可這陣他連呼吸都停止了。他受不了她眼光的「猥褻」。

「我叫林漢。」那個富翁把手伸過來，想表示一下。

「你叫什麼，跟我有屌關係。」馮精有沒動。

二丫頭把手搭在他肩膀上：「你別生氣嗎！都是朋友，初次見面，何必……」

「把我找來，就這勾當！一定是讓『制眼』卡眼了，脫不了手，拉個墊背的。」他推開二丫頭的胳膊。

「我給你百分之十的回扣怎麼樣？」林漢站起來。

「我就值百分之十！」

「百分之十五！」

「百分之五十我也不幹！我馮精有不缺錢花！」

「得得，都是我愛管閒事。不要襪子了，咱們喝酒怎麼樣？林漢你去請一瓶洋酒。」

這頭母山羊眞是不凡。讓她三說兩勸，馮精有醉醺醺地認下了這個勾當。他只落下百分之十，還白給了她百分之五。分手的時候，母山羊的臉上向他獻出了所有的熱情，可他連看也沒看，也沒注意到她的手勢。如果注意到了，她不會拒絕他的任何要求，也不會使他在和林漢的第二次勾當裏吃啞巴虧的。

第二次勾當是，馮精有半夜在郊區的公路上，刼了農民上市的兩車西瓜，兩毛一收下，交給林漢，林漢答應脫手後給他一個整數。

他一次一次把自己拍賣了。有時不一定有個好價錢。

直到此刻，馮精有跑了好幾天大石橋才醒過腔來：林漢的名字是假的，住址也是假的。

「怎麼會是假的！」在「迷你咖啡廳」又蹲了三天「坑」，馮精有終於堵住了林漢。林漢正和一個像大白蘿蔔一樣的女人又吃又喝又笑，還旁若無人地把一條腿搭在女人的腿上。馮精有上去一把抓住了林漢的脖領子。用拳頭頂住他的喉頭。但這個下三爛一點也不慌，河馬一樣笑着說：「我也找了你好幾天了，還問過一丫頭，一直找不到你。」

「我到尼加拉瓜找你大爺去了！」

整個咖啡廳都靜下來。坐在林漢身邊那個女人也像母山羊一樣對他笑，笑得同樣惡毒。她的皮膚白，可以看見鎖骨窩裏細細流動紫色的血管，那血也是透明的。但他對這種女人總是把不準，怎樣使他們興奮，怎樣使他們哭。只有一個女人讓他眞心意識到她存在的重要。那是九號院住在西房裏李家的姑娘曉菊。是他看着她把腿摔斷的，也是他把她送進醫院的。她躺在白色的病床上，兩眼靜得像一片水一樣地望着他。她沒對他說過一句感謝的話，什麼也沒說，只是那樣靜靜地看着他。那目光使他感到一種新的體驗和責任。他只有和她在一起的時候，眞正沒有一點壓力、厭倦和勉強。他以爲他得到「那個」了，沒想將拿出去什麼。

「我知道我的死期到了。」林漢不動，好像在很遠的地方看着他的臉。「你說你什麼時候要錢吧。」

「現在！」

「我身上沒帶那麼多，你跟回家去拿吧。」

「又是大石橋新月胡同五號？」

「不，在小羊市ㄇ。」

「又小羊市ㄇ了？好！走吧，只要你不拉稀就行。」

那女人也跟着出來，又被林漢一眼刀子似的瞪了回去。

他認爲林漢繼續在騙他。但他不在乎。他認爲人就是這樣，在欺騙別人同時也在欺騙自己的陰影裏活着。他現在又沒別的事情做。他總不能天天都去李曉菊的工廠門ㄇ等她，然後携帶着一路上欣賞的眼光陪她走半個小時，送她回家，做半個小時的英雄。也不能總在路上讓她說他嘴裏有沒有酒味。「我聞不出來。」她挺認眞地把鼻子幾乎伸在他的臉上。「這是因爲我嚼了茶葉了。把乾茶葉放在嘴裏嚼，喝多少酒也聞不出來。」第一次他這樣說，她笑了。第二次，她又笑了。他說了好多次，她笑了好多次。現在他倆都膩味了，而且，後來他們一見面，不是他說，反倒是她說：「你聞我嘴裏有沒有酒味？」使他連去見她的勇氣都沒有了。

街上的人像汛潮的魚羣，把他倆擠開又擠在一起。他莫名其妙地從他身上嗅出來一股很刺激的腥味。那傢伙沒有一點感覺，好像夢遊一樣一腳深一腳淺搖搖晃晃的，一路走一路打着哈欠。陽光下他那張臉顯得異常蒼老。好像生下來就那麼蒼老。只有那兩隻陷得很深的眼睛閃耀着奇異的鬼火一樣的亮光，在人縫裏搜索着。

他又莫名其妙地聽到了潮水一樣駭人的波濤和聲浪。在波濤聲浪的脅迫裏，走着走着，心裏一陣一陣慌亂，腳底下失去了份量，似乎魂兒也悠悠忽忽出了竅。

他好像記得，他們從公共汽車上下來，鑽出一條很窄的胡同，到處是用碎磚木板油氈搭起低矮醜陋的小房，坑坑窪窪的路面上有一汪一汪亮的水。

「換鷄蛋麼？十二斤麵票一斤，新鮮的。」有個挑擔子的從他們身邊走過去。

眼前突然黑起來，他恍惚覺得，他們走進一個門樓，兩邊擺放的東西發出嘩嘩啷啷的響聲。他還沒看清門是什麼樣子，林漢開了鎖，把他引進一間充滿了霉味的屋裏。燈很小，是綠色的光，他們的眼睛也變成了綠色。

林漢在綠光裏像蛇一樣蘇醒了。他又像一條瘋狗一樣在屋裏亂走，把所有的東西都翻了一個過兒，在找什麼。絕不是找錢。其實這屋裏也沒什麼東西，一張雙人床，一個櫃子，一張桌子，還有一個打不開的硬木頭箱子。他出了一頭汗，坐在木凳子上喘了一會兒，不看憑精有，直杠杠地像盯着一個獵物一樣盯着那個木箱子。終於他對箱子發怒了，一腳踹進了箱子裏面去，木板響了一陣散碎在地上。

突然燈鬼火似的閃了一下，馮精有想看也沒看清，林漢動作迅捷地從破箱子板下面拿出一把彈簧刀來。那刀子挺在行地頂在他左邊的肋下，彈簧銳利地響了一聲。響聲像磁波一樣鑽進他身體裏，使他身上的肌肉都變得像鐵一樣硬。要是一年前，那刀子還會使他馬上變成一個混蛋。他練過摔跤練過拳擊練過防身術，他在農場裏被勞教過三年，他在城東那一帶玩刀子玩命玩出了名。他也有一把這樣的彈簧刀，正經的美國貨，是雲南那邊的一個朋友送給他的。他媽臨死的時候，他和他媽奪這把刀子，他媽攥住了那刀刃，血從她的手上流到胳膊上一直流進袖子裏。「二有，你把你媽殺了吧！我早就不想活着了……」他鬆開了那刀子，可這幾年來他一直擺脫不了他媽那火一樣燒着他的目光，一直流進破衣裳袖子裏的血，好像是從他身上流出來的。從此，他覺得他周圍的一切和他自己就像他媽臨死前身上的破衣裳一樣，再也沒有什麼值得珍藏的秘密了。他嫂子在他媽那件破衣裳上縫着的口袋裏，翻出來折成四方塊的五塊錢，還有他爸一張發黃的照片，再什麼也沒有了。他從他家出來的時候，除了這兩件東西，什麼也沒帶出來。他給他媽骨灰盒磕頭時說：媽你看着，二有再也不玩刀子。

可有人和他玩刀子了。對他說：「把你的褲腰帶解下來！把錢都掏出來！快點！還有錶，所有值錢的東西，聽見了沒有！」

他這時的腦子整個兒地木了。看見那張嘴黑森森得像個山洞，發出一種奇怪的聲音，使他周身都震動起來。被那聲音支配着，他下意識地把腰帶解下來，又從手腕子上退下來錶，把手伸進口袋裏往外掏錢，一沓挺厚的錢，還有一些零的，堆在浮着一層塵土的桌面上。

「你也害怕刀子。我還以爲有人什麼都不怕呢。」

他聽見了笑聲。在他身後。可他的頭怎麼也轉不過來，看看那張醜惡凶狠的臉。門響了一下，他全身才從麻木僵硬中解脫出來。

在那個木凳子上，他不知坐了多久。眼睛一隻看到的是一片白，一隻看到的是一片黑。牙齒上弄出很大的響聲。

一種從未體驗的恐懼突然襲擊了他，摧毀了他，又像從一片混亂的夢中醒來了。

他發現那木板箱子好好的，林漢斜躺在床上，蝦一樣弓着腰，兩隻手捂着右腿，血從指縫間滲出來，凝在了手背上。那雙陰沉沉的眼睛像把他肚腔裏的東西都掏空了一樣盯視着他。

他清晰地聽見了他的呻吟聲，同時也看見了他手中攥着的刀子——可這不是他的刀子！

他一時想不清楚是怎麼來到這兒，這是什麼地方和幹過什麼了。

很明確，林漢是他給放倒在床上的。

他怎麼會又忘了給他媽骨灰盒磕頭時說的話。是爲了這一百塊錢嗎？錢就放在他面前的桌子上。人就這麼容易背叛自己！

「這一百塊錢歸你了！」

他從林漢的屋子裏走出來時，記不清是不是說了這話。反正他沒拿那一百塊錢，身上沒一點份量，空空蕩蕩走的。

五

「你看那白色的小汽車！」

「哪個？」

「那個白的。」

「你認識那車裏的人？」

「我是說那車。」

「哪個白的？」

「過去了。早過去了。」

再沒人說話了。他們都嘩啷嘩啷地揉着手裏的鋼球。前面是嘩嘩河水一般奔跑的車。

這裏再沒人揉核桃了。那玩藝兒過時了，都是一色的健身鋼球，在手上轉起來，兩個鋼球相碰發出撥動琴弦一樣錚錚的聲響。

「絲——」有人吸了口涼氣。

「牙疼？」

「鬧了半夜。鬧得兒子媳婦孫子都睡不好覺。」

「還是心裏有火。」

「折騰自個兒沒什麼，折騰人家讓我心裏不踏實。我沒了時間了，人家可要上班的上班，上學的上學。」

「就是啊，我從去年起就不敢鬧心口疼。」

「是啊，不敢了，沒了本事了。」

老頭兒們相互看了一眼，還有老太婆，四個老太婆，皺皺巴巴地和老頭兒們並排坐在一起，坐在十字街口一家洗衣店長長的石階上。老男和老女這麼坐在一起，他們沒什麼不自在的，過路的，不論認識不認識的，沒人議論什麼，就因爲他們都過了被人注意被人議論的年齡。

他們都在用一種將要過世又不大在意的眼光靜看着眼前的一切。想一些莫名其妙的心思，說一些莫名其妙的話。

「東面那片房子扒倒了那陣，我心裏好一陣豁亮。」

「北邊也那麼豁亮，一下子可以望到摩訶塔。」

「東面蓋上樓，我心裏就好像堵上了。」

「你看不了那遠。」

「是啊，看那麼遠也沒用了。」

又開始揉鋼球，十幾副球比賽般地揉，揉出翻江倒海般的一片響聲。眼前的馬路上，車多得不能再多，亂得不能再亂，可他們照說他們的，十幾個人都在說，都各說各的，又都在聽，都能聽得眞眞的，包括有幾個氣管炎喉嚨裏發出來絲絲的響聲。這一片響聲響在一起，把街道塞得滿滿的，好像整個城市都透不過氣來。

「裏福巷35號的秦老頭死了。」

「那個賣菜的？」

「睡一宿覺，第二天早上就過去了。連他自個兒都不知道什麼時候過去的。」

「痛快！現在一律火化，火化更痛快！」

「聽說火化也排隊。」

「那時候等多長時間我也不知道了。」

有人笑得咳嗽起來。咳嗽也傳染。大夥都咳嗽，但都不忘揉手裏的球，還是那麼響那麼有魅力。

「你們院東屋的梁雲漢爲什麼提前退休？」

「他兒子去頂替。」

「他有一對畫眉金嘴兒。」

「爲這對鳥他人都抽成乾了。」

「人嘛，怎麼不是一輩子。」

又沒人說話了。又都嘩啷嘩啷地揉手裏的鋼球。前面馬路上是河水一般奔跑的車。

「連着過了三十多輛，都是日本造的車。」

「你認識？」

「我數了。」

「這是小日本子又回來了。」

「你家那電冰箱也是。」

「那是我兒子出國帶回來的，還給了我一個打火機，我扔在窗臺上連碰也沒碰，不如這火柴。」

「火柴也是洋的，叫『洋火』。」

「是啊是啊。」

說着，他掏出火柴點上了吸了半截又滅了的煙。天壇牌雪茄。

「嘿，老頭兒，借個火使。」

「嘿……這嘿是叫我？」

「就是你借個火使。」

站在他面前的是一個獵裝牛仔褲的年輕人，腦袋上箍着個耳塞機。

所有的老頭兒老太婆都靜靜地揉着球，靜靜地看着這個年輕人點上煙，笑起來，一口好牙。

「這兩個球不錯啊，慢慢地揉吧。這城裏頭都是讓這球給揉亂了的。」

等那年輕人走遠了，那盒火柴被扔在了地上。

「雜種，你也有這個日子！」

六

奶奶沒死，只有金生知道。

原來二叔和奶奶住在唐山鬧地震時搭起的油氈棚裏。油氈上壓上石棉瓦，牆上開了窗戶，裝上玻璃，就成了一間小屋。這小屋搭得很古怪，把一棵香椿樹搭進房子裏，也可以說是圍着香椿樹搭的房子，樹榦在屋裏，樹冠在屋頂，聽說是奶奶的主意。那樹年年綠，他家每年春天都吃樹上長的香椿芽，涼拌，炒鷄蛋，鹵鹹起來，還能拿到自由市場上賣錢。那樹年年長，只有金生擔心，某一年，把房子脹裂了，奶奶會被埋在屋裏。

奶奶沒等到樹長得脹裂了房子就死了，媽媽說是一口痰堵在了嗓子眼上，沒上來氣。他進屋看的時候，奶奶的眼還睜着。

後來，爸爸和二叔不知道為什麼打了一架。他上學不在家，不知道是怎麼打的。爸爸臉上沒傷，也沒砸東西，二叔就走了，再也沒回來。

再後來，爸爸就叫他睡到那小屋裏，在奶奶的床上。那時他還不知道害怕，害怕是後來的事；他在小屋裏，不論是拉抽屜，搬凳子，在床底下找東西，橡皮掉到那裏面去了；還是關門都能聽見奶奶的說話聲。從那棵香椿樹上發出來的。可當他硬着膽子，把耳朵貼在樹幹上，聽聽奶奶說的是什麼，卻什麼也聽不見了。聽久了，能聽見汁液在樹幹裏水一樣汩汩地流動。

奶奶話多，愛操心，愛管閒事，愛嘮叨。媽媽在她的屋裏，常常罵奶奶是「老不死的」，罵的聲音挺大。她知道奶奶耳背。「那個老猪耳朵」，她還說奶奶年輕的時候就是個不正經的，跟擺卦攤的于大肚子不清楚。「她老不死的還當我不知道呢，我是裝不知道，我不願挖她的臉子，我不願意人家笑話姓馮的！」她一面罵一面冷笑，笑得金生全身起了一層鷄皮疙瘩。奶奶也是在她的小屋罵媽媽。她不敢大聲，總是哭哭啼啼地罵，怕媽媽聽見。她罵媽媽是「活妖精」，盼着她早死，盼着把這個家把過去。「我也願意早死。我不願意當人家眼中釘……」她哭着說媽媽的娘家沒一個好人，祖上是拴馬樁子放高利貸的。金生直到長大成人，也不知道奶奶爲什麼把他姥爺的爺叫成「拴馬樁子」。他聽厭了她們罵架，也看慣了她們互相之間趁着人不在的時候翻對方的東西，有時還把被子打開，直勾勾地看，看够了偷偷地笑。她們這時候的目光都十分可怕，綠的，有一個白色的光圈，像貓眼一樣。金生還看見她們頭上出汗，一縷縷白氣從頭髮上冒出來，弄得屋子裏都是潮乎乎的，有一股苦澀的酸味。這些都是他從門縫裏和窗縫裏看見的，已成了習慣，對丁點動靜都十分敏感。長大以後，他爲偷看別人的信，翻別人的抽屜，扒女厠所牆頭挨過兩次行政處分，差一點被送去勞改。這種刺激已成爲他生活和身體不可分割的一部分。可看的時候他又是那麼心驚肉跳地刺激。一面看，他一面用手去摳牆縫裏的土，一把一把地塞進嘴裏吃，常常把手指都摳破了。這也成了習慣，從此再也改不掉吃土的毛病，直到結婚，直到他有了孩子，他認爲媽媽和奶奶是他肚裏的蛔蟲。

但他一直沒有說，他還看見過爸爸和媽媽的事。每次爸爸都摸摸他的腦袋，被爸爸摸過的地方開始發燙，後來發麻，而且有些痛疼，一夜都去不掉這種感覺。爸爸像狼一樣狠狠地盯他一下，然後咳嗽着，鑽進媽媽的被窩裏，媽媽跟他進行撕打，發出狼一樣淒厲的嗥叫。

也許就爲了這個緣故，奶奶死後，爸爸媽媽一起把他攆到小屋裏去住。那時弟弟妹妹還小。

鐵皮暖瓶上的軟木塞嘭地響了一下，接着有倒水的聲音，喝水的聲音，拍打蚊子的聲音，開門的聲音，鎖門的聲音。金生睡在小屋裏第一夜就看見奶奶從他身邊走了。他看到奶奶滿眼慌亂的目光，還有身上的味，暖暖的乾草氣味。

從此他就認定奶奶還活着，而且在白天裏他也能聽見奶奶在他身邊走過去「踏踏踏」的腳步聲。他無論挪動屋裏的什麼東西，那東西都很尖厲地叫一聲，好像都是活的，都有生命。於是夜裏他開始夢遊了，到屋外面去吃爸爸從工地上運來做煤球用的黃土。那土很清涼，甜的，吃下去在肚子裏發出嗡嗡的響聲。有一天他在院子裏看見了奶奶，弓着腰一面走一面嘮叨，臉像生銹的鐵塊一樣冰冷冰冷的，眼裏流出藍色水一樣的東西。他去問她在幹什麼，她看他一眼就不見了，消隱在那棵黑幢幢的香椿樹裏。於是樹葉子響起來，有大顆大顆的雨滴落到他臉上手上。他記得很清楚，那是個月夜，沒有雨，也沒有雲，天上滿是亮晶晶的星星。

「這孩子有毛病了。」

爸媽都這麼說。他們交頭接耳這麼說的時候，還拉一些金生認識的和不認識的奇奇怪怪的人來看他，像看動物園裏新出生的小熊貓崽子一樣。他們還避開他的眼睛，翻他的書包，翻他的抽屜，翻他衣褲上的口袋，把所有的東西都翻亂了，連一塊小紙片也不放過。

有一次，金生在一塊小紙片上寫了這麼幾個字：「烏干達 皇冠鳥。」他自己都忘了這是怎麼回事了。他們把這小紙片拿到北屋在康復醫院當行政科長的鄒伯伯屋裏，嘀嘀咕咕地研究了大半夜。第二天媽媽半邊臉就腫起來了，紫得發亮，眼泡像水一樣透明。她在院子裏說：「我做一個夢，有一隻怪鳥在我頭上飛，啄了我的眼睛。」從此她每天夜裏都有夢，醒來身上青一塊紫一塊的，還在屋裏四處噴一種叫「天敵」的藥水，使爸爸在窗臺上養的幾盆花都掉了葉子。而且她每天吃飯的時候嘟嚷胃口疼，不想吃東西，說的時候，臉上開始發綠，順着頭髮往外冒冷汗。過去吃飯的時候，她總是沒完沒了地抱怨菜太貴了，什麼什麼不好買，什麼什麼又漲錢了，還有那些二道販子怎麼黑了心宰人；現在她一句話也沒有了，總是把胃裏弄出咕嚕咕嚕的響聲，使金生吃下去的東西又要嘔出來，覺得那飯菜裏有一種「天敵」藥水味。

後來，他發現媽媽並不是不吃東西，她總是在他們不在家的時候，一個人躲在廚房裏吃。有一次讓他發現了，好像是生肉。吃得嘴角上淌血，滿院子都是牙齒的響聲。

他們才是眞正有毛病了！金生自從那天和爸爸一起賣魚蟲回來，爸爸每天吃過飯，就伏在靠窗那個油瓶子、醋瓶子、鹽罐子的條桌上給金生的二叔一封一封地寫信。

「你知道二叔在哪兒，你給他寫信？」

「我知道我就找他去了，還用寫信！」

金生看見他信封上寫的「請郵局查交馮精有收」，一封一封地發出去了，卻沒有一封退回來。大概郵局知道二叔在哪兒，把信都交給他了。還因爲每封信上都貼了五張四分的郵票。

金生還發現爸爸把修鞋的事忘了，他去問他，他說他沒說過這話，還說：「你腳長得太快了，應該穿拖鞋。」

金生還發現，他爸爸不光把修鞋的事忘了，上班的時候經常忘了帶飯盒，他的飯盒是夾在自行車後架子上的。後來，連自行車也忘了騎就走了。有一次金生問他：「你怎麼不騎車呢？」

他說：「那不是我的。」

「明明是你的嘛！」

「我的自行車上沒有座套。」

「座套是媽媽新給你做的。」

「胡扯他媽什麼！院子裏所有的窗戶上都有眼睛，以爲咱們要偷這輛車呢。」

七

這裏是一片小樹林。新栽的小楊樹。

每棵細嫩的枝杈上都掛着一兩個三個鳥籠子。所有的鳥都在叫，叫得有點吵。如果站在車輛川流不息的馬路上，又覺得這兒很靜。因爲聲音不一樣。這也是城市的一種聲音。

早上，這裏除了鳥，還有遛腿兒的，打拳的，站樁的，以前還有爲練嗓子的，和遛鳥兒的吵了一架，撤了。其實沒吵，那些遛鳥兒的把兩位正在「啊啊——咿咿——」練嗓子的包圍起來，由一位年長的出面，輕輕地在兩位的肩膀上拍一下，說：「您二位嗓子不錯呀。」

「您叫我就爲說這個？」

「我是和您商量商量，您能不能換個地方練？」

「我們也沒礙着您呀？」

「我沒事。我耳背，打雷都聽不見。可我的鳥兒受不了，跟着您學，染了口，舌頭不會打彎兒了，您說，我還養不養了？」

「得，得，我們走！……可您別拐着彎兒罵人呀。」

「我這麼大歲數哪敢！我給您作揖，替我那兩隻百靈鳥謝謝您了。」

到了晚上這裏就不一樣了，在馬路邊的燈底下聚着一圈一圈的人，打撲克的，下象棋的，都撕開了嗓子叫。還有一夥唱京劇的，頭髮和牙都快掉光了，瞇縫着眼睛或閉着眼睛，坐在馬扎上，搖晃身子，隨着胡琴聲，唱得和老和尚念經一樣。尤其是一位唱青衣的大禿瓢，年輕的時候可能嗓子很甜潤，後來讓酒燒壞了，好像用鈍器在玻璃上來回劃一樣。臉上充滿了神秘。

此時那黑暗的小樹林裏是戀人的世界。他們在折磨那些小楊樹，都是無意的漫不經心的。因爲在這城市的東北隅，他們都沒有別的去處。如果你偶然闖了進去，還可以聽見纏綿的情話。

「你也燙頭了？」

「這樣好嗎？」

「我喜歡清淡的香水味。」

「太清淡就沒味了。」一個扯下一片楊樹葉在手裏揉，另一個也扯下一片楊樹葉在手裏揉。

「你笑什麼？」

「我沒笑什麼。」

「你聽說過女人是一把火嗎？」

「沒有，我聽說過女人是魔鬼，千萬不要把它從心靈裏放出來。」

沒人聽見他們笑。只聽見再遠處，幾個攻「托福」的，把錄音機放得挺響，講的是《聖經》裏的一個故事。

再遠一點是一個人，穿着挺乾淨的衣裳躺在草地上。那睡相很醜惡，不知是喝醉了還是走累了，淌出挺長的口水。

大家自然都相安無事，爲了這片樹林也爲了這城市。河這邊的工地正在蓋樓，一片轟轟烈烈的機器聲；河那邊是一座孤獨的塔。

八

其實，馮精有不需要錢。不需要那樣逼着林漢要那一百塊錢。他有錢。別人也就是他的朋友說他至少有三四萬，他說不清，有幾個存摺一直放在阿端那裏。這都是他在壇子口、廟街、影壁寺的自由市場上，守着攤床，一天十幾個小時，一個鐘頭一個鐘頭掙的。他給家裏送過兩次錢，一次是他嫂子收下了，說是給他存着，結婚的時候用。他不知道自己什麼時候結婚。三十六了。因爲要找一個正兒八經的姑娘，不僅需要錢，還要別的，比如人家問，你在哪兒工作？幹什麼？他就說不上來。還有一次，他把一個兩千塊錢的紙包交給了他哥哥。他哥哥瞪着眼又把這個紙包推給他，說：「我不知道這錢乾淨不乾淨！」爲這他又一次看不起他哥哥。在自由市場上什麼錢是乾淨的，他哥哥利用病假鑽在那裏面賣魚蟲。

他有了這幾萬以後，不知道還需要什麼。也沒想過租房子，娶個媳婦，找個工作。別人替他想過。他哥他嫂子，他聽着好像是說別人的事。他好像從夢魘裏走出來，又走進夢魘裏一樣。當他聽說，是從二丫頭那兒聽說的，林漢是被逼到這條路上來，他有爺爺奶奶，有父母，都要靠他養着，還要供妹妹上學，直覺得不應該追着他要那一百塊錢。林漢要是早說出實情來，他還可以給他一點。可惜他沒能再見到他。後來，他又是聽二丫頭說，林漢死了，大葉肺炎，死在第四醫院裏。那天下雨，在裕華百貨商店門口，他碰見二丫頭的。二丫頭又找了一個人，是個大鬍子，叫馬什麼。那個傢伙一隻胳膊勾在二丫頭的脖子上，手在她胸前摸來摸去的。就在他和二丫頭說話的時候，那隻纖細得有些發乾的手，肆無忌憚地在他眼前摸來摸去的。一個星期以後，在古市口他把這匹公馬揍了一頓。他是在拘留所裏跟一個「老佛爺」學的這套打人的技術。那位「佛爺」說，這是防衞。和下棋一樣，你只有不斷進攻，只有把對手放倒了，才能做到眞正的防衞。他把他的一隻眼和嘴都封上了。他只能蹲在地上，捂着小肚子，用一隻眼看着他。被一隻眼看和兩隻眼不一樣，好像不是看，是在研究他，和在無影燈下被解剖一樣。他還像氣球爆炸一樣煽了二丫頭一個嘴巴。他揪住二丫頭的衣領問：「你媽的不是說要嫁給『電線桿子』嗎？」二丫頭挺鎭靜地說：「這不關你的事！我願意嫁給誰就嫁給誰，誰給錢多我就嫁給誰！也許我一個都不嫁呢，找一個洋鬼子。這是我自己的事！」是啊，這關他個屁事呢！再說「電線桿子」也不是好東西，罵他媽，罵他姐，和他當局長的爹都動了手了。也許他和二丫頭也沒有眞格的。他何苦發這麼大火呢？他沒有感覺到痛快。喝酒、撒尿、摔東西、打人都沒使他痛快。奇怪的是又過三天，那匹公馬給他送來兩條洋煙「雲絲頓」，說二丫頭這回鐵了心跟他了。還說，「這女人太實惠了，放出去一天就可以掙百八的，還有外幣。你沒把她弄到手太可惜了。我可是下了功夫……」他想往馬臉上吐唾沫，但嘴裏是乾的。事情的可悲就在於他沒能早一點看出來這匹公馬的陰謀。其實看出來他也無力制止，而且都是醞釀已久的了，後來「電線桿子」告訴他說，「我是想用二丫頭這塊肉去釣一個洋鬼子，上了鈎，我就狠狠地敲洋鬼子一筆，用這筆錢出國。你怎麼就想不到這着呢，其實這個『雌』最早套的你……」他覺得他是個混蛋。好像是他把二丫頭出賣了的。「電線桿子」說的「最早」，就是他在壇子口賣進口力士香皂和星期褲襪的時候，六個小時一張票租二丫頭來做幌子，如果再多給半張票，二丫頭就把那褲襪穿在她的緊身褲外頭，她什麼都不在乎，而且一直是什麼都不在乎的膘勁。這會兒，在裕華百貨商店門口，她嚼着口香糖，兩隻眼睛很殘酷地看着他。完全像看着一根臘腸一樣。

她說：「你怎麼會不知道林漢死了呢?!是你害死了他！」

他說：「混蛋！你看看這錢，我正要還給他呢。」他深信不會是那一刀，因爲那刀傷是在腿上，離肺遠着呢。

「他有一張畫，是華嚴的《牧雪圖》。不在於那畫，是畫後面的字比畫還値錢。他準備賣給一個加拿大商人的。我覺得你是爲了這張畫才和林漢過不去的。」

「我他媽的根本不知道他有什麼鳥畫！是通過你我才認識他的。」

「我也通過他認識了你。現在他那張畫丢了，那個加拿大商人在追着我要呢。」

「你說是我偷了？那你就去告我吧，去公安局去法院告吧！」

「我可憐林漢那一大家子人。告你，關你幾年，死刑緩期，就是槍斃了你，林漢一家人能得到什麼？人家要活着，林漢想用這張畫給家裏撈一大筆，讓一家人有滋有味地生活。」

「這和我有什麼關係？」

「那張畫就在林漢小屋的箱子裏。那箱子被砸開了，畫不見了。就在你去林漢家要錢的那個晚上。林漢對我說的，你走以後，那張畫沒有了。」

二丫頭的眼神並不像騙他，而且好像要哭出來。他這時也突然想到，彷彿又進入那夢魘裏一樣，在林漢家擦刀上的血，用的是箱子裏的一張破紙，用完一團就扔了，也不知扔到哪去了。那怎麼會是一張畫，一張名畫呢？

「這畫，賣給洋人一萬美金，交給國家也得給幾千。林漢找過一個文物局的行家鑒定，人家說這畫要是不殘，值大錢了，因爲沒有印鑑很難確認，送到文物商店也可以賣一千。」

「這一千我給了。」

「我就知道你痛快。」

當天晚上他就給了二丫頭一千塊，讓她交給林漢的母親。他當時一點也沒想到自己受騙，二丫頭會用這樣方法騙他。他覺得自己當時還是非常清醒的，而且也並不遲鈍。如果林漢的死和他的一刀有關，這也是一個向林漢父母贖罪的機會。

那是一個月以後，他聽一個專吃「進口」的哥們兒說，林漢一個月以前被捕了，因爲倒賣假畫。

「這叫撞到槍口上了。至少六年。又沒人替他說話，也許十年。那些搗騰眞貨的反倒一個也沒出事。」

「還有像你這樣，公私兼顧的。」

「我是看穩了幹，名正言順地吃『提成』。不像林漢這樣鷄零狗碎地瞎抓。」

「他是小耗子，你是大耗子。」

他要把手搭在馮精有的肩膀上，馮精有向後閃了一下，說：「你老子下臺了，也會有人收拾你。早晚的事。」

馮精有衝他笑了一下，走了。他知道這小子不僅看不起林漢，也看不起他，看不起他掙的那點錢，也看不起所有擺攤床的。那小子接觸的都是上層人物，有時還能拉扯上戲劇界電影界的明星。也許就因爲這個他恨他，甚至盼望他的全塑汽車撞在橋欄干上，燒起一團大火栽進河裏。

這以後他又去找了二丫頭，二丫頭告訴他，她把那筆錢交給林漢的母親，說是林漢讓她交給家裏的。還說她是林漢的女朋友，等着林漢。林漢判七年她就等七年，林漢判十年她就等十年。林漢的母親捧着那包錢哭了，一口一個「閨女」叫着她。她還說她會常來看她老人家。

「你的舌頭上安了彈簧，眞會說；用我的錢去買好……」

「我這是給林漢他媽一點希望。人，他媽的就那麼回事。」

「你他媽也算人！那天不是你跟我說的，林漢得了大葉肺炎死了嗎？」

「我不說他死了，你能給錢嗎？」

「我眞想掐死你！」

「你看我這樣兒，還值得你掐嗎？」

她兩個眼圈抹着很重的藍影，但馮精有依然看出來那個右眼眶子上腫得很高。她看上去憔悴多了，但眼睛和嘴唇還很亮，還那麼充實。他那時還一點不知道她和那匹公馬之間發生的變故，她又和一個大鬍子好上了，弄得公馬想自殺，吃錯了藥，住了一個星期醫院。她什麼也沒跟他說，還像什麼也沒發生一樣。他能猜出一二來，而且很痛快地原諒了她。沒去追問她，那一千塊錢是否眞的給了林漢的母親。人有時候是很容易被騙的，被坦誠軟弱和痛苦欺騙了。

「你想看看林漢嗎？」

「我沒想。」

「可以探視了。我去看過他一回。」

「判了幾年？」

「十年。」

「就爲那一張假畫？」

「不。」這時有人走過來，她一把抓住他的手，順勢把臉貼在他的肩上說，「那不是一般的假畫，是什麼同治年間一個蕭山的畫師摹的，還摹了一幅張擇端的『西湖爭標圖』，都是大價錢的貨。」

「他從哪弄到的這幅畫呢？」

「屁！他根本沒見過這幅畫，見有人拿他當蠟扦了。只要他認下這幅畫是他賣給外國人的，可以白得一萬塊。」

「一萬塊，十年徒刑？」

「關進去了，他找誰去要錢?!一句話，都是空的。」

人到這份上，只能如此嗎？馮精有決定去看看林漢，還特意到知春齋買了兩盒蛋糕幾聽罐頭。

在接待室裏，中間沒有鐵柵欄，也沒有警察，但四圍都是大塊的玻璃，好像在魚缸裏那麼不自在。林漢好像胖了也白了，靠牆站在那兒有些呆頭呆腦。

「我不認識你，你幹嘛來看我？」

「二丫頭讓我來看你的。我是馮精有，你怎麼會不認識我了？」

「我也不認識你說的二丫頭。」

「你總會記得你腿上的刀傷吧……」

「我腿上根本就沒有刀傷，你看吧……」

他就在那裏把褲子脫下來了，兩條腿上布滿了紅疹一樣的斑點。然後走到馮精有面前，慢慢把褲子又穿上，用一根巴掌長的小布帶子，在兩個皮帶袢兒之間繫緊，平着聲兒說：「你滿意了吧？我會讓所有的人都滿意的。」說完，轉身就向外走。

「哎，這蛋糕和罐頭……」馮精有叫起來。

「那是你的東西。」他頭也沒回。

馮精有在路上，把那些東西扔進了一條泛黃發綠的水溝裏。他突然覺得這個世界離他遠了，而且在這個世界上，最可憐的是他自己。

進城以後天已經是黑了，一一九路汽車站上只有他一個人等車。車站對面是一個垃圾站。在綠色的垃圾桶後面，有幾個十來歲的男孩在黑暗裏抽煙。他看到一雙雙發亮的眼睛。突然一聲貓叫，尖利得好像把天空撕開了，使他出了一身冷汗，從一片混濁的記憶裏醒過來。他看見垃圾箱後面點起了一堆火。那幾個孩子在火光中把一隻貓殺死了，正在剝皮。有一輛裝滿貨物的卡車駛過去，路上揚起滾滾的煙塵。煙塵淡薄了以後，他看見那隻光溜溜的貓被開膛了，孩子們驚喜地叫着：「心臟還在跳呢！心臟還在跳呢！」他下意識地就把手放在自己的胸口上。

九

胡同裏有個傻子，和馮家斜對門，整日站在街上，由於眼睛有點斜，於是把什麼都看歪了。那些過路的男男女女老老少少，明知他是個傻子，而且髒兮兮的，吊着口水，也不知擦一擦，卻不忍讓他看，而且更不敢和他對看，就是不知不覺或者毫不在意地走過去，心裏也是不舒服的，如同心上長了痱子，癢卻抓不得。

其實傻子只是看，有時傻乎乎地大笑，而且笑時眼睛便散了光，游乎於象外，並不說什麼。他有過教訓，說三道四，不是挨打挨駡就是挨一臉吐沫。有一年春上，天還沒眞正暖起來，過路的一個姑娘便穿上了裙子，讓傻子看見了，而且看歪了，偏着頭，追逐那姑娘在後面一面顚顚簸簸地跑，一面叫：「花裙子看花裙子看花裙子……」引得滿街上人笑。那姑娘被喊惱了，立住，揪起傻子的耳朵往地上拉，「你看吧，鑽到裙子裏頭去看！」於是傻子就使勁地向外閃，使勁地叫：「我的耳朵，掉了！我的耳朵……」又是滿街的笑。從那以後，他的眼更斜了，眼白的部分十分醒目，連馬路、電線桿、房脊在他眼裏都是歪的。也是從那以後，他再不敢說什麼了，實在興奮或憤怒的時候只是「啊啊」地叫兩聲，像鋸木頭一樣悶鈍。但他終不明白耳朵有什麼錯，如若不是揪耳朵而是揪舌頭，那就是另一回事了。

傻子在還能說什麼的時候，也不都是受辱，也有過殊榮。那是鬧「文化大革命」，抄家抓人砸四舊，街上旗幟飛揚，車來車往一片口號，傻子頗感到新奇興奮，常常把飯碗端到街口上來吃，沖那些人笑，還把飯揚到街上。吃罷飯，他就把碗扔在地上，追着那些插着旗幟的汽車跑，一面跑一面叫：「紅旗紅旗紅旗……！」車上的人就把抄家的東西扔下來，由他去撿。有一次他撿一件絲綢旗袍，讓他爸爸一頓好打。實在被打急了，他才從家裏逃出來，一面跑一面喊：「你也讓人抓去你也讓人抓去……」但他終不明白那些車上的人爲什麼不抓他爸爸。於是他每日都盼着車開進他們胡同裏來。然而他們的胡同實在太窄了，又有樹，像卡車那樣的大傢伙是開不進來的。終有一天，來了一輛灰色的卡車，車上還有一廂的人，每個人胳膊上都裹着那種紅布。傻子胳膊上也有一塊，是他娘的一只衣衫袖子。那車停在了街口。每次這種車來，他都要走上前去摸，一面摸一面叫：「大哥大哥大哥……」誰也不知是什麼意思。但今日這車卻讓傻子發呆，手中正咬了一半的香瓜掉在地上。他眼中那車也歪得厲害，好像要往人身上開。傻子看到那個舉旗幟者說了一句什麼，扭頭就往胡同那頭跑，拼命地跑，一手抓住褲帶，一手拎着一隻跑掉了的鞋子。他跑到胡同西口的第三個門，爬上臺階，鑽進去就叫：「李鳳桐來人抓你了來人抓你了！」先從五間北屋裏湧出兩男兩女，問：「這不是兒戲，是眞的？」一個女人極漂亮，也穿過花裙子，又問：「是哪來的人？」傻子說：「我看見汽車了。你又不是李鳳桐。」這時從門裏又走出一個鬚髮皆白的老者，一句話沒說出來，就跌倒在地上，拐棍摔出去老遠，好像正摔到傻子的手上。傻子認識這老人，給他媽看過病，還不要錢。他媽拉着傻子來跪下磕過頭。「來人抓你了來人抓你了！」傻子直喊到四鄰街坊們把老人攙起來，不是攙回北屋，而是送進西北角一間破房子裏，還不斷地從北屋往那房子搬東西，盡是些壜壜罐罐的。再沒人理他了。最使他懊喪的是他手上的拐棍也不見了，不知什麼人什麼時候從他手中奪走的。他悻悻地走出了院門，在門口立了一陣，那舉旗幟者領着一隊人向這邊跑來。腳步轟轟烈烈。又讓他振興起來，他緊了緊褲帶，也轟轟烈烈迎着那些人跑過去。他只覺得他胳膊上那一塊與那些人的一樣紅。那個舉旗者跑到他跟前問：「你知道李鳳桐住哪兒？」傻子不敢回頭，指了一下身邊一個院門說：「這。」那一隊人像吃豆芽菜一般被那口一樣的門捲了進去。這使傻子覺得極爲好笑，如若他不是傻子，早已溜之乎也，可他還站定在那裏，一面笑一面說：「嚼嚼嚼嚼嚼！」誰也不知是什麼意思，大概和豆芽菜有關。俟到那隊人氣急敗壞地從門裏又吐出來，傻子倒霉了。皮帶掄起來打，那個舉旗者還把一團泥塞進他的嘴裏，因此他想罵「×他媽」也沒罵出來。但他看到那一隊人沒有抓到給他媽看過病的李鳳桐，又糊塗起來。李鳳桐就在西北角的小屋裏，要不是他們往他嘴裏塞泥，他會告訴他們的。眼看那些人歪歪地走了，他在後面一面吐着嘴裏的泥一面喊：「傻子傻子傻子……」後來就因爲這件事，他媽收到李家送來的好吃的點心，還給傻子做了一身新衣裳，挺體面地過了一個年。放鞭炮的時候，有人說：「傻子，你知道這衣裳是誰給你做的嗎？」傻子總是躲得遠遠的，使勁吸着口水說：「別碰，我媽說不讓我弄髒了。」

傻子後來就到讓父母擔心的年齡。他在街上站着，專挑女人看，追逐那些穿花衣裳的，不僅喊「花裙子」，還喊「大白腿大白腿」。他父親就把他鎖在屋裏不讓出去，他母親就偸偸地哭。

忽一日，父母不知聽誰說了什麼，叫來車，把傻子送到安定醫院去了。他父親是個礦工，說話像扔石頭一樣：「開刀也行，電療也行，求求你們，能怎麼治就怎麼治，就是治死了也沒你們的事，要我在哪簽字我就在哪兒簽字，反正這孩子已經糟踐了。」當然醫生不能聽他的，自有辦法，好像還有一些「出土」的和「進口」的辦法。

然而，傻子出院以後卻更傻了，只會「啊啊」地叫。在街上，他已不再追逐花裙子了，眼睛也不那麼斜了，只是看人的時候須把頭和整個身子都歪起來，而且看到的人都是倒着的，好像兩隻腳在天空中走。

不久聽說他死了，吃了他父親尋來的一個秘方。這不是他父親的過錯，這些年他父親戒了煙戒了酒，爲他就是借債也沒在乎過，因爲他父親就他這麼一個寶貝兒子。也不是那秘方不靈，人家祖傳的，每年都能治好了二十多個傻子。說到底是命。傻子該死。死了乾淨。要不然他父母也陪着受罪。以後大家都好像吃了生葱，鼻子眼裏格外地通氣。只有住在傻子隔壁的中學老師張先生有疑問，抄錄下來《莊子·應帝王》篇中的一節，讓傻子父親看，被傻子父親劈雷閃電地罵了出來：「那上面的字我都認不全，你叫我看什麼看！拿它來笑話我還是笑話我們家傻子！眞不知你是怎麼想的，我這兒死了人，你倒是有文章作了！是不是讀書讀出毛病來了？滾吧滾吧！」

鄰居們因此都笑張先生不識相，並說，想不到世上還有這麼一路傻子。

那〈應帝王〉篇中的一節是：「南海之帝爲儵，北海之帝爲忽，中央之地爲渾沌。儵與忽時相與遇渾沌之地，渾沌待之甚善。儵與忽謀報渾沌之德，曰：『人皆有七竅，以視聽食息，此獨無有，嘗試鑿之。』日鑿一竅，七日而渾沌死。」

十

一年以後，也許還不到一年，就幾個月或者幾天的時間，馮精有已經弄不清這些時間了，也許都是將來過去的事，或者過去將來的事。時間在他的生命裏是循環的。

那天他蹬個三輪車到「電線杆子」家去提貨，由「電線杆子」轉手給他，再由他轉手批發出去的一百二十斤竹黃。這是他看準了才下手的，叉進去他所有錢的一半，然後錢就自個兒原地翻兩番，一個大整數十萬，再和「電線杆子」二八分成，「電線杆子」是二，他是八。這是因爲竹黃突然在市民中走紅，幾乎家家戶戶都傳頌着這種藥，能治陰虛氣喘，失眠多夢，痔漏牙疼，偏癱中風，經寒血崩，失聰失明，以及老年性的各種疾病，如果泡水洗臉可消除雀斑黃褐斑軟嫩皮膚，如果泡酒喝上三個月可以大面積地預防癌症。整個城市都爲它感動了，凡市場上有賣草藥的地方都有人問：「有竹黃嗎？」在馮精有還不知道竹黃爲何物的時候，「電線杆子」找到他說：「我能從南方用快件進一批貨，就是價碼太大了，這個數，不知你肯不肯下本？」他當時連猶豫也沒猶豫就說：「你要是坑了我，就是鑽到耗子窟窿裏，我也把你掏出來活嚼了。」事後他又嘲笑自己背叛自己那麼容易。去年他就說洗手不幹了，找個正經穩定的工作，哪怕每個月只掙三十塊錢都行。現在看來那都是欺騙自己。隨他姥姥說什麼去吧。管他媽的！

三輪車軸可能早就沒油了，不僅蹬着費勁，而且還痛苦地叫，叫得一街上的人都很痛苦。

一二三，第四棟樓，二單元五層三號。他敲開了門。當他喊了幾次爲什麼不開燈，眼睛也適應了屋裏的黑暗的時候，他才看清開門的不是「電線桿子」，在組合音響下面的沙發上坐着兩個穿灰色制服工商管理局的人。

「你是馮精有？」不知坐着的那兩個人哪一個問，這時已亮了燈。其中一個胖子，看着眼熟，好像就住在他家附近，好像姓于。

他點了點頭。

「那你跟我們走吧。」那兩個人站起來。

「電線桿子呢？」

「他已經被拘留了。你們幹的好事！不是我們發現的早，你們的假藥不知要害死多少人。」

事情就這麼簡單。簡單得使馮精有感到有些憤怒。他的存款被凍結了，那是因爲在銀行裏。如果像進城做買賣的老農一樣縫在褲衩上，誰也凍結不了。還在研究罰款的事，不知要罰多少，他被拘留了兩個星期，也沒把結果告訴他。

他從拘留所出來的時候，身上只有一毛三分錢。他很想喝一碗餛飩。他看見一個餛飩挑，在白布遮陽傘下一個挺漂亮的姑娘在喊，那眼神是挑着他喊的：「吃餛飩呀，熱乎的。」他好像有什麼急事一樣走過去了。他看清那招牌上寫着：「三鮮餛飩一碗兩角」。但他鼻子沒酸。

他又走在了那條街上。

他身無分文並非一身輕鬆。錢他已經不想了，在拘留所裏整想了十五個晝夜，沒什麼可想的了。「電線桿子」也不用他想了，判了十年，和林漢一樣長短。但他在整個審訊和拘留過程中，也沒想透徹，竹黃爲什麼是假藥，「電線桿子」是怎麼坑了他又走了水的。

他在一面大櫥窗的鏡子面前呆住了，幾乎認不出來自己了。才幾天時間呀，他的鬍茬子、鬢角都發白了。他已經從眼角的皺紋上承認自己蒼老了。不是生下來就這麼蒼老，城市裏的人是老得快，但他卻想不到這麼快，彷彿轉瞬之間什麼都過去了。

記得十五年前或者還早的一個晚上，他也是這樣一個人在街上走。天上下着雨，已經下了有一個月了。好像這雨在他記憶中就沒停過。什麼都發霉了，連電線杆子和郵筒上都長了老長的綠毛。他是去找父親，那時父親早已不挑着擔子焊洋鐵壺了，在城外一個鋼鐵廠裏當翻砂工。他每天很晚才回家，總是喝得醉醺醺的。那時他只知道父親戴過幾年「帽子」，是「歷史反革命」，後來摘了「帽子」去作翻砂工的。也有人說那個鋼鐵廠就是勞改的地方。那人還告訴他，他父親解放前是給八路軍跑情報的，還是個站長，不知怎麼把「底線」跑失了，和組織上失去了聯繫，還進了監獄。這不是活該倒霉嗎！要不然他可以是個不小的幹部。他那嗓子乾脆洪亮，還可以到處去做報告。他們也可以進幹部子弟學校念書，還可以坐在爸爸的汽車裏進出花園飯店看戲看電影打克郎棋……這一切都讓馮精有轟轟烈烈地胡思亂想。這一切他父親都沒對他說過。只有一次哥哥讓釘子扎了腳，他不許哥哥哭，讓哥哥看他腿上的一塊疤，說那裏面有一顆子彈，釘在骨頭上了，他還跑了五十多里地，現在走起路來子彈還磨得骨頭吱吱地響。哥哥聽見裏面的響聲不哭了，他卻怎麼也聽不見，但也沒懷疑父親在騙他們。父親說，後來，他和另外一個人被抓進了牢裏。牢裏到處是老鼠，比貓還大。

那個人被灌辣椒水灌死了，老鼠就在他眼皮底下吃去了那個人的一條胳膊。後來牢頭來了，他們並不急着運屍體，就在他的眼皮底下，扒開那個人的嘴，用錘子和鑿子，敲下來那個人的兩個金牙。

父親說這些的時候，好像是說一個別人的故事。說完眯起眼睛嘿嘿地冷笑，笑得臉上的肌肉顫抖得和風中的樹葉子一樣。不知爲什麼他開始恨父親那張發苦的臉，恨他那從此又整天悶聲不響的樣子。那張臉不僅讓他心驚肉跳地發恨，還讓他感到害怕，怕他突然盯住自己，那兩隻眼睛發出幽幽的綠光，在屋裏搜來搜去的，喉嚨裏也咕隆咕隆地響。從此他開始做惡夢，總夢見一羣黑色的鳥在天上飛，翅膀上閃着火光，飛着飛着，突然向他撲下來，把他燒成了一堆灰燼。而且這個夢一直跟着他，無論他走到哪裏都跟着他。二十年後，有一天，他竟在大白天裏看見天空中有一羣黑鳥，翅膀搧着火向他撲來。就在那條街上。

這羣黑鳥成了父親留給他終生的記憶。

父親當了翻砂工以後，只有馮精有知道他很晚回家是在外面賭錢，在三道口齊伯伯家賭。也就從那時候開始，他讓精有偷家裏的東西，拿出去賣。把媽媽的金銀首飾布料都拿出去賣了賭了。這個畜牲回到家裏還肆意地折磨媽媽。媽媽只會哭。這個小腳又有點駝背的女人，讓男人推倒在地上，爬起來又推倒在地上，只會說：「要不是為了這幾個孩子，我早就去死了，一天也不想活着了……」這下似乎更長了那男人的威風，他驚天動地罵着娘，哐地把壜子打碎了，啪地又摔了一個碗，從這間屋跑到那間屋裏，弄得屋裏一片混亂，桌椅床舖陰險地怪叫，老鼠竄來竄去的。然後他就喝酒，一直喝到臉上發白泛青，兩眼紅鮮鮮的，把褲子尿濕了躺在地上揪自己的頭髮，咬自己的手，瘋了一樣地嗥叫：「我要是那次讓丁疤拉眼一槍打死了，也不會是今天這樣。那烈士公墓裏也得有我一塊碑！老子是四二年的地下黨，李福山算個屁呀！馬寶祺算個屁！陳耀文算個屁呀！……」那時精有還不到十二歲，也嚇得尿了褲子。他哥哥站在窗外頭一動不動地看着屋裏，眼裏堆着魚肚白，額上暴出來一條條青筋，皺紋在臉上滾來滾去的，像個小老頭。

他們家就這麼敗了。父親後來乾脆連家也不回了。每月開支的時候，媽媽就讓精有去齊伯伯家找他要錢。還好，每次要錢他都是要多少給多少，然後把精有叫到跟前，用手摸着他的頭，好像在摸一個西瓜熟不熟，然後在上面拍一下說：「該理髮了。滾吧！」

每次要錢，精有都是放學以後做完了功課去，揣一個或兩個饅頭在路上啃，那天又下雨，渾身都濕透了，饅頭在肚裏也化得快，不一會兒腸子就開始叫，打起冷戰，上牙咬不住下牙。他帶來一灘水站在齊家屋地上，才知道父親和齊伯伯一起被抓賭的抓去了。齊大媽雙手拍着大腿嚎着：「這回他們算是造孽造到頭了！報應啊……報應！」他當時完全嚇傻了，不知怎地從齊家走出來，被一層層雨、一層層光、一層層黑夜、一層層樓房包圍着，覺得自己像個老鼠一樣沒處躲藏。他眼睛發熱，好像有血要流出來。記得他曾溺死過一隻老鼠，那眼睛就是鮮紅鮮紅的，鼓凸出來，一派慘烈的景象。後來，肚子也熱起來，好像火在裏面燒。他覺得他身上發出一種紫光，那夜他沒敢回家，在胡同裏一根壞了燈泡的電線杆下蹲了一宿。他把腦袋使勁往胸腔裏縮，但渾身還是熱辣辣的疼痛難忍，用手去撫摸什麼地方，什麼地方就腫起來。這他記得很清楚。而且他一生中，都擺脫不掉那隱隱的疼痛，摸什麼地方，什麼地方就有腫起來的感覺。

父親被抓走以後再也沒回來，聽說就在鳳凰山那邊，不知是個監獄還是勞動農場裏。一年以後，他給媽媽寫過一封信。他讓媽媽拿這封信去街道委員會辦離婚手續。他說，我再不願見到你們，你們也不願見到我了。我把自己糟踏了，不願再去拖累你和孩子。現在說對不起你們有什麼用？我從來就不相信良心。良心是手套，誰戴上它，抓什麼東西都不燙手。我這個人連手套都丟了。老天爺在報應我，每天夜裏，我腿上那顆子彈就在骨頭上疼，疼得我去抓牆，把十個指頭都抓破了。我幾次都想不活了，可我這個人又怕死，好像世上還有什麼事沒了結：就是你，讓我放不下……精有偷看過這封信，只記得這麼多。

父親留給他最深的印象是，那次他從媽媽的衣櫃底下一個藍粗布包裹，是父親告訴他在這裏的，偷了一對銀鐲子和一根金簪子，交給父親時，父親雙手捧着，臉像被雨打濕了的牆皮一樣一層一層地塌下來，眼睛裏的什麼東西熄滅了，淚水刷刷地流，突然像一個孩子似地哭起來。父親對他說：「這世上的事我都做絕了，什麼都敗了。」是什麼敗了呢？精有至今不明白。他就是在對父親的恐懼和迷惑中染上了賊性。

父親走後，家裏的日子更艱難了，哥哥早早地結了婚，脾氣變得像父親一樣古怪，也抽煙也喝酒也撒酒瘋，也像父親一樣摔東西，不僅動不動就打他，還罵媽媽，有一次還把媽媽推倒在臺階上，摔裂了髖骨。他不知道世上的男人是不是在家裏都這麼驕橫，他卻清楚地知道哥哥在廠裏是個有名的窩囊廢，人家都把他當三孫子一樣欺負。那時他在學校裏經常和同學打架，而往往挨打的是他。他個子太矮了，又乾瘦乾瘦的。不是被老師放到教室外面罰站，就是找家長來談話。這種丟臉的事，每次都是哥哥到學校來，於是回去以後一頓好打，但他從不說和同學打架的原因，人家是怎樣侮辱他們的父親。哥哥是個道地的笨蛋傻瓜。也從那時起他和哥哥心裏結下了疙瘩，將來要狠狠地揍他一頓，爲了媽媽也許他會殺了他。他幾次夢見哥哥滿臉都是鷄血，聲音裏都是腥氣。

他對哥哥埋藏在內心裏的仇恨，終有一天公開化了。那是因爲打架，因爲他要賠人家東西，因爲人家追着他要不然就告訴老師，又因爲他不敢向哥哥開口也知道家裏沒有錢，還因爲正好有一個機會，那個女人黑色皮包掛在自行車把上，車停在馬路邊上，她去那間小房子裏取牛奶，他就順手——好像是那皮包撞到他手上一樣把它拿走了。當時天已經黑下來了，街上的人很少，絕沒看見他的。他撒腿就跑，聽見那女人在叫，殺豬一樣地叫。他終於跑到一個能打開黑色皮包的地方，坐在街燈下面的臺階上，翹起一條腿來，裝得像看自己的東西一樣，看到了錢，四張拾塊的，還有些零的，一共四十七塊多，還有手絹、粉盒、鑰匙、藥瓶、筆記本。在筆記本裏他看到一張相片。這張相片使他改變了把皮包扔進垃圾箱裏的打算，而是悄悄地走進了瑞符巷，溜進九號門黑洞洞的過道，咚地一下扔進院子裏。那是因爲他在相片上看到了他的同學李曉菊，一個坐着輪椅來上學的姑娘。有一次教室的玻璃黑板被他打破了，他早上來上學的時候，同學們在教室外面圍住了他，叫喊：「一定是你這個賊幹的！」他大聲地說：「不是我幹的！」但同學們都一口咬定了他，連班主任都說：「你就承認了吧，寫個檢查就行了，因爲那黑板還能使，又不用你賠。」他大叫起來：「不是我幹的就不是我幹的，幹嘛叫我承認！」有個同學就說：「這小子的爸爸是賭棍，坐了班房了，從根上就不是好東西。」這下把他激怒了，把拳頭揮起來了，還沒打下去，李曉菊搖着輪椅來了，她說：「黑板是我打破的。放學以後教室裏就我一個人在做功課，做功課以後，我的輪椅出了毛病，一個彈簧蹦了出去，把黑板打破了。」他不明白李曉菊爲什麼這麼說，但他打心眼裏非常感激她。那天放學以後，他在瑞符巷口等着她，告訴她：「那黑板是我打破的。因爲我怕學校裏讓我賠就沒敢承認。這回我對你承認了，你不要對任何人說就行了。」他沒想到李曉菊聽完這些，說了句：「我眞沒想到你是個軟骨頭，我還以爲刀擱在你脖子上你也不會承認呢！」連看也沒看他一眼，搖着輪椅走了。他當時渾身都充滿了憤怒，但事後又感到一種眞實，反而更加親近這個不能站立起來的姑娘了。他每天放學回家都等着她一起走。曉菊說他的感覺很好，應該去學畫畫，並且通過她的介紹認識美院附中的菲菲，一個漂亮得讓人眼花撩亂的姑娘。他就和曉菊說他的家庭，他的父親、母親和哥哥，還有他的夢。曉菊聽的時候是非常認眞非常安靜的，聽完以後她總是不以爲然地笑笑，說：「我眞不知道你跟我說這些幹嘛！一個男的也那麼愛嚼自己的事，嘮嘮叨叨的，四處去尋找同情。」這話似乎是傷害了他的尊嚴，但他又覺得曉菊並不是有意在捉弄他，反而有一種鼓蕩着他全身血液的刺激。他和她在一起的時間更多了。只是他沒到過她的家裏去過，沒見過她的媽媽。如果見過她媽媽，他絕不會拿這黑皮包的。他把皮包扔回院子裏的時候，故意抛得很高，希望曉菊和她媽媽能聽見。扔完了他轉身就往外跑，不想被人抓住了。他記得當時是這樣的，可不知爲什麼，抓住他的人是他哥哥，把他送到了曉菊的家裏，當着曉菊和曉菊父母的面，哥哥狠狠地搧了他兩個嘴巴，打得他從嘴角往下流血，一直流到衣襟上，後來哥哥又把他扭到派出所，那一帶胡同裏溜門撬鎖丢東西的事一一都找到了他頭上，他寫了很厚的一疊材料，直到那些警察們滿意了，學校開了批判大會，被押送到一個農場裏勞動教養了三年。三年教養期滿以後，他第一個去找的就是曉菊，那時曉菊已經在一個工廠裏當會計了。曉菊還是那種似乎玩世不恭的樣子，不熱也不冷地說：「你不要跟我解釋了。我知道我知道，你就那一次！可是世上被寃枉了的事不是你一件。走吧，我們找個飯館去吃點什麼。你一定饞肉吃饞得像一隻狼了！」她那長而黑的眼睛裏閃耀着一種金屬般的光澤，嘴角上的笑使他第一次感到女人那柔美嫵媚的意味。也許什麼都不意味着，但使他變得沈默了。因爲他去瑞符巷九號已經知道曉菊的父親作爲「走資派」送到麥靈山勞改，她媽媽在「牛棚」裏自殺了。她什麼沒跟他說，他什麼也沒問。從此他就四處去打零工，如果下班早了，他就到曉菊他們工廠的門口等她。他並不認為這是他對於曉菊的一種幫助，而是認為曉菊成為他生活的一部分了。但不知為什麼，他和曉菊之間的感情並沒有任何發展，好像還是他們剛認識時那樣。他向她說起菲菲學畫那個禿頭如何不是東西，他有一天要好好地教訓那個禿驢一下。曉菊卻哈哈大笑起來：「眞想不到你愛上她了。你怎麼不早說，要早說我去告訴菲菲，你有好幾萬的存款，她一定高興得睡不着覺了！」他第一次到到曉菊的笑裏有一種殘忍。但眞正的殘忍還在後頭。

今天，他在那條街上終於泡到曉菊下班的時間。這次他出來又是第一個去找曉菊，好像眞成了撕擄不開的一部分。然而後來的見面，他們之間的爭論越來越多了。有一次曉菊問他買賣的情況：「你一天能騙多少錢？」他雖不高興，但還耐着性子說：「我騙過別人，卻從沒騙過你。」曉菊低下頭，她說話的時候總愛低下頭，使他看不見她的表情：「這點你挺可愛的。」他說：「我沒有理由對你不誠實。」曉菊說：「是啊，誠實也是有價錢的，也是一筆好買賣。」他有些激動了：「你敢擡起頭來看着我的眼睛嗎？」曉菊刷地擡起頭，毫無表情地看着他說：「你還能把我吃了？」他又洩氣了：「我知道……」曉菊也說：「我也知道。」他和曉菊拉開了距離，遠遠地跟在輪椅後面。他心裏叮囑自己：「算啦不說了。」可曉菊又停住車，等他走近了說：「你幹嘛離我那麼遠，聞不到你嘴裏的酒味了？」於是他又屈服了，總感到曉菊有一種無形的力量箝制着他。可和菲菲在一起就不一樣。每次他走進菲菲家，那是她一個人的住房，裏面掛滿了她的素描和臨摹的名畫，眼睛直直地盯着他說：「你走頭無路了才到我這兒來的吧？可這幾天我已經有了幾個新的男模特兒了。而且都是四五十歲的男人，像一個一個的黃昏，比你可有魅力。」她畫畫的時候還挺瀟灑地抽着煙，把煙把兒就踩在地上；畫累了也喝酒，白蘭地或威士忌那種烈性的酒。她像一個男人的方式那樣生活，但屋裏又充滿了柔軟的女人的氣息，可以一聲不響地坐在那裏專注地看着你，看上一兩個小時，也可以在五分鐘之內給你脫衣服。她認爲什麼對她來說都是無所謂的，只要她樂意。人應該活得快樂，應該想怎麼活着就怎麼活着。如果能體驗到眞正的快樂，哪怕一天哪怕五分鐘也値了，在這點上，當元帥和當士兵是一樣的。應該說那裏是個寧靜而又活躍的世界。但精有在那裏從來沒有感到過超脫。只有和曉菊在一起的時候，他才體驗到一種乾淨的實在，但他連她的手都沒摸過一下。有好幾次他想對她說，可要開口的時候他又失去了勇氣，人像被抽空了一樣。

他覺得他一直是這麼空蕩蕩地活着，從來沒有輝煌過。

這時天空是一片黃褐色，從他身邊走過的那一張張黃臉上都沒什麼表情。嘴裏都在說什麼，吵架一樣地饒舌，聽進去使腦袋裏變得混沌一片。這時他又看見了那羣黑鳥，認清了是九隻，一直飛向了河那邊的斜塔。塔再也不是孤獨的了，使他產生了某種惡毒的預感，或許那塔是不存在的，只有那些鳥是眞實的。

他走到曉菊工廠門號的時候，下班的鈴聲剛響。從裏面走出來的姑娘和小伙子都興高采烈的，都一樣地漂亮一樣地有吸引力。男的穿一種寬大的日本式的褲子，女的都是粗布曳地的長裙。相比之下他像從上個世紀來的。那條牛仔褲綳在腿上顯得很不舒服。

曉菊出來了，還那樣，老遠衝他笑了一下。他還沒走到曉菊跟前，斜揷上來一個男人搶到了他的前面。那人十分熟練地推起輪椅，好像推了十幾年一樣，還把一隻手搭在曉菊的肩上。

「介紹你們認識一下，這是馮精有，我的同學；這是我丈夫，孟威。」

她結婚了?!他眞不敢相信自己的耳朶。那個孟威好像年齡比曉菊大許多，開口說話的時候，還有濃重的陝西口音，臉上的表情也有點猥瑣。他不明白淸高的曉菊怎麼會看上這麼個半大老頭子?

「算我倒霉。」

精有在那兒愣了足有十分鐘，只談了這麼一句話轉身就走了。曉菊什麼也沒說，靜靜地看着他，眼睛像兩個幽深的山洞，自此以後他再也沒見到曉菊，但他一輩子也忘不了那雙眼睛，好像他一直也沒有從那充滿了回音的山洞裏走出來。他後悔和曉菊在一起的時候沒向她明確地表示自己的想法，可那時候這些想法還沒有明確地誕生。後來他也到鳳凰山的一個煤礦去了，在那裏才聽說曉菊瘋了，住進安定醫院了。那個叫孟威的騙了她，爲了戶口能遷到這個城市裏來，能做的他都做了，最後甩了她。他聽到這些痛苦了好一陣，但不知道是不是眞的。他想像應該是這樣。

晚上他去找菲菲。

菲菲不在，她哥哥正聚一幫人在屋裏玩牌，見了他，把貼在鼻子上的紙條兒扯下來說：

「菲菲又和那個禿驢混在一塊兒，到外地寫生去了。」

「她不是不畫了嗎？」

「那禿驢離了婚。」

「我眞不明白……」

「她需要這樣。」

她需要什麼呢？他雖然和菲菲接觸了這麼長時間，但他說不淸需要禿驢的什麼。

「出牌。」

菲菲的哥哥又被拉進煙霧裏，指了一下桌子說：「那上面有兩封信，菲菲留給你的。」一封是二丫頭的。她如願以償地去加拿大了，還有一個一千多塊錢的存摺。信上寫着：「還你，是你給林漢的那筆錢，我們誰也不欠誰的了。我走無非是想換一種活法，和誰也沒什麼關係。我想也不用跟你說對不起……」

後來精有才知道二丫頭根本沒去加拿大，而是和一個港客搭上去深圳了。在那兒當服務員，工資並不高，但她並不缺錢用，那個港客捨得在她身上花錢。說實在話，二丫頭是他見到的最漂亮的姑娘。後來他又見過她不少次，每次回來都住在高級賓館裏，像是從加拿大掙了大錢或是成了闊太太一樣。她有一口好牙，雪白雪白，眼角還有一顆罕見的朱砂般的紅痣。

還有一封信，菲菲寫的，內容是一種遊戲：「幸運的人：請勿中斷『金鎖鏈』，當你收到『金鎖鏈』時，幸運即將來臨。這封信就是『金鎖鏈』。這是世界上第一個給你幸福的信。請你立即寫七十封這樣的信發給別人，你的朋友，你的親人或者隨便什麼人，就照這信一字不漏地寫，不要怕花錢，也不要怕花費時間，更不能在你手中斷，因爲你也會給他人帶來幸福。這封信開始是瑞士一位女教師寫的。她做了一個夢，見到了上帝，上帝給了她旨意。她當即寫了二十封信，九天後獲得了七十萬瑞士法郎。而其中的一個收信人並沒有按照信上的要求去做，九天後喪命於車禍。還是孩子誠實，一個癱瘓的孩子把『金鎖鏈』傳到了美國，一年以後他能站起來走路了，後來『金鎖鏈』又從美國傳到了中國，現在又傳到了你的手裏，幸福也即將來臨。」落款「我也是一個收信人」。信封的背面非非寫着：「精有，希望你也寫七十封信並祝你好運。」

「放屁放屁放屁！」

馮精有一面喊叫一面把信撕了，撕得粉碎。

還沒等他把手中的紙片扔在地上，那幾個打牌的忽地竄起來，撲過去，像抓小鷄一樣把他按在地上，很快就使他什麼也不知道了。

他醒來的時候，躺在非非家門口的馬路上，渾身像凍僵了一樣的疼痛，臉上身上到處是血口子，腿像斷了一樣，手也伸不直。

他記憶中是那些人飽揍了他一頓又把他扔到外面來的。好多天以後他才明白那些人爲什麼揍他。在這個城市裏，幾乎每一個人都收到這樣的信，又都按照信上的要求一封封寄出去了。他們都很有耐心也很堅強，沒讓「金鎖鏈」斷了。就這麼回事。

疼痛使他痲木，也使他實實在在地意識到活着。人活着就是生活本身。他就是一切。他第一次深深地感到自己的醜惡和卑微。

十一

河這邊的工地上又蓋起了許多高樓，響着一種永恒的機器聲。

河那邊的塔還是斜的。

十二

金生終於找到了他二叔，但不是在非非家門口，在下斜街一個黃帽子郵筒前。他們偶然碰上的。金生的喊叫驚動滿街的人滿街的眼睛。

金生能找到馮精有，那是因爲馮精有在這條街上迷路了，走了半天一夜也沒走出這條街。這時間裏他想起了哥哥，打算給哥哥寄一封快信，讓哥哥快一點來接他。這些年了，他第一次想回家。

他從來沒想到這是把「金鎖鏈」斷送了，隨之而來的報應。

昨天下午他一走進這條街就發現迷路了。這條街斜對着河那邊的塔，但他卻找不到，不是被樓房擋住了，而是消失了，找也找不到了。他記得清清楚楚的，只有在這條街上，望過去那塔不是斜的，誰也說不上來原因，好像天生的就是這樣，如同古埃及金字塔，是一個謎也是一大奇蹟。

他首先發現有點不對頭的是，這條街上大白天的路燈亮着，商店裏、辦公室裏、住戶裏都亮着燈。人的眼睛都像死魚的眼睛一樣，睜得圓圓的，沒有光澤也不轉動。最讓他不能忍受的是所有人的身上都有那種過期了的福爾馬林藥水味。

「去新街口怎麼走？」他問一個拿着雨傘匆匆趕路的男人，聲音很小，不敢說明自己迷路了。

那人停下來挖鼻孔，一面挖着一面說：「你爲什麼不乘六十九路雙層汽車呢？那是新闢的一條路線，無論遠近都是一毛錢，而且上了車，只要告訴一下售票員你要去哪兒，車就把你送到哪兒。」

在那人走開的時候，他驚異地發現那雙死魚一樣眼珠咕碌地動了一下，一束凌厲而寒冷的目光如同刀尖一樣在他的臉上劃過去，彷彿他臉上長了什麼怪異的東西，引起注意並被劃破了。

從這以後，他發現所有從他身旁走過去的人，都用這樣的光束在他臉上劃來劃去的。這使他更想盡快地離開這條街，卻又怎麼也找不到六十九路雙層汽車站。

他走得有點累了，眼睛也累得發乾。這時走過來一位大熱天還穿着棉衣棉褲十分臃腫的女人，挺急切地問他：「你看見我的貓了嗎，黑白花的大狸貓？」

「沒看見。我一直在這兒站着。」他看見那女人頭髮上很厚的土，心裏直癢，於是趁機向那女人問六十九路車站。

那女人說：「這條路上很久沒有車了，因爲撞死過人，大家都走路了。你還是幫我找那隻貓吧，那貓瘋了，把我的一隻鞋叼跑了。」

他看見那女人光着一隻腳，於是就跟着她去找貓，幾乎找了一夜。天亮的時候，那女人忽然不見了，這時他發現自己站在一個水塘邊上，水塘裏漂浮許多死貓死狗，都是黑白花的，都死得像睡着了一樣安詳。聽老人說貓狗都有幾條命，所以他能眞切地聽到這些貓狗在半空裏的叫聲。

天亮的時候他把這條街看得更透徹了，那些新建起的樓房的後面都是長滿綠苔的磚牆大院子。從門樓臺階或者門口的石獅子可以看出這條街昔日的輝煌和繁華。然而現下院子裏的那些瓦房都變得像鐵一樣黑而結滿了銹。那裏的福爾馬林藥水卻是新鮮的。他走進一個院子裏，看見一層一層的屋子裏擺放着棺材，棺材上都寫着裏面的死人死去的年代，可見這個家族所有的死人都沒擡出去，和活着的人在一起生活着。院子裏有幾個男男女女，抽着煙喝着茶在討論哲學，人是在三維空間還是六維空間裏頭生存以及自殺的定義。在這些討論哲學的人的眼裏都閃射金屬般的光芒，好像隱藏着什麼陰謀。

他終於又回到他剛走進這條街的地方，那裏有一個黃帽子郵筒。他站在郵筒旁看到電線桿子的「尋人啟事」，是尋他的，有他的相片，詳細說明他的長相、身高、體重、走路說話的特點以及他脖子上一條疤，「如有發現請立即通知吉慶胡同十五號馮大有家定當重酬相謝。」而且他還看見在這條街所有的電線桿子上都貼了這樣「尋人啟事」，這些「啟事」使他想起了家和他的哥哥大有。

「二叔——」金生一見了他就跑過來抱住他嗚嗚地哭起來。

他記憶中侄子就是這個樣子，面黃肌瘦的臉，腦袋後頭有一個硬包。好幾年前嫂子就要帶他去醫院開刀，可哥哥硬說那是一塊骨頭開什麼刀。

他抱住金生也落下淚來，可街上的人都彷彿沒有注意到他們的眼淚，照舊排隊等着買火柴和肥皂還有福爾馬林藥水，那死魚一般的眼睛裏依然沒有一點光亮。

他和金生回到家裏天已黑下來了。屋裏沒點燈黑洞洞的。他剛剛走進屋裏時，哥哥正用一支毛筆沾着墨在牆上亂寫亂畫，又好像在做算術題；嫂子躲在床頭下面，鼓突着眼睛，跪在地上吃花盆裏的乾枯了的仙人掌葉子，嚼得滿屋裏喀吱喀吱的響聲。他們看見精有進來，都激動地叫起來，那叫聲像野獸的叫聲一樣。

哥哥打開箱子，從裏面拿出一大疊錢來說：「這是我為你娶媳婦預備下的，賣魚蟲賣的一萬塊錢。玻璃天井的魯大媽說，把這錢往桌上一拍，要什麼樣的媳婦她都包了。」

嫂子打開大衣櫃，從裏面一樣一樣地往外拿衣裳，又一樣一樣地在他身前比量着說：「這些衣裳為你預備下好幾年了，穿上它去相媳婦，我這臉上也覺得體面。」

可金生卻拉着他的胳膊，一直拉到門外頭，說：「二叔你不能聽他們的，也不能跟他們走，他們是要把你送到瘋人院去！你看，那車就在胡同口呢。」

他看見了那輛白色的車，車前面立着四個穿白大褂的漢子。

這時當哥嫂過來拉他時，他閃電般地把他們打倒在地上。他記得一拳打在他哥的下巴上，從鼻孔裏噴出血來；一拳打在嫂子的胸前，軟軟的，嫂子連哼也沒哼一聲就倒在了地上。

「二叔，你要到什麼地方去？」金生在後面追他，一面追一面哭着。

他站下了，把金生攬在懷裏，塞給他一疊錢說：「你要好好上學。二叔找個能換腦筋的地方去。」

「那你還回來麼？」

他沒有回答金生，一直朝胡同口走去，直對着白車前面那四個人死魚一般的眼睛。

他像影子一樣漸漸地從那輛白車前面飄過去了。

十三

在這個關於城市的記憶中的故事裏（其實並沒有故事），我一直記着他，還有那條瓦灰色的胡同。

他走的那天晚上，世界音樂C之王帕瓦羅蒂在音樂廳演出「重歸蘇蓮托」、「我的太陽」和「波西米亞人」，劇場內外一片「布拉沃布拉沃布拉沃」的歡呼聲。那歡呼聲像雲層一樣罩住了整個城市。我在這熾熱的歡呼聲中，走出了城市，沿着那條河走向了那一千五百年前的磚塔。

忽然我覺得，磚塔、城市和這一切，只是一種精神狀態。時間是，將來的過去。

天網

一

安寧被押送到廟地，才知道這是個什麼地方。

這裏的老鄉都知道。怪不得一直沒開她的批判會，沒讓她遊街，也沒把她關在一半是土豆一半是老鼠的倉庫裏反省。用不着這麼痲煩了。那兒要比這兒來得徹底。自從宣布這個決定以後，老鄉們都換了一種眼光看她，鋼藍色的，像刀尖在陽光下閃耀。從頭看到她腳，小心翼翼地，又從腳看到頭，使她感到一股清涼和柔軟，柔軟得心裏發毛。

這一切都不會錯了。農場保衛處那個人夾着一個肥大的黑皮包，催促她收拾行李的時候，等在他們知青排子房外頭，等得有點疲倦了也有點不耐煩了的老鄉們，隨着一聲響亮的咳嗽，突然間，破門而入，把她當死人一樣搶她的東西。那些眼睛裏充滿了血光，翻騰的紅潮在屋子裏撲來擁去，一面搶還一面說：「這些到那兒都用不着了。」把她的衣裳、雨靴、書、蠟燭和梳子、鏡子都拿走了。還有一個婦女兩手冰涼的從她脖子上拿走了她正圍着的白紗巾。

說實話，她所有的東西裏，只有這條紗巾是新的。一九六九年她從北京來這裏插隊的時候，是被「掃地出門」的，全部行裝，連她身上穿的也不值五十塊錢。她眼睜睜地看着這些和她一起幹活、被她稱作大爺大娘大哥大嫂的老鄉，一個一個從她屋裏洗刼而去。一雙雙戀戀不捨的眼睛，在她心裏投下一層又一層陰影。她說不出話，也沒什麼好說的，似乎一切都應該如此。那天她的同學都不在家，所有的知青都到分場開會去了。她不用去了。宿舍裏只有她一個人。她不知道她的伙伴們如果在家，會不會也這樣把她轟轟烈烈地洗刼一番。她看着鄉親們從箱子裏炕腳下和她身上拿走這些東西，像是看着他們拿別人的東西一樣，只有那雙雨靴讓她心裏動了一下。她覺得這雙雨靴應該送給同屋的李燕虹。小虹割麥的時候把腳扎了，腿腫得水桶一樣粗還得下地幹活。

望着走空了的屋子，敞開的門，一個一個遠去的背影，她有些呆傻地想，這些，也許到了那兒眞的用不着了。

頃刻間，行李一下子輕了許多，整個人也顯得空空蕩蕩了。她佇立在屋地上還在想給李燕虹留下點什麼。軍帽，她摘下來放在了小虹的行李上。因爲小虹很羨慕她的軍帽。小虹有一身軍裝是自己做的，沒有軍帽，而她的軍帽是眞的，部隊上發的，帽裏上有號碼還有她爸爸的名字。她忽然想到了什麼，把手指咬破了，在那號碼上面點了一個血點。看著那血點慢慢地洇開了，一直洇到爸爸的名字上。她心裏轟地湧起一種莫名其妙的衝動和快感。其實她也說不清這表示什麼和爲什麼這麼做。她想做就做了。就像她到這個偏遠的大興安嶺來插隊，沒人讓她來，她來了。

就在她咬破手指的時候，她聽見門外農場保衛處的那個人和那個汽車司機爭吵起來。「這小妮子還是一朵沒開的花呢，我比你明白。我願意一個人對付她。」那個開車的一邊說一邊撒尿。那尿聲很響，像是澆在一塊鐵板上，使她聽不清那個保衛處的說什麼。一陣對罵在膨脹了的黑暗中沈沒下去，然後便是兩個人合唱一樣的浪笑。「回來我請你喝酒。你個狗養的，這是第二十一個了。我記得清清楚楚，二十一個了。」那個開車的一面說一面繫褲子。她看見那硬牛皮腰帶上別着一把很長的骨柄刀子。

上路了。那種老式的蘇製敞篷吉普車。

那個開車的把酒瓶子和刀子就扔在他腳底下，車蕩起來，骨柄不停地碰着酒瓶子又碰着她的腳。刀刃上一閃一閃的光，不停地從他的眼裏跳到她的眼裏。

那天沒霧。天亮得很透。但林子裏的路照樣不好走。有的地方草和樹棵子比車還高。到處是嗡嗡嚶嚶的蚊蟲和枯木腐葉的銹腥味。

車進了烏麥山裏，樹稀稀朗朗，路面上的石頭好像活的一樣滾來滾去的。懸崖如同長了牙齒一般緩緩地逼過來，把車道擠得很窄。有好幾次眼看着就要撞在山上或者摔下河谷，也沒見他停車或減速。他把車開得好像離開了坑坑凹凹的地面，船一樣搖搖蕩蕩的。她的五臟六腑一會兒吊起來一會兒又沈下去，死去活來。後來他告訴她，那是一年以後了，廟地裏的人都是他送進去接出來，都走的是這條路，不管是活的還是死的。他說他在朝鮮戰場上就開車，那時還不到二十歲，翻過兩次車也撞過山。撞山那次，車上的人都死了，就他命大。他像酒喝多了，一路上跟她沒話，也不看她。臉上僵硬，像是石頭人。只有撒尿的時候才從他身上發出響聲。他就在車門口那兒撒，一面撒一面看着遠處的山，一點也不避諱她，好像她不是一個女人而是一個什麼畜牲。

車在路上整跑了一天。她是有機會也有可能逃走的。可她沒逃。是沒想到。也是被這個開車的僵硬的臉孔給鎭住了。他停下車喝酒的時候，一隻手攥着瓶子，一隻手在臉上摩來摩去的，手在臉上發出金屬一樣的響聲。這響聲讓她聽起來很可怕。

後來也是他告訴她，逃是逃不出去的。方圓二百多公里沒有一戶人家。去年有幾個從廟地逃出來的人，都死在納烏蘇山上了。那山上常年下雨，手伸出來不到一個時辰就在霧裏長滿了褐色的苦苔。沒有草也沒有樹，連野物都敵不住那裏的陰氣。這話是她到了廟地一個多月以後，他給她捎來那頂軍帽時說的。他告訴她，和她同屋的那個姑娘瘋了，淹死在月亮泡裏。他沒說李燕虹爲什麼瘋了，那帽子怎麼到他手裏的。而是她沒問，甚至連看也沒看，好像那是過去了很久的別人的事情，帽子也是別人的。是廟地使她失去了很多知覺與趣和記憶，眼睛變得永遠那麼乾澀疲乏了。

那個開車的捲了一支肥大的「喇叭筒」，很深地叼在嘴上，煙霧又糊又辣，還有一股藥味。他指着帽裏上的名字說，我認識安赓達。在朝鮮戰場上，我是他那個師的汽車兵。後來他負傷了到一三一八部隊當師長。美軍在仁川登陸他差一點成了俘虜。她聽他說這些的時候，心裏木木的，腦子裏不斷地走神，眼睛盯着汽車兵帽子上盤旋的幾只金黃色的蒼蠅。我三弟當了俘虜，汽車兵說，他困難時期回來的，村裏讓他和「黑五類」一起幹活，他並不覺得有什麼不對頭。人沒了魂了，活得跟鬼一樣。我回家看他，他都認不出我來了，我也認不出他來。大熱天裏，還穿着俘虜營裏那種制服棉襖，袖頭和肩上都開了花，臉上有一層鐵銹，說話的時候嘴裏好像嚼着什麼，眼睛東張西望的。就這麼個人，一九六七年讓村裏的「造反派」打折了一條腿。

汽車兵說這些時臉上僵硬，看着她身後廟地裏那一片石頭，就像是跟石頭說話。說完他很短地笑了一下轉身就走了。這時她才發現他也是個瘸子，走路一拐一拐的，渾身擰出一股狠勁。

後來，他又把那條白紗巾給她送來了。用一張舊報紙包着。他沒說他爲什麼這麼做。也許是因爲他認識她爸爸，那個叫安廣達的人。可是父母對她來說，已是另一個世界的事情了。他們被押上卡車的時候，有一支槍上的刺刀對着她的胸口說：「這是兩個臭名昭著的美國特務，你爲他們嚎什麼嚎！你再亂嚎，過幾天我們把你也帶走！」她追着那輛卡車喊：「把我也帶走吧！把我也帶走吧——」沒有一個人聽見她細弱的叫聲。她至今也不知道父母被帶到哪去了。她不相信她父母是「美國特務」。她寫過很多信。她成爲「現行反革命」，被送進廟地勞改農場就因爲這些信。但那封給「中央文革小組」的信不是她寫的，她從沒給「中央文革小組」寫過信。雖然她會用左手寫字，可沒人讓她對對筆迹。整個農場從北京來的知青不止她一個，軍隊上高級幹部的子女也不止她一個，就是能左手寫字的也不會是她一個。再說那封信用的是北京市電車公司印刷廠印製的稿紙，她沒有這種稿紙。再說那封信是從長春市發出的，她從沒去過長春，在長春市也沒有一個親戚和認識的人。這一切好像是一個魔鬼佈下的圈套，轉來轉去轉到她的頭上了。找她談話的農場保衛處那個連毛鬍子不緊不慢地拍着他那肥大的皮包，聲音優美地說：「你一來就是我的注意對象。這封反革命信件也是我一個月以前就開始調查的。你知道嗎，老鄉的眼睛是雪亮的，把什麼都看得清清楚楚。老鄉說你每個星期發一封信。老鄉還說你經常一個人到月亮泡去，在那兒又是哭又是唱歌。老鄉還說，你把吃不了的苞米餅子拿去餵猪，還和幾個男知青殺過狗。你也喝酒吧，還喝醉過，把拖拉機開進河裏，這都是老鄉揭發的。老鄉還說……」隨他媽的說什麼吧，眞膩了，長短沒說她去強姦婦女，那樣連上帝都會難爲情。

汽車兵把那張舊報紙打開了，臉忽地沈下去，眼中卻閃耀着一絲輕盈的溫柔，像是對那條白紗巾說：「那娘們兒不配用這麼乾淨的東西！」

從此在他的眼裏什麼也看不到了，空蕩蕩的。消逝了那閃耀的目光，連所有溫柔的念頭。

天快黑了，車子才開出那片沈悶的黑樺林子。

前面是一條相當開濶光禿禿的山谷。滿地猙獰古怪的石頭像一堆堆人和獸的骸骨，白花花的，讓人看了心裏翻騰起來想吐。山坡上的地衣是褐黃色的，銹一樣乾枯在那裏。據說這裏過去有一個出水量很大的硫磺泉，不知什麼原因枯竭了。但這條山谷並沒平靜，每日清晨和黃昏都有硫磺煙從地下的石縫中冒出來，到處都是沸沸揚揚咕嚕咕嚕的響聲，氣浪扶搖而起，直上雲天，使方圓幾百里內都感到大地劇烈地抖動。這時間不要說人馬車輛走不過去，就是飛禽都像槍打着一樣，叫也不叫，猛地從天上掉下來，摔死在石頭上。

車子進了山谷，汽車兵好像陡地換了個人，臉上僵硬的肉一下子都活了起來，眼中有兩個銳利的光點在車窗的玻璃上閃耀。他一手握着方向盤，一手握着酒瓶子，一口連一口地喝酒，跟渴極了喝汽水一樣，直到把酒都喝光了，直到脖子上起了一層紅痧，手一揚，瓶子從車門上的窗口飛到車外頭。車子便像得瘧疾開始打擺子。他又開始抽煙，一支接一支地抽。

眼中那兩個光點變成暗紅色的，臉也漸漸地紅起來，喉結上上下下咕嚕咕嚕地響。

安寧從他臉上發散出來陰沈沈的紅光中看到了驚慌和恐懼。他十分緊張地瞪着前面，好像他看見什麼了，好像什麼事情要發生了。可前面並沒有那種傳說中的硫磺煙，也沒有任何響動。

突然他使勁地摁開了喇叭。

「畜牲！」他眞的看到了什麼，被那東西嚇壞了，聲嘶力竭地叫起來，「滾開——你個雜種！讓我過去！讓我過去——」

他的臉一下子變成一堆死灰。

這撕裂了山谷一般的喊叫聲，使安寧整個驚呆了。但她什麼也沒看見，沒看見空曠而死寂的山谷裏有什麼奇怪的東西。

後來，直到她離開廟地，也沒弄清這個汽車兵喊什麼，看見了什麼。有一次她大着膽子問他，他卻感到驚奇，呆愣了好半天說：「是我喊嗎？不可能。那條溝我走了不是一趟兩趟，接人送人，至少也有幾百趟了，什麼也沒看見過，怎麼會喊呢？一定是你記錯了，肯定記錯了。再說，我是死過好幾回的人，不會嚇唬你。」他說得眞得像根本沒有這回事，反而使安寧懷疑自己的腦子出了什麼毛病。

車子顛來顛去把五臟六腑都顛碎了連骨頭也顛碎了才駛出山谷。能看見尼帕拉山上藍瑩瑩的雪光了，汽車兵才把車子停下喘一口氣。她看見他精疲力盡地把頭仰在靠背上，汗珠子像雨水一樣從兩頰淌下來，渾濁的像夾帶着泥沙，血一樣的顏色。

「你不知道，那傢伙好大，渾身的毛都直立着，像人一樣站着往前走，兩個眼睛晃來晃去叮噹叮噹地亂響。」

「你說什麼？」安寧聽不明白他說什麼。

「眨眼就不見了，那傢伙跑得眞快。上山的時候把這麼粗的樹都撞折了，一陣風一樣。我是第三次看見它，還看清了它胸口那兒的一片長長的紅毛。它太大了，腳趾在石頭上刨出一溜一溜的火星。」

這個在炮火連天戰場上死而生還的汽車兵，一定是看見什麼了，不然他不會嚇成這個樣子，連話都說不清楚了。而且安寧還敢肯定，他尿了褲子，車裏有一股熱烘烘的臊碱味。但她很快就諒解了他。人都有被嚇壞了的時候。那是她父母被帶走的時候，她喊叫着：「你們把我也帶走吧！把我也帶走吧——」追趕着那輛貼滿了紅色大字標語的汽車。媽媽在車上看見了她，猛地推開了身邊兩個持槍的人，叫了一聲從車上跳下來，但她沒跳到地上，衣服讓車廂板掛住了，吊在那兒。胳膊和腿忽然長了許多，橫着豎着亂抓亂蹬。車還在跑。車上的人和路上的人都叫，爸爸也在叫，嘴張得像山洞一般，她一下子跌倒了，好像把頭摔了出去；頭，一直追趕着那輛卡車，咚地一聲撞到車廂板上。她醒來的時候，躺在家裏，像從水裏撈出來一樣，渾身都是濕的，頭髮也是濕的，肚裏空蕩蕩像是腸子都不在了。腦子像鐵塊一樣發硬，想不清楚媽媽跳車是眞的還是夢。在痲木中她眼前出現了許多奇異古怪的幻象。她被嚇壞了。

汽車兵顫着兩隻手捲了一支煙，抽完了，汗才下去，兩個眼珠子才會轉，臉上才有了點陽氣。他又去摸那酒瓶子，發現那兒空了，才啟動車。從此，車開得很慢，在盤山道上左轉右轉，四周黑黝黝的沒一點亮光，不知走了多長時間，不知在什麼地方停了下來，他說了一句：「到了。」

二

第二天安寧醒來的時候，已經過了喝粥的時間。是那種摻了黃豆的大糙子粥，半生不熟的，如果腸胃不好吃進去什麼樣，屙出來還是什麼樣。不過這兒的人腸胃都好，吃石頭都能消化。據說大清朝的流犯，發配到黑龍江來就是這個待遇。她當時還不知道這頓粥的重要性，不知道喝粥的時候每個人發兩個苞米麵窩頭，那就是中飯。喝不上粥就領不到這兩個窩頭，就要餓一天，還要幹活，到晚上，沒點底氣都走不到打飯的地點。這裏不同農場了，誰也不憐憫誰，都是「畜牲」。

那個汽車兵就是這麼說的。進了這裏都是「畜牲」。他臨走的時候，把那骨柄刀子留給了她，說，你以後會用得着。這還是一個朝鮮阿媽妮送我的。他又是朝鮮！好像他生命的一半在已經過去了的年月裏。

遺憾的是由於天黑她沒看清他的臉，而且整個白天也沒認眞地看他一眼，不知道他長什麼樣子。因爲在白天裏，他那撒尿的動作讓她怕極了，總感覺他身上有一種野牲口的氣味。在那荒山野溝裏，如果他要欺辱她，她連反抗都不用反抗，叫都不用叫。

又正是由於天黑，她被安置的手續也簡便多了。車子停下來以後，因爲沒有月亮，四周黑黑的，被密封住一樣。那個汽車兵不知從黑暗深處的什麼地方領來一個矮矮的老頭，汽車兵管他叫「場長」。後來安寧才知道，他不是這裏的場長。這裏沒有場長，沒一個監管人員，都是「流犯」。只有他一個期滿留用管事的，石方進度、吃飯睡覺、打架鬪毆都歸他管。他有一把倉庫的鑰匙，像城裏雙職工孩子一樣，用根繩子拴住吊在脖子上，他是一九六〇年進廟地的勞改犯。從那時活下來的只有他一個，不是命大，而是他眞正被改造成一個「純粹的人」了。他不知道這些年外面發生了什麼事情，向他怎麼解釋他也弄不明白什麼「文化大革命」，更不相信彭德懷會倒臺了。因爲他也參加了抗美援朝，還是個營教導員。「彭德懷是我們的總司令，他這個人我見過……」他盡說一些過時了的話，還一口一個「蘇聯老大哥」，「蘇聯老大哥」的，但這裏沒人取笑他也沒人跟他辯駁，隨他說去，誰來當「老大哥」他們都一樣是「兩稀一乾」開石頭（早晚吃稀中午吃乾）。似乎這裏只有他一個人醒不過夢來，從朝鮮回國以後，在柳河奶牛場當場長。那裏有五百七十多頭奶牛，二百四十多名工人，不少「蘇聯老大哥」的機器，還有一輛他可以隨便坐的美式軍用吉普車。他找了個高中生當老婆，一下給他生了兩個兒子。他還用公款造了五間俄式房子，院子裏養了三十多隻鷄和兩條狗，再也不想回四川老家去了。他說：「回到四川也不能像這裏天天有酒天天吃肉，當皇上也不過是這兩下子。」後來，「大飢餓」來了，平均兩天死一條牛，三天跑一個民工，上邊還不斷派人派車來催奶，他實在抗不住了——一天夜裏一氣殺了十五頭牛，牛皮埋進了地裏。那時地裏的土還凍着，他揮舞着一根刨斷了的鎬把，像訓兒子一樣戳點着那些分了牛肉麵如凍菜的民工們，說：「牛沒飼料人沒糧，我也是被肚子逼得沒法了才走這一步。我孟海全不是人，對不起黨，對不起毛主席，對不起全場職工，我給你們磕頭了。」他當即跪在地上，磕了滿腦門的土，站起來接着說，「咱們話又得說回來，今兒是牛肉吃到人肚子裏了，要是誰吐出狗牙來，把這事給捅了出去，我就在這兒把他活埋了！讓你們這些狗日的知道知道我孟海全怎麼不是人！」也是活該他倒霉，就在那天晚上，各家各戶正燉牛肉的時候，總場來了檢查組，二話沒說就把孟海全綁了，一個月以後送進了廟地。場裏的職工都說他們場長夠委屈的，連塊燉熟了的牛肉都沒吃上。

場長提着兩盞馬燈，走路的樣子有些神經質，兩條腿好像站不穩一樣晃着，兩條胳膊機械般地一齊向前又一齊向後擺動。眼睛好像還有毛病，一直走到安寧跟前，把臉幾乎貼到安寧的臉上，看了好一陣，留下一股熱烘烘的蘿蔔味，猛地退開了，像是嚇了一跳：「噢——，是個女的。」

他退到很遠的地方，又緩緩地走過來，眼一擠一擠的，閃電般地笑了一下，把馬燈遞給安寧，又遞給安寧一小塊白布，指着自己胸前同樣的一小塊白布，說：「這是我的號頭，那是你的號頭，要縫結實點，以後就靠這個吃飯。」她看見場長的號碼是「〇一三三」，她的是

「四六一一」。

場長臉上的肌肉像一堆小蟲子在不停地蠕動，嘴裏像是吃着什麼東西，不斷地有響聲出來。那雙扁長的眼睛，不是看着安寧，而是望着夜空中的什麼地方。突然他響笑了一聲，手伸進懷裏亂摸，竪着橫着亂撓，撓得咔哧咔哧的響，不一會兒，嘻嘻地笑着，小心翼翼地從懷裏拿出一個大黑虱子來。「這小崽子可精了，跑到胳肢窩裏去胳肢我。」他一邊罵着，一邊把虱子在手指裏揉搓一陣，又小心翼翼地投進馬燈的火焰裏，叭地響了一聲。安寧看見他笑得十分舒心得意也很殘忍。

隨後他們走了好長一段路，場長把她領進一間孤零零的木板搭成的馬架子房裏，說了句：「夜裏不要出來。」沒第二句話，管自提着馬燈走了。

安寧看見場長和汽車兵走到一個地勢比較高的地方站下。馬燈把兩個異常高大的身影投進深深的黑暗裏。遠處不時地傳來短促而淒厲的鳥叫聲。

場長從身後的什麼地方，拿出兩張皮子來，扔在汽車兵的腳下。

「就兩張？上次是五張狍皮，還有一張熊皮，才換一桶煤油。」那個汽車兵抓小鷄一般抓住場長的脖領子，像是把他從地上提起來，搖晃着說：「你個狗娘養的，也不打聽打聽現在是什麼時候了，還讓我搭錢給你們幹這些犯法的事！你他媽是存心要把我也拖進廟地裏來。」

「下回，下回給你弄一頭鹿。你不知道，這些日子鹿不多了，公鹿更難碰到。」

場長猫下腰去撿那兩張狍皮的時候，把馬燈碰倒了，兩個人都失踪在茫茫的夜色中。安寧再也沒聽到他們的任何聲音，但她驟然感到一種從四面八方襲來的恐怖。

她關上房門，閂上揷銷，覺得確實安全了，才隨着馬燈轉過身，看清屋裏面除了一鋪乾草，別無他物。在靠近門的木板牆下有一片白花花的尿碱，尿碱旁邊的立柱上，寫着一行字：「蒼天有眼，不准說話，不准打呼嚕，不准隨地大小便。」她澀住幾天了的臉上忽然有了活氣，噗地一下笑出聲來。

這就是她的「家」了。她沒精力把房子裏打掃一下了，兩眼發黏，渾身如同散架了一樣，從腳跟到脖根串着痠疼。而且她正「倒霉」，山裏的夜氣使她肚子裏涼透了一樣瓶酥酥的。她打開鋪蓋，合衣倒下就睡了。汽車兵給她的那把刀放在枕頭底下的乾草裏。乾草裏不斷地冒出一股燥熱的「六六六」藥粉味。這藥味是沒法躲開的，不一會兒就覺得身上開始刺癢，而且越撓越癢，癢得鑽心，她想像得出來那草葉子裏潛伏了多少臭蟲。

但她很快就睡着了。累的。除了活着，等待父母的消息，她沒的可想了。在這裏全然不可預測未來，也許直到默默的死去。她不怕死，在這裏和在那裏都一樣。自從她被「掃地出門」以後，住過同學家裏，住過學校，睡過火車站，也睡過馬路邊上的水泥管道裏。她總覺得睡過去以後再也不會醒來了，那便是死。她漸漸地也變得有些殘忍了，願意拿自己來做試驗：有一天夜裏，她從學校後院的圍牆上翻出去，一個人在街上亂走，披散着頭髮，在臉上抹了厚厚的一層雪花膏，還把上衣領口的兩個扣子也解開了，露出一塊胸，醉了酒一樣在街上亂走。她盼望着奇迹發生——突然從牆根裏竄出幾個虎狼一樣的男人，撲上來，把她拖進牆根的黑暗裏。可惜她沒碰上這麼勇敢的惡人，她走了一夜，那年她十八歲。

天不知道什麼時候亮的，天有天的規律。安寧醒來以後找不到水刷牙洗臉，正要出門，場長扛着鍬鎬大錘鋼釺，還拖着兩只荆條筐來了。

「吃過了就去幹吧，一人一段。屁股疼碍不着腰，別人怎麼你就怎麼，用不着教。你剛來，又是個女學生，就按三成計石方。不過，你得記住，不興和誰聯絡，這是規定，這地方不興聯絡。」

安寧不知道他說的「三成」是多少，也不知道「聯絡」是什麼意思，見他忙着要走，追出去問：「洗臉水到哪兒去打？」

「洗臉？到那邊河上。不過，這裏是隔一天一洗，你是單號雙號？」

「你是指這個嗎？四六一一，單號。」

「明天去洗，今兒是雙號。」

「刷牙呢？」

「刷牙？」場長好像忘記了生活中還有這麼一種需要，大張着嘴，想了好久才想起來。

「啊啊，刷牙。」然後，把手伸進懷裏，又橫着豎着咔哧咔哧地撓，一邊撓一邊像自己胳肢自己一樣嘻嘻嘻神經質地笑，一邊說，「刷牙給誰看呀？日子長了，你就會知道，臉也不用洗，沒人檢查。」

「那你呢？」

「我，想起來就洗一回。其實洗不洗都一樣，什麼都碍不着，吃喝睡覺幹活都碍不着。」

這兒眞好！安寧心裏說，臉也不用洗了，眞好！

他活像個南極企鵝，兩條短腿搗動很快，眨眼就消失在一片赤裸裸的石頭裏，好像再也找不到了。安寧要在這片石頭裏呆下去，她不知道要呆多久，也像場長一樣消失在這片石頭中，世界上再也找不到她了。她想，人活着也許就這麼回事，你生下來就是被上帝拋棄了。

這是她第一眼看廟地。沒有廟。四周都是山。一色的黑杉一直長到天上，天像個大網一樣沒有一點縫隙。在這片大山深邃的腹地裏，猛看上去好像在進行什麼工程建設——從這邊覆蓋着一人多高的小葉樟草的半坡上開始，挖了一條五十米寬，三米深，幾公里長的深溝，一直伸進尼帕拉山的坳口。尼帕拉山頂上的積雪，在淡遠的陽光下，幻化出神奇的色彩，像瀑布一樣莽蒼蒼奔流而下，沈沒在乳色的雲霧裏，猶如一片迷茫的感情。順着那鐵色山嶺的紋路，你想下去，你不會相信時間的存在。在這裏一切都是永恒的，在你的身體裏延續，和你的血漿一起濃縮和膨脹，充滿了「空空」的水響。由於這色彩和聲音，使你更驚奇這條溝的神秘。

只有站在月球或人造衛星上才能看明白這條溝和外面世界的關係，因爲連場長也說不清爲什麼要挖這條溝？從什麼時候起挖的？又從哪兒通向哪兒……他說他進來的時候，已經在烏麥山裏挖通了，那邊比這裏，也許是這裏比那裏還要寬還要深。那邊有土，紅色的，可以做陶罐，可以裝螞蚱蚯蚓什麼的養着，這兒沒有，這兒都是石頭。場長突然停住了臉上肌肉的顫跳，像是想起來什麼，又像什麼也沒想，兩眼折磨人地笑着說：「這溝少說也有上百年了，那時候還有皇上。也許這溝和城的圖在龍庭裏頭，誰能說得清。我們就是幹活。說不清，我也沒問過。問誰？你們比我來得還晚。你誰也甭問了。這裏的粥管飽，裏面還有豆子。只要你能砸石頭，就還活着，就能吃大楂子粥。活着多好，你說呢？嘻嘻——」他又把手伸進懷裏撓，撓得咔哧咔哧地響。

安寧來到溝前，才發現這條溝並不像遠看那麼浮淺，而是深不見底，像井底的暗河一樣，有水流動的聲音，有陰森森的冷氣冒出來，還有一股凡士林油膏的味道。那些在溝兩旁作業的人和人之間都拉開了距離，一個人一個石窩子，都在地底下幹活，像洞穴人一樣，只能聽見鐵器撞擊石頭的響聲。他們每個人住的梯形馬架子房，都離他們幹活的地段不遠，每個人都是一個獨立的世界。整天鑽在洞裏，語言就成了沒用的東西，人和人之間用不着交流。但是時間長了，你就會像野獸一樣想嚎叫幾聲——這在廟地是常見而又可怕的事情，安寧後來才知道。

這些人在洞裏，每天上午像土撥鼠一樣把石頭挖出來，擺在洞口；下午再把這些石頭鑿成見角見方的石塊，運到四周的山坡上去，在那裏築起了一道齊嶄嶄的幾米高厚厚的石牆。

那圍牆如果在飛機上看，很像一個古老的城堡。由於歲月的風風雨雨早已改變了它的容貌，堅硬的石牆上的皺紋裏叢生着蒿蓬雜草，銹住了的石塊上有一層黑色的油一般水釉。由於它太高了，新疊上去的石頭，如同是搬到天上，和雲霧築在一起了。有時，天氣異常晴朗的時候，還可以看到圍牆外面遠處的炊煙，也可以聽到聲雨聲狗吠鷄叫，但那都是另一個世界的事情。因此，和這條溝相比，城堡一樣圈起的石牆才眞正算得上工程，簡直可以說是古埃及金字塔一般的奇迹。它身上似乎深藏着和人類歷史一樣久長的閱歷。但沒有人能從石牆上的皺紋裏讀解出來它的歷史，沒有天眼是什麼也看不見的，因爲遠遠地看去它和山一樣，一樣的氣質一樣的顏色。這裏有一天會成爲一片海，安寧第一眼看到牆就這麼想，不知爲什麼這麼想，後來，一年以後她經過洞穴的洗禮再也不這麼想了，因爲凡是進到這裏的人，都用不着寫在白紙上的字來證明自己的存在，什麼都不用證明了，只有這條溝和這道牆才是眞實的存在。他們就是幹活，像螞蟻一樣用不着誰來監督都自動地幹活。幹得時間長了，人就有了石性，人就眞正地和大自然和人類歷史溶在一起了。這是安寧後來極爲重要的發現之一。她還發現人和自然界中的一切都是可以相互轉化的，用不着牛頓和愛因斯坦的什麼定律，這是精神範疇的事情，只要意識到了就能完成。

安寧鑽進岩洞，吃了一聽牛肉罐頭。這是汽車兵給她的，在路上沒吃。沒有這聽救命的罐頭，挖半天石頭又鑿半天石頭，她眞的連吃飯的地方都爬不到。四肢都好像不是她的一樣成了她行動的累贅。

該吃晚飯了，這頓飯使她有生以來第一次充滿了那麼多的渴望。她鑽出岩洞，全身像淘空了一樣，連拍打拍打衣服上石粉的力氣都沒有了。向飯屋走去的路上，有幾次她頭暈得支持不住了，要倒下去。按說人要吃飯是最不上算的，有時爲了一口飯，要付出勞動一天的代價。因此飢餓的折磨，是上帝給人製造的最殘忍的罪惡。除非你沒那麼餓過。安寧體會到，這種飢餓的折磨不在腸胃本身，而在於腸胃給你全身帶來的能意識到又能感受到的那些不停頓的並且非常熱烈的疼痛一般的感覺。這感覺眞妙極了！因爲它不是疾病，像坐禪入定了一般，什麼意念都不存在了，只有食物激動着你擺布着你。在安寧飢餓的眼中，那幢建在石牆腳下的伙房，黃銅一般的「木刻楞」的房子，在柔軟的夕陽的陰影裏，顯得異常的嫵媚，充滿征服一切的魅力。從門裏冒出來裊裊娜娜的水汽，使整個石場上都彌漫着大楂子粥的香味。灶膛裏暗紅色的餘火也顯得格外地親切。這一切，快到了，她眞想撲過去。

然而，當她走近伙房，看見那一排盛滿大楂子粥的木桶，看見那一個個捧着碗喝大楂子粥的人，一點食慾也沒有了，噁心得胃裏好像有一隻老鼠橫衝直撞，哇地一聲吐了出來，黃的，酸的，還有膽汁，發苦。

她像蠶吐絲一樣吐過了，頭腦倒格外地清醒起來。她吐的時候，沒一個人注意她，似乎這裏多一個人或少一個人都是理所當然的事情。她這般清醒地看着那些衣衫襤褸的「洞穴人」毫無顧忌喝粥的樣子，心裏感到一種深深的窒息。他們沒有一個使筷子或勺的，都蹲在地上，都把嘴很深又很笨拙地伸進捧着的粥碗裏，用舌頭一捲一捲地舔着吃，嘴裏一片吧唧吧唧香甜的響聲。似乎這些人都有一些神經質，一邊狼吞虎嚥，不時地讓嗓子裏咕嚕咕嚕地亂響；一邊還不斷地發出「嘻嘻嘿嘿」的笑聲和「吱吱呀呀」的叫聲。這一天裏，安寧聽到從他們身體裏發出的唯一的音響。這粗野悶鈍的音響，把大粒子粥的香甜渲染得淋漓盡致，遠遠聽來好像正在進行一場殊死的搏鬪。

最使安寧感到震動的是，這些人被石頭和鐵器折磨銳利的眼睛，不是喝粥的時候看着自己的粥碗，而是盯着那一排粥桶，又不時地在同夥的臉上打閃一樣刷刷地搜來搜去，像是發出一種警告又像提防着什麼。安寧感到那一束束刀尖一般銳利的目光太可怕了，如果碰到她的臉上，會燒起一片燎泡或者劃開一條永遠不能癒合的傷口。

突然有一個人站起來，他很高，安寧還沒看清他是什麼樣子，他已經到了粥桶前了，勺子着了魔法一般在手上一轉，就把簸箕一樣的大碗盛滿了，居然還滿出一個尖來。

這時蹲在地上的百十號人，都站起來，都揮舞着碗，都撕扯着叫，聽不清叫什麼，一窩蜂地湧向了粥桶。粥桶被舉起來又按下去，粥勺子在頭頂上搶來搶去。像玩橄欖球一般，有幾個人倒下了，又有幾個人倒下了，粥桶被倒下的人壓在了身下。大家都要盛，大家都盛不成。場長從人堆裏被擠到了外頭，頭上身上都是粥。他兩隻手往下抓，一起往嘴裏送，原地轉了好幾個圈才抓乾淨。這時他又從一個人的後背上看到了粥，一面嘻嘻地笑，一面拉住那個人用手往嘴裏抹，一面吃着一面喊：「搶呀你們這些狗日的！搶呀你們這些狗日的！」

他們這麼做，原本並不表示什麼興奮和仇恨，只是一種需要，每日存活的一部分。當那些粥桶一個一個被虎狼一般刮乾淨以後，人們仍糾纏在一起，相互尋找臉上手上衣服上的粥。「嘿嘿，這兒還有！這兒也有！」「嘻嘻，眞癢眞癢！」「喂——別動！別動！」不知那些粥是怎麼到後腦勺上和屁股上的，由於黏得少，不易用手抓，只能用舌頭去舔，大家像相互搔癢相互撕擄，扭成一團笑成一團罵成一團。

這是廟地裏一天的高潮。

那個滿臉硬鬍茬子的伙夫，雙手抱肩，聲色不動地看着，直到這些人精疲力盡罵罵咧咧地走了，眼睛一閃，驚天動地吼一聲：「馬四眼這個雜種把一個粥桶扛跑了！」

好像是一聲命令，這些七零八落的人都立住了。先是用眼睛找，找到了以後，身體一齊向後縮，漸漸地弓起來，然後紛紛丟下粥碗，彈射出去一般撲了過去。這次沒一個人喊叫，也沒一點聲音，像幽靈一般飄蕩開來。那個馬四眼就是安寧看見頭一個站起來盛粥的大個子。他看見後面有人追來，竟把粥桶扛起來，光着兩隻腳，斜刺裏在石頭上飛跑。但他還是被追上了。又掀起一個高潮。馬四眼被撕碎了一般扔在地上，那只粥桶也跟着碎了。還是沒有一聲喊叫，也沒一點聲音，好久人們從地上站起來，臉上並無勝利的喜悅，都陰沈着臉，醉了一樣搖搖晃晃走回來，拾起碗，如同什麼事也沒發生一樣地散去。

安寧看見倒在地上的馬四眼並未死去，嘴裏還在頑強地蠕動，像是嚼着一根牛筋。但他也並不急着起來，似乎也並未等待什麼人過去幫助他，只是躺着，臉上安安靜靜的。第二天早飯，安寧看見馬四眼臉上脖子上手上都是傷口，血痂已經變黑，人也瘦了好多。但他吃起粥來還像往常一樣狼吞虎嚥，還是第一個站起來又盛第二碗粥，還是盛出一個尖來，只是這回沒有偷偷地把一個粥桶抱跑。在運石頭的路上，安寧見他走路一瘸一拐的，想和他說話，他卻像沒看見安寧一樣自言自語地走了。後來，他對安寧說：「狗娘給我這個肚子餓得太快了。在這裏我要是怕他們就什麼也吃不着了。他們都不是人，我也不是人。只要吃進肚子裏去，誰也掏不出來。他們要搶就搶吧。你知道，肚子飽了就像睡着了一樣，怎麼打也不覺着疼。人就活個肚子。你說沒肚子人怎麼活着。看，熟了，熟了。你也嚐嚐。好吃，耗子肉好吃！」那天他說這些話，是因爲安寧幫助他捉了一隻一尺多長的地鼠。他們不敢在地面上明火，猫在岩洞裏，把地鼠整個兒糊上泥，扔進柴草裏去燒，直燒到泥巴乾透了，裂開了，在地上一摔，摔出一團熱氣來。他把乾泥巴剝開，用手抓着白生生的鼠肉吃，連骨頭也一起吃了，嚼得嘎巴嘎巴響。雖然岩洞裏只有他們兩個人，但他仍然保持着高度的警惕，害怕有人闖進來，不時地把頭伸出洞口，像隻地鼠一樣四下裏張望。他一邊緊張地吃着一邊說：「我有爹有娘有老婆有孩子，都是這種狗娘給的大肚子。要不是爲了肚子，我不會到這兒來。扒火車你知道嗎？那是做大買賣，吃『飛包』，誰的能耐大誰就分得多。跟你說，我也闊過。手下有十幾個弟兄。倒霉也倒在他們身上了。我是讓跟我搭伙的一個王八蛋給吐出來抓住的。進來五年了。也許有八年了。我記不清了。都不知道猪肉是什麼味了。不敢想，想了連覺都睡不着。」她害怕這個大個子鋼青色的眼神，怕他把她也像地鼠一樣糊上泥燒着吃了。

據說女人的肉比男人的肉嫩。

人羣散去，飯場上一片清冷的靜下來。伙夫收拾粥桶的時候，看見了安寧，用勺子敲着木桶，說：「你是那個新來的吧！」

安寧醒了一樣一愣，迅速點一下頭。

「這裏還沒有女的。」他走過來，拿下安寧一直捏在手裏已經忘了的碗，說，「我去裏邊給你打一碗。聽說你還是『紅案』，這麼年輕？」

「我不知道什麼『紅案』？」安寧聽見一種「咕碌咕碌」水磨一樣的響聲，是從伙夫肚子裏發出來的。她感到很驚奇。

「『紅案』就是政治犯。」伙夫惡毒地瞥了她一眼說，「這裏有『紅案』，『黑案』，『白案』。黑的白的，就是殺人放火，貪污盜竊，投機倒把。沒他媽一個好人。只是沒有犯到『花案』上的，這兒不收那種人。我是讓他們抓錯了抓進來的。進來了他們就是知道錯了也不會放出去。我不知道給哪個雜種當了替罪羊。反正我不進來他就得進來，都有老婆孩子。後來我想明白了，也許他們沒錯，是我錯了。世上的事誰能鬧得清楚誰對誰不對。其實，在裏頭和在外頭都一樣。再說進來了就什麼責任也沒有了。老婆孩子不用管了，他們願意嫁誰就嫁誰，願意管誰叫爹就叫去吧，與我沒一點關係了。我再也不用爲他們發愁了，連欠別人的賬都不用還了，光棍一條，一條光棍，多好！」

他說完就轉身進伙房裏去了。在他要跨進門的時候，又猛然回頭，朝安寧的臉上狠狠地瞥了一眼。這一瞥在安寧的眼前投下一片黑霧陰影，使她渾身感到寒冷一般的戰慄。俟到她從伙夫手裏接過那碗大粒子粥的時候，這種戰慄一直傳到每個手指尖上，傳到那碗泥濘一樣的粥裏。她怔在那兒，用一種非常憤怒的眼光看着那碗粥，又像是忽然發現了自己內心深處的什麼。

三

天不黑，還有半邊光明，廟地裏就截了氣一般沒一點動靜了。人們都鑽進溝兩旁七零八落呆頭呆腦的馬架子房裏，野物一樣藏起來，像是在等待什麼。有什麼好等待的，天黑還要天亮，明日還是鑿石頭運石頭，兩個窩窩頭兩碗大粒子粥。安寧這麼想。

安寧一連幾夜都睡得很死。摸着草舖，來不及脫衣服就歪在那兒睡着了。有好幾次都誤了早飯，聽不見哨子聲。那是她睡得最沈實的時刻，沒有夢。她開始喜歡自己的草舖了，也習慣了乾草裏面的「六六六」粉味和臭蟲。而且她也漸漸地認識到洗臉刷牙對她來說眞的不那麼需要了。如若每天早晚都要刷牙洗臉洗腳，那得有過剩的精力，對自己過剩的誠實和熱忱，可是在這裏就顯得過於奢侈了。就是頭髮她也不天天梳了，開始總是癢，後來不癢了，甚至連頭皮都不掉了，腦殼似乎變成了一個鐵的。再說，她也接受不了這裏的洗法。有一次輪到單號，她特意早起了一些，想在河邊上找一個僻靜的地方擦擦身子。身上有味了，雖然還不能一摸卽可拿到虱子，但做活時癢得跟生了牛皮癬一樣。那天沒霧，能見度極好。那條河看着不大，但灘岸極開闊。太陽剛冒出來，長長地躺在河裏，使河水變得極爲鮮豔。其時，遠處山裏的霧靄還沒散，罩着一層黑色，使河中的倒影變得甚是古怪，柔軟地幡動着衣襟，又像是要從河裏搖搖晃晃地走出來。她走下深深的灘岸才聽見潑潑的水響。越往下去那水色越綠，一層層綠下去漸漸成了藍的，好似剛從窰裏燒出來，瓷亮瓷亮的相當嫵媚溫柔，使她的心猛地一下提起來，周身的血管都咚咚地脹。要是在北京，她一天也不會放過這麼好的水。天天放學以後就騎自行車來這兒，游三個或四個一千米，一口氣游得筋疲力盡，仰面浮在水上，對着天對着白雲，願意想什麼就想。有一回，那是在八一湖，她就這麼仰面浮在水上躺着，天也這麼晴朗，陽光像媽媽的手一樣撫摩着她的身體，癢癢得眼淚小溪一樣往外流。就這樣她還做了一個夢，但她已經記不得整個夢的情節了，只記得在充滿香味的草叢上，有一羣粉紅色的螢火蟲游來游去的。她從沒見過那麼乖巧那麼好看的螢火蟲。那時爸爸媽媽都讓她做像螢火蟲一樣乖巧的孩子，藏在草叢裏躲在大樹下。那時……突然河裏傳來怪怪的響聲，但她沒看見水動，不知響聲是從哪兒傳來的。只見水藍得發冷，讓她心裏發冷。她又朝下走了一段，那水漸漸藍得發黑，依然錦緞一樣閃亮。忽然水面上又有了那怪怪的聲音，整個的顫動起來，好似水一下裂開了，潑剌剌從水裏跳出一羣魚來，白花花的讓人眼暈。她還聞到了一種奇怪的氣味，從河裏，從那些白花花的東西上散發出來的。

「奶奶的眞痛快！要是有兩個娘們兒，身上就不會這麼癢了！」

他們都赤條條地立在河裏，相互撩着水，嚷成一片笑成一片。安寧嚇得掉頭就跑了，好像還跑丢了點什麼，回到馬架子房裏才知道是牙刷。丢了就丢了。坐在草舖上，她好久才定住神兒。後來她發現她的牙刷被伙夫撿走了，他用它刷他養的一頭綿羊身上髒兮兮的毛。

那天她被看見的東西嚇着了，從此夜裏睡覺的時候再也沒脫過衣服，再也不敢想那條河。但讓那些石頭累得她每夜都睡得很沈，死過去一樣，醒來的時候胸前背後都是濕的。漸漸地她把這些都淡忘了，而且在自己身上也聞到了那奇怪的氣味，山裏野物身上才有的氣味。

安寧十分震驚自己身上發生的變化，但她並沒感到這幢狗窩一樣的馬架子房已經不能忍受。那種奇怪的氣味，她只是懷疑自己是不是染上什麼病了。她在馬架子房裏上上下下尋找「病灶」。有一天早晨，正好有一條白色的陽光從門縫上漏進來，使她看到木板牆上的血跡，油漆一樣厚厚的塗了一大片，紫紅色的，裏面有一些氣泡和鈕扣一樣的斑點，好像在微微地喘息，有四隻長了翅膀的天花蛾子死在上面。奇怪的氣味似乎就從那上面散發出來的，不知道那是什麼血。晚上吃飯的時候，她把看到的血跡告訴了場長。她說話的聲音很小，她怕別人聽見，但她發現所有喝粥的人都聽見了，都擡起臉看着她，投過來一片熱灼灼的綠的光，好像在她的頭髮上衣服上燃燒。當她側過身去看他們，那些臉又埋進粥碗裏，一邊吃一邊在偷偷地笑。那些被繩子和鐵器磨爛的肩膀在一抽一抽地顫動。場長並不看着她，像是有意避開她的目光，把臉轉向伙房，準備隨時跑開，使勁地縮着脖子。待安寧又一次小聲告訴他血跡的事，他眞的跑開了，跑到大溝邊上，一跤仰翻在那兒，差點掉進溝裏。

「我一點也不知道他是怎麼死的！」他慢慢坐起來，揉着摔疼的腿，一臉驚慌地說，「你來問我，上邊也來人問我，我怎麼知道。那天夜裏我跑肚，一夜跑了二十多回，什麼也沒看見。我的交待材料上也是這麼寫的。我只聽見他用頭撞牆，一聲接一聲地哼唧，天要亮的時候就什麼也聽不見了。我不知道他死了。他是個好人，一個人頂兩個人幹活，還會唱秦腔。聽說是爲了一筆款子送到這兒來的。他說是讓人算計了，只好自認倒霉。世上的事說不清。他死的前幾天記性壞透了，有好幾次連他住的馬架子房都找不到了，連自己的名字也忘了，他還問別人，那是叫我麼？沒了名字，死了也不是痛苦，當是死了別人。」

自此，場長的話使那片血跡像活了一樣讓她睡不着覺。她總聽見有一種不辨來源的異響，在馬架子房裏風一樣飄來飄去的，咚咚的，好像是頭撞木板牆的聲音並沒隨死者而離去。

初起那聲響讓她怕得不行，一夜要起來幾次，渾身的毛孔眼都張着，瑟瑟索索的，提着馬燈四下裏尋找，結果找來找去除那片濕乎乎的血跡，什麼也沒找到。後來馬燈裏沒油了，她反倒安定下來，雖然還是睡不着，但只能在被窩裏縮着，聽憑那咚咚的聲音願意怎麼響就怎麼響。

第二天她找場長要油，場長說：「油，那是寫材料用的。不到寫材料的時候不發油。」後來安寧也要按期寫材料了，她才知道這裏的人，每月都要向外面交一份揭發檢舉材料，讓外面知道你改造得怎麼樣。外面是哪兒，什麼人接受審查這些材料，裏面的人怎麼會知道。每次，這些材料都是由伙夫帶出去。他不識字，不會有偸看材料的嫌疑，而且有車接送，路上也不會出什麼差錯。

「不寫材料，要燈有什麼用。」一場長臉上微微有些潮紅，似乎是爲油的事氣憤了，而且竟駡開了那汽車兵，「這個狗卵子，每次都用我們的皮子去換酒喝，還往給我們的煤油裏撒尿。他媽的，要是我再當營教導員，我要摑他幾個大耳刮子。」他又把手伸進懷裏撓着說，「是啊，沒有燈油人就亂了神了。逮着熊就好了。逮到熊，大家有肉吃，還能多換煤油，還能有煙有酒。沒有肉沒有酒也沒有女人，這裏的爺們兒都活得沒點爺們兒味了。」

這回連煤油都不用想了，縮在被窩裏的安寧，在黑暗沈重的壓迫下，眞正感到了一種孤立無援的恐怖。在這死寂的黑暗裏，只有從木板縫隙間瀉漏進來青白的夜光，給馬架子房裏帶來一點朦朧的活氣。那縫隙在她的眼裏都是圓圓的，也像眼睛一樣閃耀着，定定地注視着她，讓她沒完沒了地害怕，不知道有什麼事情就要發生了。

不久，意想不到的事情眞的發生了。

就在她沒燈油以後那天的夜裏，她的兩條腿無緣無故地腫起來。她不知道腫成什麼樣了，只覺得兩條腿酥酥地脹，很快要把褲線撐破了。她在印着「廣闊天地大有作爲」的帆布包裹，找到一瓶扁紅粱白酒。那還是去年過春節的時候，省裏的慰問團和袖珍語錄本一起發給他們的。那帆布包也是。她好不容易把褲子脫下來，把酒倒在手上，使勁地搓着腫得發亮的大腿，搓着膝蓋，搓着腿肚子和腳，把手都搓燙了，腿上的肉才不那麼脹得發硬。

就在這時，她感到有光一閃一閃地過來。她看到木板縫上的一隻眼睛，有牛卵子那麼大，正通過縫隙向裏面窺望，似乎不是在看她的腿而是非常緊張地盯着她身上的什麼地方。那目光讓她一陣陣寒戰，想叫又叫不出來，急得出了一身冷汗。她越是着急越是穿不上褲子，好像腿也由於目光的刺激，一下子又脹粗了許多。「誰！」她記得她終於叫出了一聲，但那眼睛只動了一下，表明是活的，並未移開。就在這時，他們的目光相遇了，竟然撞擊出來火花和響聲，頓時使她失去了知覺，好像懸浮在半空中一樣。她努力克制住自己，從枕頭下抽出那把刀，一腳高一腳低地衝出門去，繞着馬架子房轉了一個圈又轉了一圈，卻沒見一個人影兒，也沒找到那條木板縫兒。好像這一切都是她虛幻出來的，自己嚇了自己一身冷汗。四野裏昏死過去一樣靜。夜色清朗。溝比白日裏看着要寬，山坡上的石牆比白日裏看着要高，連馬架子房和樹都被放大了，緊緊地壓迫着她。頭頂上有鳥兒搧動着翅膀子彈一般飛過去，嗡地一聲，從這邊的黑暗扎進那邊的黑暗裏。她身子裏被抽空了一樣在房子外面佇立了好久，才空落落地回到房子去，又重新陷入那有始無終的恐懼之中。

後來事實證明那雙眼睛是眞實的，而且每天夜裏都出現在木板縫上。有時夜裏她突然醒來，看見那雙眼睛在張望，好人又離她好近；再仔細地去看，走過去看，那雙眼睛又不見了。眞的不見了。這時，她又開始懷疑自己是不是從來沒看見過什麼眼睛，是錯覺，是怕有人偷看她疑神疑鬼的結果。然而，在白天裏，幹活的時候，徹底摧毀了她疑惑的是她淸淸楚楚地感覺到，那雙眼睛的存在，就在她身前身後閃耀。突然她哭起來，在洞裏，沒人看見也沒人聽見。她悲傷極了，甚至有點恨自己。

她並不是一個愛哭愛流淚的姑娘。記得那一次她挨打，是父親第一次打她，也是最後一次打她，就因爲她不哭。那年她十二歲，小學畢業，放暑假的時候，母親帶她到安徽農村的姑姥姥家去度假。她們是開學的前一週回來的，那天父親正在家。平日父親很少在家，常常星期天過年過節也不回來。就是父親回來，上帝也把他們的見面安排開了，十分安全地錯過去，不是她在睡覺就是她在學校。好像他們不需要見面，誰也不需要誰，因此誰也無法贏得對方深刻的印象和愛。他們父女之間都有這種感覺，應該有一個機會讓他們坐在一起，談談，至少互相看看。這次她從安徽回來，有了機會，父親爲她買了一只蛋糕。那是大饑餓的年代。那時蛋糕是極貴重的食品。雖然奶油很薄，又像蠟皮一樣發脆，整個蛋糕是玉米粉做的，顏色也有些黑，但她還是很高興。因爲它是爸爸爲她買的。爸爸愛她。她爲了表示感謝，也爲了表示愛爸爸，吃得很香，故意把奶油吃到鼻子尖上，逗得爸爸笑出聲來。是媽媽不識時務地提起安徽鄉下的事的，她說，那裏餓死人了。她也跟着說，餓死了好多好多人。沒想到父親的臉突然變了，「叭」地拍了一下桌子，把蛋糕嚇了一跳，衝着她來了，一個小孩子家胡說什麼！這怎麼是胡說。我親眼看見了。她把姑姥姥擡出來，是我和姑姥姥一起看見的，媽媽也看見了。一天裏就死了三個人。父親說，你，你怎麼知道他們是餓死的？她說，沒飯吃不是餓死的麼。他們吃樹皮，還吃土，觀音土。父親說，也許是有病，病死的。她說，不，不是有病。是餓死的。姑姥姥也說是餓死的。那裏鬧了水災，姑姥姥說還有人災，沒有糧食，很多人都餓得不能到田裏勞動了。嘭地一聲，父親的巴掌打在了她左邊的臉上，看你再胡說！她動也沒動，非常憤怒地叫起來，這是眞的，你幹嘛打我？父親又一下打在她的臉上，還是左邊的臉上，你再說這是眞的，我還打你！她還是沒動，用眼睛狠狠地瞪着父親說，你打吧，我沒胡說。這一下父親更怒了，一把抓住她，但很快被母親拉開了。母親說，寧寧，你哭一聲吧，你哭一聲你爸爸就不會打你了。她擺脫了母親，一邊往自己房間跑一邊喊着，我就不哭！我恨他，也恨你！從那時起，她和父親之間就形成了一種心理上的對峙。她看得出來，父親在很長的時間裏爲這件事很痛苦，她也很痛苦。她不會忘記父親打她的兩巴掌，並且憎恨父親說的那些話。雖然她和他都想爲消彌這種對峙做點什麼，但一直沒能收到什麼成效。這都是因爲自信。他們都太自信了，失去了把眞話把眞情實感開誠佈公講出來的可能性。直到父親被「造反派」抓走以後，她才開始原諒了他。但同時她又開始輕蔑自己，輕蔑自己的軟弱。她想過，她和父親可能再也沒有坐在一起談一談的機會了。她也許一直沒這麼想過，因爲用不着去想這些了。

這一天好長。

她沒哭一天。因爲岩洞被她越挖越窄，張牙舞爪的石頭碰得她全身都疼。値得安慰的是，她的腿不像前幾天那麼腫了。有些病本來是用不着找大夫，用不着吃藥，也不用你擔心，它覺着再纏着你沒有意思了，就自動地離開了。但她腿上的病一直不肯離開她，到了晚上關節就開始疼，彷彿是用鈍刀子在鋸她的腿。她又找出來那扁瓶酒，又開始搓，又看見了那隻牛卵子一樣大的眼睛，又捏着刀追出去，又什麼也沒找見，又讓她一宿天翻地覆的。

沒有燈油的第三天早上喝粥的時候，讓灰黃色天光把臉弄得很陰暗的場長，兩條胳膊機械地擺動着，好像沒看見安寧一直朝前走，直走到她跟前突然停下來，小心翼翼地看了一下四周說：「你不要再喝河裏的水了。」

「不喝河裏的水喝哪的水？」

「這條河裏的水不是好水，喝了腫腿。」

「腫腿？」

「能腫得你走不了路，吃什麼藥也不消腫。」

安寧忽然發現場長的眼睛有牛卵子那麼大，和夜間在木板縫上看見的一樣，心裏猛地一震，兩手瑟瑟地抖起來，連聲音也是抖的：「你怎麼知道我的腿腫了？」

「你說我？」

「就是你！」

「我怎麼知道你的腿腫不腫。我是說你喝河裏的水會腫腿。」

「我可看見你了，昨天夜裏，前天夜裏，這幾天夜裏。」

「日他奶奶！這幾宿我正忙着呢，我監視着老黑毛呢。那個！那個戴着藍制服帽子的。」

他指給她看，在喝粥的人堆裏，一個長着老鼠臉的人。「他兒子黃毛也在這兒。他和一個俄國娘們兒生的，兩個都不是好東西，一起抓了進來，誰也不認罪。當爹的說是兒子幹的，兒子說是他爹幹的。大白天偷了生產隊五隻羊還有一口袋小麥，不是合夥幹，一個人怎麼能弄得走？雜種！我老遠就能聞見他們身上的羊羶腥味。」

安寧看見那個老鼠臉擡起來，朝這邊望，眼睛也有牛卵子那麼大，也和夜間她在木板縫上看見的那隻眼睛的眼神一樣。這就怪了！而且她還看見所有喝粥的人，包括立在伙房門口的伙夫，都是這樣的眼神，直定定地望着她。

這目光反而使安寧鎭定起來，心裏不再發緊，手也不抖了。她認爲這是一種病態的眼神，這裏所有的人都病了。

「你看你看，我的腿眞是腫了！他娘的，這幾宿在黑毛的馬架子房外面站着站腫的。」他的腿像充了水一樣，有桶那麼粗，透明的，可以看見裏面的血管，血管裏藍色的血在流動。安寧惶惑地看着他，眼裏流露出掩飾不住的鄙薄和憐憫。這是何苦呢，整宿整宿地偷看別人。這比偷看她的大腿還讓她感到驚訝和不可理解。

「你怎麼能說這個是偷看？這是監視。咱們走開一點我跟你說。」他拉着安寧，不停地眨着牛卵子眼睛，一面朝遠處走一面嘻嘻地陰笑着——如同他眞的把握住老黑毛的什麼隱私一樣。「我只和你一個人說，我和你說這些也千萬不能告訴別人。你起誓吧！」

「起什麼誓？」

「你就說，蒼天有眼，我要說出去，讓天火燒死我。」

安寧照着說了一遍。

「這就好了。我告訴你，那老黑毛就是鬼變的，我看見他夜裏睡覺的時候，把眼睛摘下來放在碗裏，早上起來再裝上。這幾宿，我看見他把眼睛摘下來不睡，走出馬架子房夜遊。我盯得緊緊的，只聽見他的腳步響，看不見人，不知道走到哪去了，也不知道他幹了什麼，什麼時候回房的。快天亮的時候，我看見他躲在牆角裏咔哧咔哧地吃石頭，像吃蘋果一樣。他兒子黃毛說，那是磨牙呢。在生產隊裏，他經常生吃羊肉。」

這裏到處都是牛卵子眼睛，相互盯着，相互監視着，相互窺望着，因此，這裏的每一個人就是五臟六腑裏也沒什麼隱秘可言了。他們從來不問這條溝還要挖多深挖多長，也從來不問把自己築在裏面的圍牆還要壘多高，似乎只是爲了相互之間窺望和監視而活着。凡是進到這裏的人都這麼活着。其實人怎麼都是活着，只要活着。只有像安寧這樣的年輕人，才時時感到孤獨、恐懼、焦慮和迷惘的巨大壓迫。

但是當安寧發現她的腸胃習慣了大粘子粥，消化能力強大得就是吃石頭也能消化以後，發現她的眼睛也有牛卵子那麼大以後，她也進入了那種病態，而且那種病漸漸成爲她身體的一部分生命的一部分。

她這種病態是從夢遊開始的。

那天夜裏，她覺得她頭腦還是清醒的，但人卻身不由己地夢遊一樣走出了馬架子房。夜那麼明亮，空氣藍得像在水裏一樣。眞的有水滴從天上落下來，涼涼地鑽進衣領裏。到處是蟲子的叫聲，到處有白煙從石縫裏飄出來，散發着松脂的香味。這是她第一次眞切地看到她所處的世界，感到有生以來從沒有過的輕鬆和激動。四周的圍牆完全和山融在一起了，潛伏在暗藍色的夜霧之中。身旁的大溝綿綿遠去，蕩漾着流水般錚錚的響聲。

她記得白天不是這樣的。那一幢幢緊閉着的馬架子房都相隔得很遠，人雖然早不在那裏面了，都去幹活了，可裏面還響着鼾聲。對安寧來說這些馬架子房都是活物，都像獸一樣蹲伏在那兒，充滿了危機，夜裏可就不一樣，這些馬架子房好像都走到一起來了，雖然人都在裏面睡覺，反而沒有一點響動，也沒有鼾聲，顯得那麼安祥平靜。

走近了，安寧才發現在那馬架子房外面的陰影裏潛隱着無數雙亮閃閃的牛卵子眼睛。那些眼睛裏充滿了不可克制的誘惑力。安寧覺得正是這些眼睛，把一種透明的妄想型病毒傳染給了她。後來她才搞清楚，染上這種病，先是渾身刺癢，如同神經性牛皮癬，撓哪裏，哪裏就腫起來，而且那腫處極有彈性，怪不得場長能撓得咔哧咔哧地響，還撓得雪花紛飛。有趣的是她的癢處，還能撓出一股淡淡的樟腦味來。後來，她的脖頸也開始發硬了，走路的時候必須向左邊傾斜才能保持平衡，而且大腿的兩個關節裏不斷發出鼠咬一樣吱吱的叫聲。由於身體向左傾斜，她左邊臉上爸爸打過的地方感到隱隱地作痛，眼睛裏的一切也都是傾斜的，天空山脈石牆馬架子房和人都是傾斜的。她的嗓音也漸漸變粗，喉頭漸漸鼓起來，尖尖的，非常鋒利。臉上一夜之間就生出許多皺紋來，好像是在夢裏蒼老的。聽人說，在這裏就是老得快，有這傳統。很早以前，在這裏出生的小孩，一生下來，臉上就長滿了皺紋。這一切她都並不感到奇怪和可怕，只是擔心自己別像男人一樣長出黑的或黃的鬍鬚來。

也許就因爲這個，她不敢睡下，開始夜遊的。她非常想看到的是，那個老黑毛怎麼把眼睛摘下來睡覺。

因爲她不相信這是眞的。因爲她聽說場長小時候得過腦膜炎或者是大腦炎，故此這麼多年他一直隱瞞自己的家庭成分。其實他爺爺是鄂西一帶有名的惡霸地主，一九四七年逃往馬來西亞。他是他父親第五個姨太太的兒子，他外公在上海開銀行還經營房地產生意，和藍衣社有關係。這次到了廟地，有人從他屙的屎裏看出了這些，寫了揭發檢舉材料戳穿了他。當伙夫透露給他這個消息時，他嚇壞了。他猜測這一定是馬四眼揭發的，因爲馬四眼常去偷偷地看他屙過的屎。他話還沒說完，「吱」地一聲響，腦袋裂開了一條縫，從裏面鑽出一股草綠色的煙來，還有一種臭鷄蛋味。大家都說，這是流行性裂變型的腦膜炎或者大腦炎的後遺症，如果能立即化驗血，還可以從血紅蛋白中化驗出放射性物質來。他當即倒在了地上，嘴裏流出了血沫子，眼也翻了上去，露出一大片枯紅色的眼白。他就這麼死了。當晚，大伙把他埋在了他挖的那個岩洞裏，沒按照規定埋到河邊的樹棵子底下，這是根據他生前的要求。只有伙夫聽見他這個要求了。還把他在朝鮮戰場上得的兩個獎章給他佩戴在胸前沒有粥嘎巴的地方。但，誰也沒想到他又活了過來，第二天早上正喝粥的時候，聽見他在洞裏叫：「我餓了！我餓了！」叫得天上差點落下雨來，大夥又把他扒了出來。他的臉就成了這種煙熏火燎的樣子，見了人就說：「我們認識。你不記得我了？我可記着你，你肚臍眼上邊有顆痦子。」或者是，「我也記得你，我還讓你給我理過髮呢。你個狗日的，差點割了我的耳朵。」

自此以後，大夥再看見他都眼神慌亂地走開，據說他這一死一活，已經不知道自己是誰了。

他所記着的和所說的都是別人的事，誰也不知道是誰的事。

因爲這些馬架子房在夜裏都像活的一樣移來移去的，白天安寧還淸淸楚楚地記得老黑毛的住房在那兒，這陣卻怎麼也找不着了。讓她感到震驚的是，所有的馬架子房外面，都有人或站或蹲，扒着木板縫向裏面窺望。這些人並不是在那兒屏住氣禁住聲偷偷地看，而是一面看一面手舞足蹈地比劃，又像是自言自語又像是在跟裏面的人嘟嘟囔囔說什麼。不知怎麼突然被裏面的發覺了，那外面的人才逃開，但並不跑遠，而是趴在地上，不動，一會兒就和石頭分不出來了。

安寧走着，總擔心一腳踩下去是軟的，踩在活人身上，把魂嚇跑了，便再也回不來了。她走到一幢馬架子房前，不明白牆上的木板給她的感覺爲什麼是冰涼冰涼的。她從木板縫往裏望，裏面很黑。開始一切都看不淸楚。等她找到從另一條木板縫漏進去的夜光，讓光線劃開粘稠的黑暗，她的眼睛才慢慢看淸裏面的人。裏面的人並沒有睡，目光如炬，緊緊地盯着屋頂的什麼地方。那目光一閃一閃，讓她先是嚇了一跳，待她看淸那人並未注意上她，又漸漸地冷靜下來。她看見那人並沒有躺在草舖上，而是赤條條的躺在地上，草舖上躺的是一個石頭雕成的人，如出土的石俑一般。不是她眼花，她確實看見那石人在動，能淸晰地聽它在打呼嚕，身子一起一伏的，軋壓得乾草瑟拉瑟拉地響。突然她看見地上那個人驚叫着站立起來，那人就是馬四眼，但她沒敢再看下去，逃也似地跑回自己的馬架子房裏。

第二天下午運石頭的時候，馬四眼莫名其妙地露出一口黃牙，衝安寧笑了笑，走將過來。他穿一身破衣襤衫，走近了她才看出那是中山式幹部服，毛料的，銀灰色，可見當年還風流過，只是現在不成樣子了，到處是綫穗子。他站在那兒有些滑稽，上衣斜吊着，褲腿一長一短，腿上是蛛網一樣的亂毛，鞋用繩子綁在腳上。但臉上卻異常的莊嚴，兩眼微微地向外凸，如果戴眼鏡，少說也要六百度。

「聽說你也是『紅案』？」

「是。」安寧不知道他爲什麼問這個，還以爲問她昨夜偷看馬架子房的事。

「在我房裏以前住過的一個也是『紅案』。我來時他被帶走了，那個汽車兵把他帶走了，不知道帶到哪去了。聽說他用肉眼能看出來地底下有沒有石油和磷礦，就爲這個把他抓起來的。說他是個政治騙子。這個人當過『右派』，學問挺深的。他有一副眼鏡，走的時候給我留下了，我也從此有了個名字叫馬四眼。戴上這副眼鏡，我什麼都能看得見，能看得見誰肚子裏有幾條蛔蟲。你知道這裏每月每人往上交材料，都要揭發檢舉別人，檢舉什麼都行，屙的什麼屎撒了幾泡尿說的什麼夢話，要不就是罵自己，從祖宗三代罵起，這樣能給你加糧食定量，每月還能吃到一二兩豆油。可那個小子不懂這個，不知道往材料上都寫了些什麼。白白糟踏了燈油，糟踏了紙。活該他被帶走了，不能像咱們這麼自由了。我發現凡是有學問的人都是糊塗蛋，還死要面子。他看見場長偷楊豐泰一條褲子，不敢往材料上寫，不知道他有責任揭發這個。我就寫了，上邊獎給我一條毛巾。你看，就是這個。」

他從脖子上拿下來讓安寧看，安寧怎麼看怎麼是一隻女人用的長筒襪子，腳跟那兒都破了，上面掛滿了一層棕色的汗釉。

馬四眼又把襪子圍在脖子上，有些得意地說：

「後來我才知道那個『右派』往揭發檢舉材料上寫的是什麼。他用了這麼厚一摞紙，寫了一本能唱的書，還有樂譜子。寫男人和女人哪兒不一樣，螞蟻爲什麼長翅膀，筷子的用途，還有一百種自殺方法，還有改進咱們那道圍牆的設計方案。這個糊塗蛋，材料一交上去就來人了，把他帶走了，說他神經錯亂。我看他也是神經錯亂。人家帶走他的時候，他還跟那個汽車兵說，他的材料應該倒着看，從最後一頁往前看，先看那些拉丁文。人家才不聽他的，咔地一下就給他銬上了手銬子。我第一回見着那種手銬子，眞科學，眞漂亮，手越動銬得越緊，噠噠地響，像鐘錶一樣，有自動鎖。抓我的時候，銬我的那個不行，就兩個鐵環，一條鐵鏈子，都長銹了，也沒有自動鎖。你來的時候沒戴手銬子嗎？」

「沒有。」

「眞遺憾！犯『紅案』的，都該戴那種亮鋥鋥的銬子，有自動鎖的。我不行，我犯的不是『紅案』。」

他搖頭晃腦地把安寧從上到下又從下到上打量了一番，噘着塌下去的腮幫子，嗚裏嗚嚕地說：「劃地富反壞右的時候你還小，你都沒趕上，我就不明白，像你這麼年輕，又是個女人家，怎麼犯的是『紅案』呢？」

「我寫過反動信。」安寧忽然覺得那信是不是她寫的，已經對她不重要了。

「噢——嘖嘖！你們這些人，都是唸書把腦子唸毀了。怪不得那個『右派』給我的那架眼鏡，我一戴上就頭疼，總是看見死人，那些鬼都走過來和我說話，他們嘴裏有一股臭氣，盡講一些沾滿了血腥味的故事嚇唬我，讓我一夜一夜的不能睡覺。後來我就刻了個石頭人。我會這手藝，是從娘胎裏帶來的。我就把眼鏡給石頭人戴上，頭再也不疼了，身上的陰陽氣也順過來了，明天我也給你刻一個，空心的，把你的不痛快事都讓他裝着，你心裏就乾淨了。」

安寧漫不經心地點了點頭。

「那好。你說這個石頭人，你要男的還是要女的。」

「女的。」

馬四眼笑了一下，走開了。安寧看見他笑的時候，臉上一半是暗的一半是亮的，還看見他一條胳膊上刺着一隻青色的蜈蚣。

安寧不相信馬四眼說的石頭人會有那麼靈驗。夜裏身上開始刺癢了，她又從馬架子房裏走出來，去偸看馬四眼怎樣給她刻一個空心的石頭人。

她離開自己的住房，就聽見身後有嚓嚓的腳步聲，似乎離她不遠，在跟着她。她回過頭去那腳步聲又不響了，踪影不現。但當她又往前走，那腳步聲又響起來，好像這個跟踪者知道她的秘密。

前面的山形是模糊的。四周黑森森的圍牆像浪濤一樣朝她逼過來。圍牆上閃耀着一片一片綠色的磷光，使她彷彿走進幽深的夢境裏。那綠色的光極像她小時候在草地上追逐的螢火蟲。這些輕佻的螢火蟲使她迷失了方向，怎麼也找不到馬四眼那幢馬架子房了，反而被莫名其妙地引進到伙房裏。她看見草鋪上睡着身材高大的伙夫和一隻毛色雪白的綿羊。羊兒溫順地躺在伙夫的懷抱裏，鼻頭上流出一種白色的液體，眼睛睜着，很亮。伙夫一隻手摟着羊的脖子，一隻手在羊兩腿的深處，臉上那貪婪的樣子讓她從心底裏感到厭惡。房子裏羊身上那種臊腥味，也差一點讓她哇地一聲吐出來。

她從伙房裏退出來的時候，月亮迎面而起，鮮紅的，拖着一條長長的暗金色的尾巴在半空中驚慌地晃動，晃得整個廟地顯得更加空曠荒涼。這一夜她在一直毫無道理地想着伙夫那隻手。想着那隻手端過她的粥碗，那是第一天，她的第一頓飯，大拇指插在粥裏。她說「你的手……！」他說：「不燙。」還有羊身上那種臊腥味。就這樣一直到睏得睜不開眼。

第二天，她記不清這是她來到廟地的第多少天了，馬四眼沒讓她失望，給她送來了石頭人，用一條破褲子包着。那褲子也像有了石性一樣是硬的。他笑的時候，喉嚨裏發出猫打呼嚕一樣的響聲：「空心的。你回到馬架子房裏再看。這石頭人已經有了靈性，我刻它的時候，他直叫你的名字。」

「你不是在騙我吧？」

「我也是空心的。我還沒結過婚，要不，哪能不找個女人呢。」

「我聽不懂你的話。」

「那我就告訴你，人要是空心的就好了，可我不是，我恨所有的女人。」

他說完就走了，這次沒笑，整個臉上都是陰沈沈的，踩在石頭上的聲音像一陣陣喘息。那是早晨，「單號」的人還沒從河邊回來。廟地裏沈靜得像一個無法看透的深潭。

安寧抱着石頭人回自己的馬架子房，越走覺得石頭人越重，而且這鬼東西竟像活了一樣，在她懷裏一挺一挺地掙扎起來。她不敢停下來看看也不敢扔下，她相信這鬼東西或許眞的有什麼靈性，用手在上面拍一拍，竟然發出空空的響聲。她走着走着，竟然大白天的做起夢來。很多人告訴她，廟地裏的人常常大白天裏做夢，而且這種夢都能預示點什麼。她夢見小時候她養的一隻小白兔死了。媽媽背着她把它扔了，埋在後院花園裏一棵丁香樹下。媽媽怕她去找，任憑她怎麼哭也不告訴她扔到哪去了。可她還是找到了，小兔子給她托了一個夢，她順着小兔子的叫聲找到的。那夜晚花園裏月色如水，迷迷濛濛，丁香樹周圍有很多螢火蟲。那螢火蟲一直在她前頭飛，大模大樣的，這麼多年一直在她的夢裏。

她不知道這個夢預示着什麼。

她記得，那天她走進自己的馬架子，剛把石頭人放在草舖上，還沒來得及把裹着石頭人的破褲子打開，有人敲門，她的夢被一陣木板門破碎般的響聲驚醒了。場長闖了進來，臉扭扭歪歪的，張着黑洞洞的嘴，手上身上有很多血。他兩眼驚慌地說：「你別怕，不是我出事了。拿點紅藥水來還有紗布！」他好像被什麼嚇壞了。

「出了什麼事了？」安寧不知道場長怎麼會知道她當過「赤腳醫生」，知道她這裏有藥和紗布。她都忘了。

「老黑毛和他兒子打起來了。在河邊洗澡的時候，那個黃毛差點把老黑毛的腦袋揪下來。老黑毛也下了狠手，黃毛的一條腿斷了。這就是父子。人他媽的就是這種動物。」

去河邊的路上，場長告訴她老黑毛和黃毛打架的原因。場長說，今天是伙夫下山送揭發檢舉材料的日子。（安寧已經記不清她在材料上寫的什麼了。好像有伙夫的那隻羊，她不知道自己爲什麼寫這個。都記不清了。）昨天夜裏，黃毛跑到伙房裏，趁着伙夫和那隻羊睡覺，偷看了老黑毛交來的材料。也不知道那老東西在材料上寫了些什麼，今天一早父子倆就打起來了。

「嘿嘿！」他忽然又笑得很開心，「這兩個人打得眞好看。你揪住我的頭髮，我揪住你的頭髮，來回地搧嘴巴，屁股來回地扭，褲子都扭掉了，露出那些醜東西，一起摔進了河裏。」

安寧聽着並沒覺得有什麼難過的，而且到了河邊，看着赤裸着下身躺在沙礫上的黃毛，也沒覺得有什麼難過的。她確實已經失去了很多知覺。

場長和一個牙已經掉光了的小老頭給黃毛包紮的時候，黃毛又撕心裂肺地叫起來：「這個老混蛋，他是存心要把我送出去！送到外面去！」

場長安慰他說：「伙夫帶走的沒有你爹的那份材料。」

「我不是他兒子！我早跟他斷絕關係了。這老東西不會放過我，我也不會放過他，讓他等着吧！」

「他已經死了。」

「死了?!啊——死了！報應！老天的報應！」

黃毛被人用門板擡走了，走出老遠，過了那道毛柳坡子，安寧還能聽見他的叫喊聲：「這回好了，我不走了，沒人再把我送出去了——」

廟地，安寧心說，廟地眞是一個好地方。

黃毛斷了腿也不願意離開，老黑毛搭上了一條命。但這一切並沒有使早上喝粥的人有什麼震動和變化。滿山滿谷依然是一片咕嚥大粒子粥的響聲。

喝完粥，大伙照常鑽進洞裏幹活。廟地裏又恢復了一日復一日的平靜。

這一天下來，安寧並不覺得那麼勞累了。或許是她已經適應了岩洞裏的石頭，或許是岩洞裏的石頭也適應了她。這一天她唯一有點遺憾的是，沒有煤油，沒有燈，回到馬架子房裏，扯開那條破褲子，不能欣賞那個石頭人的模樣。她只能用手去摸——有頭，有身軀，但頭上分不出眉眼鼻子，當然也沒有嘴，身上分不出胳膊腿來，肚皮像一道山脊，緩慢地斜下去。她的手也緩慢地向下移，一直滑了下去。突然她的手好像一下子被彈開了，驚叫了一聲：「是個男的！」

是個男的，而且是個有生命的。安寧在撫摸他的時候，聽見他在說話，那聲音又像來自安寧自己的身上：「我認識你。」

「沒有的事。」另一個沈悶的聲音也來自她自己身上。

一個聲音說：「我很早以前就認識你了。我們倆做一樣的夢。」

另一個聲音說：「沒有的事。我從來就不認識你。」

一個聲音說：「我夢見了螢火蟲，你也夢見了。」

另一個聲音說：「我不記得了。」

一個聲音說：「你的頭丟了，所以你什麼都不記得了。」

另一個聲音說：「我的頭還在。沒有頭，我怎麼能思想、說話、吃飯。」

一個聲音說：「那不是你的頭，也不是你的思想，什麼都不是你的，你是一隻螢火蟲！」

另一個聲音說：「我不是一隻螢火蟲，我是我！」

安寧忽然感到頭像裂開了一樣疼，眼前一片白光，也有一股臭鷄蛋味。等到那臭鷄蛋味消失以後，那石頭人平平靜靜的一點聲音也沒有了，像是轉瞬之間靈魂出竅，命歸西天了。她走過去，摸他，冰冷僵硬的，再也沒有剛才那溫熱柔軟的感覺了。他死了，或許他根本就沒活過。但安寧再也無法消除這個石頭人給她帶來的感覺，給她心底深處帶來的顫動，和說的那些話了。

入夜以後，閂上房門，安寧就在石頭人旁邊睡下了。臨睡的時候他們還相互看一眼，目光都很神秘。但她怎麼也睡不着，總處在混沌的狀態中，總覺得身邊石頭人的靈魂並沒走遠，她敢肯定石頭人把靈魂藏在房子裏的什麼地方了。她試圖找到它。她在房子裏又看到了那些亮着綠色燈光的螢火蟲。而且整個夜間，她都能聽見黃毛時斷時續的呻吟聲。

這呻吟聲半個月後才消失。黃毛拖着一條腿，拄着一根棍子，走出了馬架子房。人們每天都看見他在城堡一樣的圍牆根下走，木棍十分悅耳地敲擊着石頭。他在找老黑毛，一面找一面喊：「我的爸爸！他是我的爸爸！」但是沒有人告訴他老黑毛埋在哪兒了。其實人們早已忘了，忘記埋在哪兒了，而且日子久了，也沒人再注意他了，甚至已經不知道把嗓子喊啞了的黃毛在找什麼了。似乎這已是很久遠的事，跟誰都沒什麼關係了。

突然有一天早上醒來，安寧發現她身邊的石頭人不見了，屋地上起來一個新鬆開的土堆。她把土堆撥開發現了石頭人。她不知道這是夜裏什麼時候埋起來的，沒有工具就憑兩隻手又怎麼挖開這硬的石土。她對自己做過的事也越來越感到奇怪了，雖然這裏每天什麼事情都會發生，充滿各種各樣的危機和可能，但把石頭人埋進地下，她卻一點也不記得了。彷彿是身體外面有一種無形的力量在支配着她，她不知道自己做了什麼，爲什麼這麼做，又把石頭人埋起來了。

把石頭人埋起來以後，她感到心裏平靜多了，連草鋪裏面的臭蟲都不那麼咬她了。

這些日子過得也很平靜。安寧夜遊唯一的收穫是，她找到了馬四眼的馬架子房。馬四眼像是知道有人在偷看他，把木板牆所有的縫隙都塗上了泥。但安寧還是找到了可以窺望的漏洞。她很興奮，好像那漏洞是特意留給她的。而且她發現自己對於夜遊對於監視別人已經有了一種癮頭，不這樣她就不能戰勝失眠的恐懼。無論是看到什麼還是沒看到什麼，是安慰自己還是欺騙自己，有了這個過程，她就能安然入睡了。

一連幾天，她都在馬四眼的房裏看見一樣的情景。她看到一塊好像是旗幟的紅布，那布覆蓋在石頭人的身上，在石頭人的四周還撒了一些藍的白的野花。馬四眼正襟危坐在草鋪前，在給那石頭人讀一張早已過時了的報紙。其實那只是半張報紙，還掉了一個角。他聲音很小，臉上一副癡呆相。彷彿躺倒在他面前的是他什麼親人，又彷彿他完全是爲了自己心靈上的需要。幾天來他在給石頭人一直讀報紙上的同一段話：「……壞人囂張起來怎麼辦？毛主席有一句名言：『徹底的唯物主義者是無所畏懼的。』階級敵人如果再興風作浪，發動羣眾把他們再一次批倒就是了。我們要照此辦事，什麼地方有眞正的反革命分子企圖翻案，我們就發動廣大羣眾用革命大批判的武器再一次把它鬥倒……」

安寧聽了這段話頭腦發脹，四肢冰涼，心臟幾乎停止了跳動。她已經有很長時間沒有聽到這段「兩報一刊」社論上的話了。在農場裏，每次開批判大會，從他們之中揪出一個「反革命」來，大家就要念這段話，直念到熱血沸騰，忘掉自己是誰了。到廟地裏完全是另一個世界，這個世界也使她漸漸忘掉自己的過去忘掉自己是誰了。她不明白馬四眼爲什麼給那個石頭人老讀這段話。但她已經看出來馬四眼並不像他自己說的是個扒火車的。而且她早有預感，這裏所有的人跟她說的都是假的。所有的啟示都是一個啟示。後來她才知道這裏大多數人都是知識份子，十年以後她才眞正明白爲什麼所有的人跟她說的都是假的。因爲他們進到這裏以後要徹頭徹尾徹裏徹外把自己認定爲一個罪犯，只有這樣，才能長期地無條件地把自己改造成一個「眞正的人」。因此這裏沒人知道自己是誰，也沒人知道自己過去幹過什麼沒幹過什麼。這是十年以後的事了。當時，她聽了這段話卻忽然覺得心裏很親近也很憐憫馬四眼，似乎他們的內心深處有一些共同的什麼，或許是共同的什麼埋藏在他們的心裏。

那天，正吃中午飯的時候，遠遠傳來汽車的馬達聲。安寧一聽就知道是汽車兵來了。他平均每半月進山一趟，送來人和一些日用品，有時還有煤油。上次他沒送煤油，因爲這裏沒有皮子和他換。凡是沒有皮子的時候，場長都自嘲地說，沒有最好，因爲夜裏有燈是最壞事的。汽車兵總要把他臭罵一頓，有時還掄着酒瓶子追得場長像兔子一般地亂跑。他這次來離上次才五天，憑直覺，安寧感到有什麼事情要發生。因爲這輛車是他們同外界聯繫唯一的途徑。如果沒有回憶他們同外界是不相通的，如果再沒有這輛車，對他們這些人來說，世界只有圍牆裏面這麼大。但就因爲有回憶也有這輛車，這裏就總平靜不了，總有事情要發生。

吃中午飯了，人們才從岩洞像地鼠一樣爬出來，但都守着洞口並不離開，彷彿一旦有情況就縮回到洞裏去。安寧看見車就停在大溝下面那個坡崗上，汽車兵下來就站在車門口大模大樣地撒尿——這好像是他每次停車以後天經地義的第一件事。他還沒撒完尿，又從車裏走出一個人來，扛着一個又細又長油條一樣的行李卷。他身後跟一條細長的黑狗，頭不斷地向上揚，好像捕捉到了什麼異常的聲音。它不叫，只是四下裏看。那個人並不理會它，和汽車兵比劃了一陣，一直向伙房走去，狗也跟着走，還是支起耳朵四下裏看。他們一起進了伙房，像是一個跟頭栽倒在裏面，再也不出來了。後來安寧才知道他們這裏換了伙夫，但誰也說不清什麼原因。連場長也只是說：「出了事了。出了什麼事了。」其實他也是猜測。今早天剛亮的時候，他看見伙夫把那隻綿羊從伙房裏抱出來，一直抱到河灘上，把它埋了。他沒看見具體埋在什麼地方，怎麼埋的，只聽見那隻綿羊一直在哭一樣地叫，叫得他身上起了一層鷄皮疙瘩。今天中午大伙又吃的是饅頭，看來他是早知道要離開這兒，準備好了走的。

那個汽車兵撒完了尿，卷了一支煙，在嘴角上吊兒郎當地叼着，逕直朝安寧走來。半路場長迎上去，要跟他說什麼，他好像沒看見一樣照樣走他的。安寧眼睜睜地看着，一點也沒想到事情會發生在她身上。

「你是有個石頭的爺們兒嗎？」汽車兵好像要一直走到她身上。

「我不知道你說的是什麼意思？」她站起來，慌慌張張地向後退了幾步，手裏的饅頭掉在了地上。

「你給我去拿！拿來你就知道了！」他顯得極其憤怒，眼角的那顆紅痣猛然脹大起來，使整個臉都是紅的。

這時安寧看見馬四眼在遠遠地笑，笑得非常得意又很陰險。顯然是他的什麼陰謀得逞了，因爲他恨所有的女人。他好像早知道有這麼一天。安寧不明白，她和他並沒有什麼新仇積怨，他要報復她什麼呢？也許正像場長說的，人就是這種動物。她心裏惴惴地想，汽車兵拿到那個石頭人也要把我帶下山嗎？她不敢想要把她帶到什麼地方去，反正比這裏可怕。

「你也不害臊！」汽車兵拿到那個石頭人，手指着「山脊」下面那個突起的東西說，「也不睜開眼睛瞧瞧，這是什麼東西。人家都說你這個大姑娘要生孩子了！」

使安寧不能忍受的是汽車兵羞辱她的口氣，那口氣好像他是她的丈夫，又像是她的父親。但她不敢發作。她在亮晃晃的陽光下，第一次看清了那東西，那東西雕刻得十分逼眞精美。這是她怎麼也沒想到的，她並不覺得怎麼難過。

汽車兵把石頭人猛地一下摔在地上，眞是空心的，一下子摔了個粉碎，然後怒氣沖沖地向馬四眼走去，馬四眼臉上的笑立刻凍住了。

「都是你這個雜種幹的好事！」

他一拳擊在馬四眼的臉上，發出嘭地一聲脆響，一道白光，馬四眼手中的饅頭飛了出去。那饅頭在半空中劃了一條弧線，落在石頭上一蹦一跳地滾進溝裏。

馬四眼臉上又響了一下，軟軟地倒在了地上。

「你別打他！你這個混蛋——！」

安寧不知道自己爲什麼突然衝動起來，瘋狂地大喊大叫着跑過去，但她被場長和幾個迎上來的人擋住了。她看到這些人對馬四眼挨打都感到很開心很愜意。

那個汽車兵像拖死狗一樣把馬四眼拽起來，一直拉進馬四眼的馬架子房裏。在那裏面安寧聽見馬四眼一陣一陣的喊叫，但她斷定並不是汽車兵繼續打他，可又不知道發生了什麼事情。

過了一會兒，汽車兵又把馬四眼從房子裏拽出來，手裏舉着一疊皺巴巴的紙在半空中晃動：

「馬四眼是個逃亡的反革命要犯。瞧瞧，這就是他要準備翻案的變天賬！」

那紙頁子在半空裏嘩嘩地響。安寧看見最上面的一張是那張掉了一個角的舊報紙，因此她確信那絕不是什麼「變天賬」。

這時，汽車兵從口袋裏拿出一副亮錚錚的手銬子，十分熟鍊又十分漂亮地在馬四眼面前抖了一下，咔地就把他的兩個手腕銬住了。

那手銬抖動時的閃光，好像帶着一股凜冽的寒氣，一下子痲住了大溝上的百十號人。

但馬四眼卻一點也不慌張。他好像發現了什麼秘密，把手銬子舉起來放在耳朵上聽，聽着聽着，忽然笑出了聲：「嘿，有自動鎖！像鐘錶一樣噠噠地響，眞正的自動鎖！」

「日你奶奶！」

汽車兵搡了他一把，又像拖死狗一樣把他拽走了。

四

馬四眼被帶走以後，人們幹活更加出奇地賣力氣，連夜裏打呼嚕都格外地響亮。另外，新來的伙夫，用場長的話說，「這個王八犢子原來是個啞巴，耳朵也聽不見，什麼都看狗，兩個眼睛跟刀尖一樣。」大伙都不願意和這個人親近，但他做的飯非常對胃口，粥裏放鹽還放了很多鹼，也許正因爲這麼做，人們都餓得快，肚子咕碌咕碌地叫着到處紅了眼地找吃的。連安寧也敢像馬四眼一樣把地鼠糊上泥燒着吃，而且能吃出北京烤鴨味來。夜裏，人們都鬼魂一樣奔來跑去，追趕得那些小生命吱吱呀呀叫喚着東躲西藏。這時越加感到馬燈的重要了，可他們這一個月裏每人只發了一兩煤油。而那些小生命都躲藏在石頭樹棵和草叢的陰影裏，如果他們的眼睛都能像伙夫那麼尖銳，也能從深不見底的黑暗中多挖掘出很多地鼠來。

如果能燒起柴草或點上松明子也好了。可在這裏不能明火，不論白天或黑夜，把火暴露在天光之下，就會招來意外的災難，不是人被燒死，就是雷電下來，把人和樹一起劈死。據說這就是廟地這個名稱的來由，早年間，一支鄂倫春人供奉火神的地方。他們每年秋天，要開始大規模狩獵的時候，聚集在這裏。在現在挖溝的地方架起兩堆柴，有小山那麼高，天正午的時候點起火來，直到傍晚這兩堆火才完全燃燒起來，把整個山谷映的通紅。他們把狩獵用的刀槍工具全部在火上燎過，才能裝備在鞍韉上；把吃的東西在火上烤過才能入口；然後把鹽和酒撒在火上，男女老少按輩份一個接一個從兩堆火中間跨過去，叫做「跳火」，可以避免各種各樣病魔災禍。「跳火」之後，午夜時分，舉行隆重的拜火儀式，唱祭火祝詞：「哲輝哲輝冷呀，火石是母火鐮是父；哲輝哲輝冷呀，石頭是母青鐵是父。搖響你的金鈴，敲響你的金鼓，帶着我們飛上雲彩吧，騎上你的金鹿……」祝詞唱完，都躺在地上，對天吶喊，這叫「喊雨」，直喊到雲彩上來，佈滿天空，雨下來，把篝火澆滅了，人們才心安理得的上路。後來這裏打了一仗，爲了河邊上的金礦，大片的樹木毀於戰火。再後來一批一批的淘金者並沒有在這裏採到金子，反而有很多人死於非命，丟下無數的屍骨，就因爲他們這些人不相信明火會帶來災難。

這裏闢成勞改場，開挖這條大溝以來也死了不少人，也因爲不信這個。但後來，不知過了多少年，這些人終於用死讓後來的人相信了。

這是場長跟安寧說的。她沒見過讓火燒死或是讓雷劈死的人，但她也沒見着誰敢點着松明子找鼠。

日子長了，這些找鼠的人的眼睛漸漸地紅起來，瞳孔在漸漸縮小，細得像針一樣，從裏面放出一束讓人顫慄的毫光。那一雙雙充血的眼睛不在石縫和樹棵裏尋覓了，而是相互在同類的身上掃來掃去。有時也盯住對方的一個地方不動，能使那個地方冒出一股燒焦了的糊味。等對方察覺自己的什麼地方被烤熟了，他並不掩飾地走過去說：「他娘的，又好久沒吃肉了。」

這話讓安寧聽見過，這目光也讓安寧感受過。後來，她無論走到哪裏，都被這些目光包圍着撕擄着。她覺得這些眼睛再這樣盯來盯去的，在他們中間就要吃人了。

有一天，也就是要下雪的前一天，場長走到安寧跟前，那眼睛也是亮得嚇人，使她身上立刻針刺一般灼疼，只是沒有很快冒出糊味來。

「你那還有藥沒有？」

「什麼藥？」

「什麼藥都行！雙號的那幾個人都放倒了。今兒早上吃了死羊肉，又拉又吐，人都抽成了一根柴禾棍。」

「哪來的死羊肉？」

「就是那個中學校長埋的。」

「中學校長？哪個中學校長？」

「那個做飯的，走了的那個伙夫。」

「他跟我說他是理髮的，理髮館着了火，找不到做案的，就把他抓起來了。」

「他哪會理髮！連自己的鬍子都刮不乾淨。你還年輕，你不懂這裏面的事。」

「他跟我這麼說的。」

「你以爲這裏面的人都是殺了人放了火強姦了婦女搶了錢偷了東西進來的？沒一個人能說得清楚。」

「那爲什麼？」

「我要知道。我就不在這裏頭了。走吧，找藥去。」

場長沒再說下去。這也是他們之間第一次談到「裏面」的眞實情況，安寧又被這些眞實情況完全弄糊塗了，她不知道自己在這裏被改造以後，會不會也像這些人一樣，說不清自己是從哪兒來的，也說不清自己是誰，更說不清自己過去幹過什麼還是沒幹過什麼，脫胎換骨成爲另一個人。

那些被死羊肉放倒了的人，臉和身上都腫起來，茄子一樣的顏色，死着。只有耳朵變得越來越透明，一泡水一樣。那急促的呼吸裏，有一種陌生而又刺激人的氣味。安寧帶來的只有黃連素，抵抗不住這種惡性食物中毒。這些人眼看着呼吸越來越虛弱了，好像嘴裏在吹汽泡一樣，遲遲地發出一聲悶響，一直響到半空裏，餘音才肯離開人體。

人們都在互相看着，眼睛裏像灶口一樣冒着青烟。提心吊膽地害怕出現什麼，又無時不在期待着出現更刺激人的事情。

啞巴伙夫來了，帶着他的黑狗，還有不知從什麼地方採來的巴蘭芥和猪尾巴草根。啞巴走到跟前，用淡黃色的猫眼，把放倒了的人一個一個地看了一遍，把手中的草藥塞給場長，啊啊地比畫了一陣，帶着狗，如同從門縫中擠出去一樣地走了。

那狗也沒一點聲音，好像也是啞巴。

用一口吊鍋子，把這些草藥仔細地煎了，連藥渣子一起給那些放倒了的灌下去，有兩個當時就吐得天昏地暗的，三日之後竟奇蹟般地活轉過來，其餘的只是放了幾個屁，沒熬過三日便都死了。

死了的人就埋在埋死羊的地方。人們很快就把他們忘了，還照常一連幾碗的喝大粒子粥，照常開石頭，照常睡覺，照常把夜間窺望的事寫進揭發材料裏。

天想冷就冷，快得很，樹葉子還沒落，草還沒黃透，夜裏就下雪了。地上薄薄的一層很硬。

安寧清早一推開馬架子門，就讓風嗆了一下，一直厤到骨頭裏。她看見場長光着腦袋，好像從很遠的地方走過來，嘻嘻地笑着說：「日他奶奶，這回有煤油燒了。」

「獵到野物了？」

「啞巴的狗叫了一宿你都不知道？」

「不知道。」

「這會兒還在叫呢。」

「噢——聽到了，好像吹號一樣。」

「沒有大傢伙它是不會這麼叫的。」

安寧不知道是個什麼大傢伙，但她覺得那狗叫得很慘烈。整個山裏都飄蕩着它凄厲的呼喊。

「它是沖着山口那片黑樹林子吠。我在河灘上看到了那個大傢伙的腳印。你看，這裏也有，那大傢伙一定來過了，踩着雪來的。腳丫子這麼大，腳趾頭這麼長，要是碰上了，有多少人死多少人。」

他又被嚇住了，臉色蒼白，連聲音都顫顫的。

安寧看見了那腳印，上面沒有雪，和人光着腳留下的腳印一樣，並不大。不知場長爲什麼被嚇成那樣，也不知道這個大傢伙和汽車兵在路上碰到的那個「畜牲」，是不是一個野物。

「這個絕不是熊。」場長用手摸了摸那腳印說。

安寧不知道熊的腳印和人的腳印是不是一樣。

「要是獵到它，我們就不愁煤油燒了。還能有酒喝。它一定是個大傢伙，你看，西面的石牆被它扒了一個大口子，一定是它夜裏幹的。像我們這種馬架子房，它用屁股一坐就坐扁了。」

安寧看見西面的石牆眞的倒塌一大截。從那裏可以望見尼帕拉山，山上的雪光藍瑩瑩的，燦爛奪目。天像裂開了一樣亮。那亮光像在呼喚什麼。

「不知道它是不是從哪兒闖進來的，還是逃走的。」

「它像你說得那麼巨大，幹嘛還要逃走？」

「什麼野物也怕人。其實人這玩藝兒也是野物。」

他又看了看離他身體很近的那些腳印，帶着抑制不住的顫抖，叫開了所有的馬架子房門。

由於恐懼帶來的興奮，人們都湧到河灘上去看狗。從狗吠的方向，又向山口那邊的黑樹林子張望。好像看見什麼了，又什麼也沒看見。

安寧是什麼也沒看見，只聽見林子的風從這邊響到那邊，又從那邊響到這邊。

那條毛色油亮而又極其溫順的狗，這時變得極其兇猛，渾身的毛都抖起來，尾巴像鞭桿一樣向上挺立着，但叫聲卻顯得極其悲涼。它一會嘶叫着突然跑過河去，濺起一片水浪。一會兒又緩緩地退回來，把叫聲一陣一陣送到天上。

「去試試運氣！」

場長說了一下，就去找柴禾，在河灘上的涼棚裏點起火來，然後所有的人都一個一個地從火堆中間走過去，臉上充滿了向戰場開拔一般的莊嚴。

安寧沒「跳火」，也沒跟着那條狗，跟着那羣人發瘋一樣衝過河去。

只有她和啞巴在河邊上看着。

他們望着山口那邊的黑樹林子，等了一天也不見那些人回來。

天黑的時候，安寧以為啞巴回伙房去了，但又一直沒看到伙房的烟囱上冒出煙來。河邊上就只剩下了她一個人。

她一直等到天亮，那些人才回來。有幾個人是被擡回來的，臉上身上都是血肉模糊的傷口，好像經歷了一場可怕的搏鬪。雖然他們並未獵獲那個大傢伙，但傷口證明了他們的努力，他們試過了自己的運氣。

場長傷得很厲害，血不斷地從衣裳裏泅出來，但他不讓安寧動，也不吭一聲。也許他知道看也沒有用，叫也沒有用。

他說話的時候不睜開眼睛，那聲音好像從地底下傳出來：「日他奶奶！遠處看見它就像一座山，結結實實的大山，走近了才看清它是活的。山是活的，你知道嗎？山是活的。我沒想到讓山咬成這樣。」

忽然他把手揚起來，顫顫地搖動。「你過來。」安寧走過去。他拉住安寧的手說，「孩子，你要好好活着。咬住牙活着。我跟你說是眞話。這兒的人都在好好活着，只要活着。只要活着你就看見這兒會變成一片海。這是眞話。這兒的人沒一個不知道。只有你，你就相信我這個老頭子一回吧。」

十年以後安寧才明白場長說的確實是眞話。怪不得這裏的人都那麼頑強地活着。只要活着。爲了心裏的那一片海活着。碧藍無限的輝煌的海。

這是安寧聽見他說的最後的話。

在場長睡過去以後，人們開始收拾他們拖回來那條英雄的狗，圍着涼棚下那堆火的餘燼，很快就把狗肉吃光了，連狗皮也吃了。安寧猛然發現他們都眞的變成了另外的一些人，手上和臉上生長許多土黃色的毛來。他們目光呆滯地望着河那邊黑色的林子，白色的山峯。開始只是悶悶地望着，像一塊一塊石頭一樣一動不動。後來，突然一齊發出狗叫的聲音，一齊向那黑色的林子白色的山峯呼喊。

這要吞噬一切的聲音是猩紅色的，雲霧滾滾地在河對面的半空裏飄蕩。

安寧驚呆了，心裏有說不出來的痛苦，卻沒有一點恐懼。

忽然她的喉嚨也刺癢起來，一種莫名其妙的感覺向四肢擴散。隨着心裏猛地一抖，她也情不自禁地對着那片林子和那片山峯呼喊起來，也一樣是狗吠的聲音，也一樣是猩紅色的。

響成一片的呼喊聲，一直響到天上去，在天空中爆炸開來。地和天一起顫抖。心也跳得咚咚的，都聽得見，好像在體外跳，也響成一片。

按說廟地裏這般喊叫，天上是要落雨的，但雨一直沒落下來。

十年以後或許還不到十年，雨終於落下來，這裏成了一片海，沒有形狀。天在海裏，也沒有形狀。

文論兩則

從植根於「文化岩層」談起

好像什麼都有「根」，如果把根理解爲發生或來源的話。玻璃杯的「根」是石英，在礦床裏；河的「根」在地下；人的「根」是猿，猿的「根」是魚，魚的「根」是單細胞生物。就是地球也有「根」，太空中的灰塵。而且還有各種各樣的尚未窮至的「根說」，例如地球是不是太空中懸浮的灰塵形成的，人是不是由單細胞生物，經過魚、猿演變進化而來的。眾說紛紜，至今還沒有一個定規的結論。因此，各執一詞或莫衷一是，也沒什麼了不起，它或許就是我們常說的那種人類認識上的「局限性」。

人類的認識進程表明，任何一種認知意向所產生的分析架構，對客觀事物或整個客觀世界的觀照，都有自己的「方位」、「角度」，只能觀照客觀世界的一個面相或幾個面相，卻不可能同時看到「全部」。因爲受到這種認知意向、「方位」、「角度」甚至「層次」的局限，人類爲了獲得對客觀世界較全面的認識，就要不斷變換認知意向的角度或用幾種不同的認知意向角度同時進行觀照；而每一次不同認知意向的觀照，都會使它得到一種新的關聯或得到一重新的意義。還因爲每一種認知意向都有一種「組成力」，都可以發現事物的一種內部結構。不同的認知意向所發現的內部結構也是不同的，只能更接近「本質」，或曰某一種規律性，也不可能是「全部」，「整個兒的」。

卽使是這樣也沒什麼了不起，因爲人類不可能超越自身的認識階段，但發展着的人類認識會得到越來越多的自由。

人類的認識活動其實是對人類自身的一種加工或曰改造。人類的認識活動，包括生產方式、生活方式和情感方式，知識的積累、人工製造的環境以及不斷進化着的人自身，都屬於文化。而不同的文化對人進行不同的設計，也就是對人的加工或改造方式不同。這種設計方式、程序、系統，就是文化心理結構，也可以叫做「文化潛意識」。叫它「文化潛意識」，按照榮格「集體潛意識」的說法，因爲它是積澱在心裏的「文化岩層」。它是與生俱來的，它又先於個體，體現爲民族集體或社會集體的共同特徵；它也有自己的規律，是這個集體人的思維方式和行爲方式的「根」。就因爲它是積澱在集體心理的「文化岩層」，是這個民族或社會集體經驗長期積累而形成的「潛意識」，必須進行「考古發掘」才能發現其內部結構，而這種「考古發掘」不單純是「釋夢」、「精神分析法」或人類學、民族學、歷史學甚至比較神話學的諸種方法來進行，極爲重要的——也是它的意義所在，是對它的「現在性」的認識，即從現實日常生活的「生活相」中尋找直接研究的資料，進行「歷史的」研究。

從另一個角度來說，任何一種文化都有它獨特的文化行爲。這種日常生活的文化行爲的脈絡關係就是文化行爲的「結構」。雖然在日常生活中表現爲這個集體中每一個人的「生活相」，總是有所差異的，但不論其差異多大，都可以找到該文化的歷史過程的規律性，即找到心理構成的基本元素，找到那種體現爲「集體表象」的「集體潛意識」。也就是說它是從「活世態」入手進行研究的，而又服務於現實的。比如：請客吃飯，見面打招呼「吃過了沒有？」朋友之間相聚或者要辦什麼事，至少要吃一頓。這好像也是有傳統的，辦紅白喜事、拜祖宗、祭鬼神、掃墓都少不了食物。這種「生活相」表現爲集體的習俗，其實也是一種心理，如若我們從文化源流上進行一點考古發掘，和「民以食爲天」、「治大國者曰烹小鮮」的思想相聯繫着，體現爲一種「食」的民生觀。固然世界上所有文化集體都必須食而生存，但並不一定像我們這個集體對食抱同等態度，以「食」爲天，又「吃」的這麼發達。再舉一個日常生活中的例子來說，我居京數年，一直在一個清淨的四合院裏。院裏有二十五戶，鄰里相處也一直很和睦。忽一日，我家中發現了耗子，屋裏有，廚房裏也有，夫人很不安，催我去問問隔壁王大媽家是否有？我去問王大媽，王大媽說有，並問我家是否有？我答有，王大媽「噢」了一聲回屋去了。我仍不放心，又去問李大爺，李大爺也說有。我回去告訴夫人，夫人的心猶如一塊石頭落地，感嘆道：「我想不能就我們一家有！」照此心理，如若有一百隻耗子，每戶四隻平均分配，這樣大家心裏就都踏實了。「不患寡而患不均」嘛。我把這種心理稱之爲「耗子平均心理」。如果溯本求源，恐怕先哲們早有指示，加上上千年的歷史經驗，在我們這個集體心理中已經成爲一個規律。目前經濟改革的阻力，如果我們每一個人從自身尋找，這種心理便是阻力之一。

我們這個集體其實是世界上一個最現實的集體。這個集體的文化並沒有一個超越人世間的「天理」，而所謂的「天理」，都不過是人倫、社羣、集體觀念的理想化的「人理」。這種超越意向的缺乏，與幾千年來我們這個集體整個文化心理結構的超穩定性相關聯繫。很多東西都是「永垂不朽」的。

我們這個集體的文化其實是很複雜的，也是進行過多次「雜交」，也是絢麗多彩的，也是非常偉大非常輝煌非常悠久的，也有很多的東西應該永垂不朽。從縱向發展角度來看，在這個集體（主要指漢民族）的文化心理結構中，儒道兩家思想占據極其重要的位置，也可以說是這個結構的基本框架和基礎。如若從橫向——東西方文化比較上看，西方文化結構呈現的是以自我爲中心、以人爲模式的來不斷地規範客觀世界又不斷地進行自我設計，具有動態的「目的」意向性；而我們這個集體的文化結構則具有靜態的「目的」意向性，在個人身上造成的意向是「天人合一」，以「安身」與「安心」來尋求與自然與社會的相一致，「少知寡欲而不亂」，實行「己所不欲，勿施於人」的忠恕之道和「不偏不倚」的中庸之道，來維持整個社會文化結構的穩定與不變。這種穩定與不變，表現爲一種「超穩定體系」的狀態。雖然，我們這個集體幾千年來不斷地改朝換代，但始終是儒道爲宗，那套「六經」亦被士大夫們注解了幾千年，成爲「修身」、「齊家」、「治國」、「平天下」之本。如若從審美心理上來看，儒家的孔子則強調以「誠」爲本體，「誠者，天之道也；誠之者，人之道也。」

既是絕對的眞，又是必然的善，這樣才可「近仁」，「剛毅木訥近仁」。而道家從陰陽兩個方面，強調「不盈」和「無爲」，「見素抱樸」，達到「忘適之適」的境界。儒道兩家從入世與出世兩條渠道，相助互補，走向與自然與社會的積極或消極的合作，以達到化生和自現。也就是說，以這種儒道思想造成的漢民族的文化心理結構是封閉型的。在這個封閉的結構中，做爲一個集體人而存在，只能是自我修養、自我調節和自我完成的與社會與自然相一致的同化同在。這樣同化同在所造就的陽剛、陰柔、拙樸、喻諷、滑稽等美的範疇與西方美學中優美、崇高、悲劇、喜劇等範疇，雖具有許多共同性，但也有區別，鮮明地體現了我們民族文化的特異性。

當然以上對我們這個集體的文化心理結構的考察與分析還是很浮淺很簡單的。很明顯的是，我們這個集體以黃河和長江爲主要發源地，五千年來在物質世界和精神世界所創造並積累的所有的文明，是一個極其豐富、極其複雜又極其龐大的體系，對它進行科學的考察與分析的方法，就目前來說，應該運用系統論、控制論以及結構主義的方法。首先是要把我們這個集體所創造並積累以及正在創造並繼續積累的文化看成一個有機的整體，其各個部分都是相互關聯、相互影響又相互制約着的，對其各個部分的考察都應該從整體的角度進行系統的、動態的、內部深層結構的研究，這個研究工作本身就構成了一種「文化工程學」。它應考察五千年歷史對我們這個集體的心理積澱。五千年歷史和文化是個多元因素的結構體，造成我們這個集體的心理也是個多元因素的結構體。因此也可以說是歷史和文化積澱着我們這個集體獨特的「人的本性」。而結構主義的方法，則是考察一種結構在不同領域中可能性的擴散。這種方法並非是因果關係的求證，把一切現象都還原於一種起因上，整理出一個來龍去脈，而是在這些表面現象底下尋找它的內部關聯性，擴散的可能性，以及擴散的形態，也就是找到現象內部關係的結構，或者叫做文化編碼及其編碼方式，並證實這個「結構」是我們這個集體人自身被結構的方式，也就是其人被設計的樣子。

這樣人都是做爲歷史的人和社會的人而存在的，其思維方式和行爲方式都逃脫不了我們這個集體的文化心理結構。亦是其思維方式和行爲方式必須體現這種文化心理結構的設計和制約，體現這種「集體潛意識」。

從近年中國文學的現狀來看，許多作品也包括我自己所寫的作品中的人物，看不到「他們」做爲一個自然的人、一個歷史的人、一個社會的人那種獨特的、深厚的文化底蘊，因此，也就看不到這種文化底蘊所形成的人物形像的豐富內涵，也很難達到應有的歷史高度。

尋其原因，則在於作爲一種具有人生力度和歷史縱深感的美學追求，作者缺乏對文化背景清醒的認識，對傳統文化心理結構的理解，起碼也是在文化問題上存在簡單化的傾向。

或許就是這個原因，有一些中青年作家提出了「文學之根」這個問題。或主張從文化背景來把握或判斷人們的思想感情與理想價值的變異；或主張在深厚的民族傳統文化的基礎上尋求民族的自我，把握無限的人世和有限的人生；或主張開鑿自己腳下的「文化岩層」，寄託在時代際遇中對民族命運與個體人生價值的思考，等等。大都企圖使自己的作品和作品中的人物，浸潤強烈而又濃厚的文化意識，深化並拓展作品和人物的內涵。

這種反思與探索，應該承認是當前創作走向縱深的一個值得注意的現象。也的確在表現出這樣一種傾向的作品中，一方面由於注重了現實人的潛在的文化心理構成，有所克服作品中對歷史人生思索的膚淺；另一方面這也是對極左思潮所造成的文化虛無主義的有力的批判，對那種機械的反映論、狹隘的階級論以及簡單的經濟決定論的深刻的否定；還有，它也同時造成了一種由於自身文化構成的多元化的美學風格多樣化的局面。

這種表現在美學理想上對歷史的反思和對傳統文化心理結構的探索，絕不是一種簡單的「回歸」和「復古」，或躲進洞穴山林中去，或躲進儒道禪宗、易經八卦中去，或回老家尋祖廟祖墳，甚至回到奶奶的懷抱中去；也不是簡單的「拼貼」，從民俗、民間藝術、地理歷史的「鞋樣兒」、「煙袋墜兒」或者故紙堆裏、碑銘墓闕上找點玩藝兒，湊湊熱鬧；更不是要逃避什麼，把自己隱逸起來的自我感嘆。他們努力追求的是眞正的民族風格和民族特色的體現，對民族文化重新認識和重新發現的對象化的體現，是審美意識中潛在的文化因素和潛在的歷史因素的甦醒。因此，應該說當前創作中對民族文化繼承和揚新的醒悟，是一種走向成熟的表現，而且許多作家也在不同程度上取得了成功，如汪曾祺的《受戒》、《雲致秋行狀》等頗具道學意味的小說，高曉青的《錢包》和《漁釣》，王蒙的「在伊犁」系列篇，鄧友梅《尋找畫兒韓》和《煙壺》，陸文夫的《美食家》和《井》，陳建功的《談天說地》，張承志的《黑駿馬》和《殘月》，烏熱爾圖的鄂溫克生活《琥珀色的篝火》和《馬》，王安憶的《小鮑莊》和《大劉莊》，賈平凹的「商州」系列，劉心武的《鐘鼓樓》，阿城的《遍地風流》，李杭育的「葛川江」系列，扎西達娃西藏風情的魔幻小說，等等，完全可以拉出一個很長的名單。這些小說都從不同角度或不同層次上探究了我們這個集體的傳統的文化心理結構，體現了生活於今天我們這個集體的人積澱於心理中的歷史和文化，體現了這種民族心理素質的獨特性以及這種獨特性的穩固性，並進一步表現了這種潛在的文化心理所決定的集體人認識世界的基本方法、基本的思維方式和行爲方式，達到了一定的人生歷史的高度。

雖然我不敢說這種對我們這個集體的「文化岩層」進行開掘的小說探索已經取得了絕對的成功，但我們可以看到它相對於缺乏民族文化素養的那些小說提高和深化創作的價值與意義。

以上所述，其實只是當前小說創作探索的一個方面。而且對未來小說的發展，它可能只是一個過程，一種認知意向或一個必不可缺的發展階段。因爲人們對歷史反思和對傳統文化的反思，都不可避免地受到歷史的局限，受到傳統文化的局限。但對此，人們並不自覺，因爲個人自身的文化心理構成限制了人們的認識。從總體上來看，這裏面也隱藏着時代的局限，甚至任何人也不可能超越這種局限。

這樣，我們可以頓悟到僅僅把文學植根於「文化岩層」上，或使其具有文化背景還是遠遠不够的，也只能說使我們的文學走向世界有了一個基礎。它必須具有一種開放的眼光，必須和世界文化進行交流，必須具有現代精神。也就是從整個世界現代科學文化中汲取力量，也就是說不僅要向「後」看、向「裏」看，更重要的是向「前」看、向「外」看。這兩者之間相互補充，以達到內在滲透的相互結合。進行東西文化大交流，實際上從二十世紀初就開始了，中國人從西方獲得科學精神和理性主義，拋棄了傳統文化中的玄虛；而西方人從東方獲得了物我合一的神秘主義，動搖了他們以自我爲中心的理念「邏輯結構」，都使傳統文化獲得了新生。因此，我們要徹底擺脫極左思潮和狹隘的傳統文化觀的局限，就必須在現有文化所構成的思想方法中，尋求新的思維範式，從封閉性的思維結構走向開放性的思維結構，繼續鞏固思想解放運動的成果，開拓我們的思維空間，用現代科學發展的最新成就來豐富自己。

地球是個圓的已沒有爭議，但地球是一個整體，整個世界文化也是一個整體還不能說都具有清晰的認識。我們人類發展的幾千年，在地球史上是短暫的，就是在人類發展史上也很短暫；相對於青銅器時代，我們人類今天已進入了文明時代，在整個人類發展史上就很難說進入了人類眞正的高度發展的文明時代。因此，哪個民族固守自己的傳統文化都是不行的，不僅以現代科學發展的思維成果來重新審定傳統文化，才能使古老文化獲得新生，而且在整個世界文化進行廣泛深入的比較交流中，才能眞正認識到傳統文化的價值。

東西方文化交流其實很早就開始了。在文學創作上大規模地進行交流，應該說是「五四」時代。那個時代的作家義無反顧地拋棄了傳統文化，雖然由於其片面性給他們的創作成就帶來一些影響和損失，但由於他們從西方文化中獲得現代世界的思想意識，使中國文學揭開了嶄新的一頁。正如有的理論工作者指出的，他們的行動爲我們揭示出這樣一個趨向：「中國的新文學創作，完全可能出現現代意識與民族文化的融匯，這也許能成爲我國文學成熟的標誌之一。」

這話說得挺棒！韓少功同志今年五月給我來信，回述了去年十一月在杭州開會的一些話題，他說，我們都有過大致相仿的徘徊，然而總是瞻前顧後找不到完美。你還是不要「收」（指我的那組「異鄉異聞」），注意用現代意識（哲學的和審美的）來處理材料就行了。我們在古籍或古蹟中尋找，一是彌補我們材料的不足；二是可使我們浸染些民族氣韻。我想創作上極爲重要的是：現代觀念和傳統文化。有了這兩個支點，中國文學方能走向世界……少功這番話也挺棒。他道出來的不單是個人的看法，也是我們這一代立志於探求的中青年作家的看法。也就是對於找到自己文化根基的中青年作家來說，得失成敗的關鍵在於具不具備現代觀念。

現代觀念不是屬於哪一個民族的。它是代表着整個人類的認識水平，是整個世界科學技術發展帶來的對人類自己和客觀世界的認識水平，也是人類現實生活中思想觀念最新的因素。這種觀念進入到文學，就會使你的思維方式、感受方式和藝術把握世界的方式變了，也就是說使你認識自身並認識世界的眼光和心理變了，使你處理材料的眼光和方法也變了，而且它對於我們從更深的層次上來認識民族文化與我們的文學創作提供了一個更新的更高的基點。從總體上來說，不這樣變是不行的。經濟開放已經打開了吸收外來文化的大門，而且世界科學文化的發展也必將打開一個一個封閉着的大門，走向更廣闊更深入的交流。

目前世界和我國科技革命的發展，科學技術的許多新成就已經向我們的傳統文化、傳統思維方式和行爲方式提出了挑戰，連生活方式也要「換」一「換」了（我把它叫做「換一種活法」）。文學創作處理材料的眼光和方式怎麼能還固守老傳統呢？不僅是要求我們對材料用開放性的眼光進行研究，對自己的藝術把握世界的方式進行反省，就是材料本身所包涵的歷史因素、文化因素和心理因素，不運用新的觀念和方法（包括系統科學的方法論）很難得到新生，很難找到新的感受和有生命力的結構，也很難開掘出前人未曾開掘出的內涵。因此，你在材料中找到了文化根基，如果沒有現代意識所體現的現代觀念的指導、觀照和審定，它仍然是一堆沒有生命的材料。

最後我想說的是，我們每一個作家要更新自己的思維方式和藝術把握世界的方式，要更新自己的知識結構，必須滿懷熱忱地投入到當前經濟改革和科技革命的洪流中，「隨着時代走」，只能在時代的變革中才能變革自己，只有不斷變革自己才能獲得具有新的認識水平的現代觀念。有了現代觀念和民族文化這兩條腿，並紮紮實實地走下去，中國文學走向世界的希望才能現實地投入我們的懷抱，未來才能是另一個樣子。

一種把握方式：生命的體驗

我在寫作《老棒子酒館》那些「異鄉異聞」時說過：我不關心人們創造了多少物質財富，關心的是他們在創造財富的同時怎樣創造了他們自己。也就是說，我關心的是他們怎麼活着和怎麼死去，那些迷醉得近乎殘酷的生死愛欲的故事，種種生命現象和生命過程。換一個角度說，我關心的是他們的世俗人生。我也從不諱言，「飲食男女」，一個「吃」一個「性」，自有人生理解的一種通脫，也是文化之始終和文學之始終。《朱子語類》卷十三，「問：『飲食之間，孰爲天理，孰爲人欲？』曰：『飲食者，天理也；要求美味，人欲也。』」因爲文化就是人的生存形態及其演化，就「在人們習焉不察的衣食住行中，在最不經意的『洒掃應對』、『日常起居』——尤其注意人倫日用的中國。」而文學就應該開掘這一部分文化蘊涵，表達對愛欲和死亡本能的體驗，對生命過程的體驗。

在文化傳統注重人倫日用的中國人眼裏，不僅禪是一種生命體驗，養生之術是生命體驗，「食色性也」皆爲生命體驗。郁達夫有「飲食男女在福州」以俗爲雅的人生享用的洒脫，梁實秋終老不忘「故都小食」那些有生命的感覺，老舍在《駱駝祥子》中寫到祥子於吃中對生命的覺悟：「熱湯像股線似的一直通到腹部，打了兩個響嗝。他知道自己又有了命。」還有阿城《棋王》中的王一生對吃食的興奮、珍視和新奇。

在外國人那裏，柏拉圖主張從生命的底蘊處獲得藝術創造的內驅力，「不失去平常理智而陷入迷狂，就沒有能力創造，就不能做詩。」十八世紀意大利學者維柯在研究形象思維的原始性時說得就更爲直接了當了，他認爲原始人「在他們強壯而無知的狀態中，他們全憑身體方面的想像力去創造」。所以黑格爾說：「希臘人的藝術並不只是一種裝飾，而是生命攸關的必須滿足的一種急需。」正是這種源於生命的「急需」使得希臘藝術成爲歐洲幾千年來藝術精神的重要母題。因此塞尙在其風景名作《聖·維克托山》中，體驗了自己在嬰兒時期同母親的關係，人自身與外部世界的關係，一個生命體與另一個生命體的關係。凡·高說他的每一幅畫都是這種心理體驗過程的產物，「我的作品就是我的肉體和靈魂」。到了二十世紀，由於工業文明和兩次大戰造成種種異化的事實，現代文學對人類生存處境和精神世界的關注和探討，主要表現在對於人生體驗的困惑和矛盾。從心理平衡的喪失到尋找自我的過程中，海明威《白象似的羣山》和《乞力馬扎羅的雪》、卡爾維諾《一個分成兩半的子爵》、勞倫斯《查泰萊夫人的情人》、福克納《喧囂與騷動》，都是這種自我分裂，內心平衡失而復得、得而復失的體驗過程。

由此我們可以看出，屬於社會體驗的那一部分人生體驗，仍然是一種被動的外在的經驗認識，而體驗的主體和實質是人對自身有限生命和價值超越的不斷認識。它不是對某一眞理某一思想的認識完成過程，而是人的心靈歷程的完成，生命意識自覺和深化的過程。維特根斯坦說：「我們覺得卽使一切可能的科學問題都能解答，我們的生命問題仍然沒有觸及到。」中國在結束了長達十年的動亂之後，中國作家在畸型的現實面前，痛定思痛才醒悟到人的尊嚴、人的權利、人的價值和我們的生命問題。然而在裏面曾付出了多麼巨大的犧牲和代價。因此，對生命問題的發現、關注、探索和昇華，才是眞正意義上的本體意識。生命認識的完成過程，也是情感體驗和理性昇華的過程，也是由微觀的個體生命，進而認識宏觀的人類整體生命的過程，也是由生命的有限進入生命的無限的過程。對這個過程的體驗的表現是文學的生命之歌。

重要的是生命意識，藝術源於生命的必需，現代藝術越來越強化生命對這種必需的依賴，以及生命觀照的「具體化」過程。因此，把生命體驗作爲把握對象世界的基本方式，從進入二十世紀以來，是對主觀就是主觀，客觀就是客觀理性主義認識原則的一個挑戰。人們發現，絕對理性主義追求的客觀眞理，往往是理想的各種變體。誰都不是按照世界本來面目行事，只能是按照自己對世界的理解行事。因此，理性主義認識原則下的文學，只是把作品當作一種手段或一種工具。卽使是被保羅·薩特稱之爲「辯證理性」的文學，也只是作家主體意識的對象，作家感覺外化的「第二形象」。它還不能使作品成爲一個自在、自爲、自律的自足體。作爲自足體，它就是它本身。它不以反映客觀世界爲天職，也不以表現主觀世界爲己任。它甚至不是形而上的，沒有抽象主義或超現實主義那種超驗性，其藝術魅力在於作品本身的技巧和形式。正如〈別了，舒婷北島〉，從此告別了「朦朧詩」的第三代詩人。自我和意識在朦朧詩人那裏是一回事，「表現自我」是「朦朧詩」的旗幟。而第三代詩人自我和意識是分離的。自我世界的存在不只是「我的感覺世界」的存在。在他們那裏物不再帶有

「人」的特點，而是人帶有「物」的特點。人以及「自我」如同鼻煙壺一樣在手中把玩，甚至使生命具有戲謔的欣賞意味。我不再「表現我」，「我」反而成了「我」的觀照對象，將「自我」放在「我」之外進行審視。也就是說：「我自身旣是『觀看者』又是『被觀看者』。我自身觀看着自己，摸着和被撫摸着的，這又都是一個自己。都是通過觀看者內在地成爲被觀看者而達到的一個自己。」（莫·彭蒂的《知覺現象學》）這個自己是一個自足體，是整體性的，是內在生命的顯示，各種因素都是不可抽離出來的。它體現了一個時代的經驗。它使處於人類共同困境中的生命充滿了悲劇性。這種「觀看者」和「被觀看者」都是「一個自己」的表達方式，在新潮小說作家那裏，通常是種種看似荒唐的生命體驗。像張辛欣所寫的〈封片連〉中的司徒懷，此「大玩主」無所不玩，還樣樣「都要玩得淋漓盡致」，甚至「拿命來玩」。這種充滿豪興的玩法，不便說是創造新的生命意義，至少可以說是擴充生命內容的體驗。還有余華的〈一九八六年〉，敍述歷史悲劇「文化革命」中，一位歷史教師被一羣「紅衛兵」揪走而從此銷聲匿跡，他的妻子帶着三歲的女兒改嫁他人，當「文化革命」已成爲一堆歷史廢墟的一天早晨，嘈雜的城市街頭出現了一個「瘋子」，這個「瘋子」在衆目睽睽之下，對自己實施我國歷史上最殘酷的刑法：墨、劓、剕、宮、大辟。使觀衆中一個已經不年輕的母親感到震驚和恐怖的是，這個「瘋子」在自己身上進行古刑法實驗，不動聲色，彷彿是一個旁觀者，彷彿是對他人實施種種殘酷的手段。在這裏，「觀看者」和「被觀看者」都是「一個自己」。作爲「死亡主題」的小說，余華的〈一九八六年〉在新潮小說中是不多見的。當然對我們習見的被視爲正常的人性來說，也是一種冒險。然而他卻讓我有機會認識了一種「死亡的存在」，也無疑提供了一次讓我們有幸窺見生命的契機，這也就構成了它自身的一種意義。

「因此，無論是內向體驗，尋找人的內部世界的心理平衡，還是外向體驗，尋求人與外部世界的和諧，都從總體上表現了對人類共同困境的認同，表現了自我的分裂和生命的深刻，它實質是使文學眞正成爲生存的體驗。依照王蒙在〈文學三元〉中的說法，文學不僅是一種社會現象，也不僅是一種文化現象，「這裏要說的是，文學又是一種生命現象。」「文學像生命本身一樣，具有孕育、出生、饑渴、消受、積蓄、活力、生長、發揮、興奮、抑制、歡欣、痛苦、衰老、死亡種種因子、種種特性、種種體驗……文學的三個稜面統一於作爲文學主體與客體的『人』的身上。什麼是人，是社會的人，文化的人，是有生命有生有死的人。」這裏所謂的生命現象、生命意識和生命體驗，指的是有生有死的人作爲個體存在和個體存在的短暫性與不可重複性，以及個體存在的形態和方式。作爲個體存在的生命的悲劇性在於，生就注定要死，從生到死是一個有限的過程，在這有限的過程中，雖然生命是一個奇蹟，內心是一個可以逃避的空間，但被關閉在自己不能選擇的歷史環境裏，我們的災難是永遠無法超越這一境況對我們的決定。不論是承認生存實在，體現爲憂患意識，肯定生命的價值和意義；還是承認生存實在，體現爲自我分裂，褻瀆生命的價值和意義；都是在非假設性前提下不同生活方式和支配着這種生活方式對生命存在性和體驗性的理解。

在創作中，作爲體驗過程的文學，作家的藝術把握方式其實是一種觀點或一種態度。諶容的〈減去十歲〉、馬原的〈岡底斯的誘惑〉和張承志的〈金牧場〉，都體現爲對生命的頌揚，對生命活力和種種特性的追求。在他們眼中一切就是生活，一切就是生命。然而在更年輕一代作家那裏，生命不再是歷史主義的理解和理性主義的肯定。自身生命的更新和現實選擇的可能性，是在無拘無礙中實現；而某種精神深度的獲具，因爲人所面臨的困境，只能建立在自我分裂之中。余華的〈十八歲出門遠行〉表現「我」在出門遠行時錢物被洗刼一空又找不到旅店，只好在那輛破汽車裏過夜。最後「我」在無家可歸的饑寒交迫中才悟出「出門遠行」就是這麼回事，「我」青春的騷動或許本身就沒有目的，「我」的歸宿就在自我封閉的心裏。於是存在失去了本質，目的就在過程中，生命的意義就在過程的體驗裏。余華用一種自白的方式體現了對自我的域外審視和對生命意義的褻瀆。而史鐵生將生命注入小說，在〈命若琴弦〉中講了一個老瞎子和小瞎子的故事。在其命運假設性的過程中，通過終生不懈又一代接續一代的努力，通過超越一切的昇華，達到一種超度自己也超度歷史的大徹大悟。正如朝聖者在朝聖路途上所獲得的體驗和頓悟一樣，體現爲生命本身的人生意味和生存狀態，進入「梵我合一」的人生至境之中。

「以人的主體性」爲形象思維結構的中國當代小說，在呼吁人性和人道主義復歸，對人的尊嚴和價值進行探索的創作中，呈現出作家對社會空間貼近和疏離兩種審美思維傾向。一大批社會問題和社會心態小說的出世，體現了作家們日愈深重的社會責任感和民族憂患意識。而另一部分作家則對社會生活的審美由外部世界的表層走向內心世界的意識深層，對社會歷史的政治判斷轉向人性人情人之道的自我反思，從表現審美主體自我心靈歷程之中折射出社會與人的變遷。在這裏，作家的主體意識不僅指作家自我情感的釋放和表現，也包括對審美對象內心情感活動的關注與探測。因此，作爲美感心理的情感機制，不再簡單地分成善惡美醜兩極，它除了人的自然屬性的人性情感，還包括文化意義上的（如道德、政治等等）

社會情感。「凝心反思，靜思反照。」這就是由審美客體的再現與觀照轉向審美主體的情感內省與體驗。這種「自我感悟」的情感體驗。用劉再復的話說，如果「不是受自己意志的支配，而是受到充分調動起來的主體潛在力量的支配，並沿着潛意識的導向前行……自己就完全進入一種超世俗的神秘境界之中。」他把它稱之爲「情感的高峯體驗」。而這種「情感的高峯體驗」，就是生命的體驗。這種「乘物以游心」，目的和理想使其生命過程變得輝煌而美好的小說有洪峯的〈生命之流〉和〈奔喪〉，喬良的〈陶〉和〈靈旗〉、阮海彪的〈死是容易的〉，還有葉曙明的〈環食〉和〈空城〉、孫甘露的〈訪問夢境〉、趙伯濤的〈生命之卜〉以及格非的〈褐色鳥羣〉和〈大年〉等。他們在還原歷史面貌的意象性和物象性的同時，把創作看作是對生命意味的體驗，沈浸在對理性模式超越與語言形式和敍述結構營造的快感之中，把作品看作本體論意義的存在，力求在完成作品的同時完成自己。即使是自己和自己做戲，自守一份赤誠地把玩自己或暴虐自我，也是一種完成。

綜上所述，我們把新時期小說可以分爲社會主題、文化主題和生命主題三個類型或曰三個層面。生命主題小說就是以生命爲對象，以生命體驗作爲藝術把握方式的小說。生命是由生到死的一個過程，十億人就有十億個過程。人對生命的自覺，是在認識到生命短促的痛苦的過程中認識到永恒的。既然人處於生命短促這樣一種永遠也不能逃避的痛苦之中，那我們就不能逃避對生命現象的種種體驗。把生命體驗作爲一種藝術把握方式的小說，和社會主題、文化主題小說的區別主要在於：生命主題小說具有強烈的過程決定性。珍視生命之短促，珍視現時現世的「一瞬間」，視生命過程就是欲求的過程，對自身感悟和昇華的過程，並認爲這一過程規定了人的全部含意。它甚至以性愛作爲這一美好追求過程的象徵，無論其形式（肉體）還是內容（愛欲），都展示出一種超越背景的活力和智慧。因此它亦是超越死亡的過程。它在發現和尋找擺脫人類一切困境的機會和可能性，以實現自己的價值和意義。並明確地表示，人類無數的努力，只能一次一次地接近這些價值和意義，而絕不可能窮盡這些價值和意義。它關注的是現時和現世生命存在的形式和存在形態，並把生命意識推到生命意志的高度，從而煥發出輝煌的生命美學光芒。相比之下，社會主題的小說其中所表現的現實性，實際上是一種歷史主義，把對歷史的思索和總結作爲對象。在東西文化比較背景下出現的一大批「文化尋根小說」，主要體現爲這些青年作家們的民族責任感和歷史責任感，對本民族文化的張揚和對本民族歷史的觀照。在這種觀照的背後所表現的是對大一統傳統文化的共同懷疑，構造一種新的文化觀念性。也就是說，統治中華民族幾千年的傳統文化對人性是壓抑的，但也正是這種本民族的傳統文化滋養了青年作家們的「尋根」熱情。雖然「尋根小說」也寫出了一個個悲壯的生存形態，但大都依賴的是文化人類學和哲學，正像社會主題小說所依賴的社會學和歷史學一樣，仍然沒有完成對先驗的理性模式生離死別的超越。正是由於生命目的就在於生命過程本身，死之終點是由生之過程的狀態決定的。人生意味的追求過程便是人生的全部內容。也正是出於這種過程的決定性，在文化主題小說中表現爲文化，在社會主題小說中表現社會歷史，在生命主題小說中只能表現爲對生命現象的感覺和體驗，並以對過程的體驗代替對人生價值和意義的哲學思考。在這裏我們所說的感覺是有生命的感覺，體驗是一種整體的把握，即是把客體視爲與主體爲一體的有機的整體來進行審美觀照，也是一種整體的直覺和理解。雖然生命本身包含了理性的思索與追求，理智的調整與選擇，但就生命過程來看，它是一個完整的感性過程，是不可概括和不可抽象的。因此，生命主題小說的內容，包括語言形式和敍事結構因其過程性和感覺方式的特點（感覺不是思想也不是抒情），不可能是一種理性的複述和客觀的再現。它通過感性直覺的表現力，並通過幻覺、象徵、荒誕意象的形式，來描述、釋放內心的情感，淡化理性的價值判斷。不僅使生命體驗具有不可重複和不可替代的特點，還使生命體驗具有了創造性的天地。在這個創造性的天地中，既能充分顯現出來生命現象的神秘性，又能充分顯現出來生命個體的獨特性。雖然人的生命狀態不完全等同於人的生存狀態，但生命的存在總是以一定的自然、社會和文化爲條件的，同樣，社會存在亦是由生命個體組成的文化圈。如果視生命體驗爲人類共同困境的體驗，民族的存在和發展狀態也就是一種生命狀態，歷史也就是一種生命過程。由此也可以斷言，生命的創造在不斷地催動民族歷史的發展進程。

以上是我把生命的體驗作爲一種藝術把握方式來闡釋新時期新潮小說的一種。很多青年批評家對此寫了不少文章，我從中受到極開腦筋的啟發，並借鑒了他們文章中的觀點才說出這些感想式的話來。至於生命的感性形式和理性形式，生命本身，生命意志，生命科學與文學的關係，須由專家們專文來論述，那不是我們靠寫小說來糊口的人能說清的。

鄭萬隆傳略

公元一九四四年三月，我出生在黑龍江省璦琿縣五道溝。父親是個淘金人，母親不識字。但我關於家鄉的故事都是從母親那兒聽來的。八歲那年她去世了，遵照她的遺囑，我被送到北京上學。學的是化工，在工廠當過技術員，也當過車間主任。一九七四年春到北京出版社做編輯，做過文藝編輯室副主任。現任《十月》文學雙月刊副主編。還是北京市作家協會理事。我一九六四年開始發表作品。詩散文小說劇本評論什麼都寫，主要是寫小說，至今還是個業餘作家。因爲生活對每一個人同中有異，我只想寫出我的一點人生體驗，尋求一種屬於我的藝術表達方式。

鄭萬隆著作年表

一、集子：

一九七六年　《響水灣》（長篇小說）（北京：人民出版社出版），五四四頁

一九八一年　《年輕的朋友們》（中篇小說）（天津：百花文藝出版社出版），一三四頁

一九八二年　《鄭萬隆小說選》（中短篇小說集）（北京：北京出版社出版），二六六頁，收作品十二篇：〈年輕的朋友們〉、〈妻子〉、〈嫂子〉、〈車間主任和他的兒子〉、〈泥濘路上的插曲〉、〈種子在悄悄發芽〉、〈悟〉、〈墨蘭〉、〈酸果〉、〈兩個老漢〉、〈長相憶〉、〈白樺樹下的小屋〉。

一九八三年　《顫抖的山》（中篇小說）（清苑：河北人民出版社出版），一三〇頁

一九八三年　《同齡人》（長篇小說）（遼寧：春風文藝出版社出版），三三三頁

一九八三年　《紅葉在山那邊》（中短篇小說集）（成都：四川人民出版社出版），三〇九頁，收作品四篇：〈那條記憶的小路〉、〈紅葉在山那邊〉、〈路在我們脚下〉、〈陰影正在消失〉。

一九八四年　《當代青年三部曲》（中篇小說集）（北京：人民文學出版社出版），三九二頁，收作品四篇：〈年輕的朋友們〉、〈紅燈．黃燈．綠燈〉、〈明天再見〉、〈來自大海的呼喚〉（代後記）。

一九八五年　《明天行動》（中短篇小說集）（北京：工人出版社出版），三二一頁，收作品十四篇：

〈明天行動〉、〈寂靜的山谷〉、〈奇蹟出現在那天夜裏〉、〈啊，朋友〉、〈在春天的門檻上〉、〈來自雨中的啟示〉、〈等〉、〈祁先生和他的傑作〉、〈小船飄呀飄〉、〈一個尋找海的孩子〉、〈彌留之際〉、〈有零有整兒〉、〈獺兔皮邋帽頭〉、〈在橋上，我們分手了〉。

一九八六年　《有人敲門》（中短篇小說集）（遼寧：春風文藝出版社出版），三四五頁，收作品二十篇：〈老馬〉、〈老棒子酒館〉、〈黃煙〉、〈空山〉、〈野店〉、〈峽谷〉、〈有人敲門〉、〈大冰坨子〉、〈絕響〉、〈有核桃樹的小院〉、〈腦震盪〉、〈遠雷〉、〈花蛋糕〉、〈反光〉、〈終極〉、〈同構〉、〈世紀之交〉、〈五十九歲〉、〈神秘的塔爾達奇火山〉、〈水在冰下流〉。

一九八六年　《生命的圖騰》（中短篇小說集）（北京：中國文聯出版公司出版），收作品十四篇：〈老馬〉、〈老棒子酒館〉、〈峽谷〉、〈黃煙〉、〈空山〉、〈野店〉、〈陶罐〉、〈狗頭金〉、〈鐘〉、〈三塊瓦的小廟〉、〈洋瓶子底兒〉、〈我的光〉、〈地穴〉、〈火跡地〉、〈我的根——代後記〉

一九八七年　《有人敲門》（短篇小說集）（香港：香港藝術推廣中心出版）二七〇頁

一九八七年　《我的光》（中短篇小說集）（臺北：新地文學出版社出版），二七七頁，收作品十篇：〈老棒子酒館〉、〈峽谷〉、〈空山〉、〈野店〉、〈陶罐〉、〈狗頭金〉、〈鐘〉、〈三塊瓦的小廟〉、〈我的光〉、〈火跡地〉

一九八八年　《老棒子酒館》（中短篇小說集）（臺北：林白出版社出版），二〇九頁，收作品十一篇：〈老馬〉、〈老棒子酒館〉、〈峽谷〉、〈黃煙〉、〈空山〉、〈野店〉、〈陶罐〉、〈狗頭金〉、〈鐘〉、〈三塊瓦的小廟〉、〈洋瓶子底兒〉。

一九八九年 《紙鳥》（長篇小說）（北京：中國青年出版社出版）

二、作品（期刊）

一九七八年 〈鐵石老漢〉《十月》，第一期，頁一二〇至一三九。

一九七九年 〈在春天門檻上〉《芒種》，第一期。

〈妻子——戰士〉《當代》，第二期，頁六十六至七十一。

〈在乎山水之間——廣西前線散記〉《春風文藝叢刊》，第二期，頁一七三至一七七。

〈戰友，你說下去〉（報告文學·與理由合作）《人民文學》，第五期，頁四十七至五十一。

〈火線一家人〉（報告文學）《解放軍文藝》，第八期，頁二十二至二十八。

〈在硝煙中飛翔〉《北京文藝》，第八期，頁三十三至三十七。

〈傻子站崗〉《兒童文學》，第十二期，頁一二七至一三九。

〈寫在長城上的名字〉（報告文學·與劉斌合作）《人民文學》，第十二期，頁六十一至六十六。

一九八〇年

〈酸果〉《上海文學》，一月號，頁四十一至四十七。

〈生命在春天裏孕育〉《長安》，第二期。

〈泥濘路上的插曲〉《朔方》，第六期，頁三至十。

〈九號院的「海戰」〉《山東文學》，第六期。

〈長相憶〉《上海文學》，六月號，頁五十三至六十。

〈嫂子〉《芳草》，第七期，頁二十一至二十七。

〈車間主任和他的兒子〉《新港》，第八期，頁四至十一。

〈專員和他的司機〉《芒種》，第九期，頁十八至二十五、三十一。

〈白樺樹下的小屋〉《北京文藝》，第十期。

一九八一年

〈小船飄呀飄〉《廣州文藝》，第二期，頁二十二至二十七。

〈種子在悄悄地發芽〉《朔方》，第二期，頁十至十九。

一九八二年

《年輕的朋友們》《當代》，第二期，頁九至四十二。

《路在我們腳下》《綠原》，第三期。

《墨蘭》《新港》，第四期，頁三十二至三十九。

《陰影正在消失——寫在腳下這條彎彎的路上》（電影小說）《長城》，第四期，頁一四四至一七〇、一九四。

《等》《花城》，第五期，頁一四四至一五一。

《一句彌陀作大舟》《新花》，第一期。

《啊，朋友》《中國青年》，第三期，頁四十六至五十。

《紅燈黃燈綠燈——年輕的朋友們續篇》《當代》，第三期，頁六十二至二〇七。

《紅葉，在山那邊》《花城》，第五期，頁四十二至七十九。

《奇蹟出現在那天夜裏》《北京文學》，第九期，頁二至十二。

《祁先生和他的傑作》《芒種》，第十期，頁十七至二十四。

《那條記憶的小路》《新港》，第十二期，頁四至十六。

一九八三年

〈來自雨中的啟示〉《海燕》，第十二期，頁十九至二十三。

〈那條記憶的小路〉(續完)《新港》，第一期，頁十至十九。

〈那寂靜的山谷〉《十月》，第二期，頁一七四至二〇一。

〈獺兔皮氊帽頭〉《西江月》，第三期。

〈有零有整兒〉《人民文學》，第四期，頁一〇三至一一〇。

〈水在冰下流〉(電影小說)《長江文學叢刊》，第四期，頁一一二至一三三。

〈在橋上，我們分手了〉《芒種》，第十期，頁二至九。

一九八四年

〈明天，再見！——年輕的朋友們之三〉《當代》，第一期，頁一四八至一九六。

〈明天行動〉《青年文學》，第二期。

〈同齡人〉《長篇小說》，第二期。

〈神秘的塔爾達奇火山〉《芙蓉》，第四期，頁四十九至九十四。

〈有核桃樹的小院〉《北京文學》，第八期，頁十六至二十一。

〈反光——異鄉異聞之一〉《滇池》，第九期，頁十五至十九。

〈花蛋糕〉《北京文學》，第十期，頁三十二至三十四。

〈終極〉《文學月報》，十月號，頁九至十七。

〈有人敲門〉《上海文學》，十一月號。

〈同構〉《作家》，第十一期，頁二十一至二十五。

〈世紀之交〉《新港》，第十一期，頁四至九。

〈老馬——異鄉異聞之二〉《人民文學》，第十一期，頁九十五至一〇一。

一九八五年

〈老棒子酒館——異鄉異聞之三〉《上海文學》，一月號，頁二十九至三十三。

〈腦震盪〉《北方文學》，第二期，頁八至十二。

〈這裏需要安寧〉《小說選刊》，第四期，頁一四六。

〈異鄉異聞三題之五、六、七（黃煙，空山，野店）〉《上海文學》，五月號，頁二十六至四十三、四十六。

〈遠雷〉《特區文學》，第六期，頁四至九。

〈異鄉異聞三篇（陶罐，狗頭金，鐘）〉《北京文學》，第九期，頁三至二十。

六十九。

〈三塊瓦的小廟——異鄉異聞之十〉《山東文學》，第十二期，頁六至十一、

一九八六年

〈洋瓶子底兒——異鄉異聞之十一〉《收穫》，第一期，頁五十六至七十二。

〈我的光——異鄉異聞之十二〉《收穫》，第一期，頁七十三至九十一。

〈地穴——異鄉異聞之十三〉《收穫》，第一期，頁九十二至一〇七。

〈火跡地——異鄉異聞之十四〉《鐘山》，第二期，頁七十四至九十七。

〈鐵屋〉《天津文學》，第三期，頁十四至二十一。

〈牛半江〉《啄木鳥》，第三期，頁四至十。

〈詩四首〉《作家》，第十一期，頁四十六至四十七。

〈在路上（外二首）〉（詩）《詩刊》，第十二期，頁二十。

一九八七年

〈木頭人〉《人間》，第三期，頁四至十五。

〈白房子〉《收穫》，第四期，頁一〇一至一〇七、一二八。

〈古道——東西南北之四〉《作家》，第四、五期，頁二十至二十五、七十。

一九八八年　〈走出城市〉《作家》，第十期，頁二至二十三。

〈天網〉《中國作家》，第一期，頁七十八至一〇〇。

〈夜火〉《上海文學》，第二期，頁二十至二十四。

〈歌魂〉《中外文學》，第二期。

〈山之門〉《開拓》，第三期，頁四十二至四十九。

〈對話〉《天津文學》，第五期。

〈凍雨〉《作家》，第十一期，頁十一至十七。

一九八九年　〈紙鳥〉《小說》，第二期。

三、文論

一九八三年　〈小說總體構思的力量〉《小說家》（天津），第二期，頁一一二至一一五。

〈遙遠的山中小路〉（評論）《新港》，第五期，頁七十九至八十。

一九八四年　〈老舍〉《海峽》，第一期。

〈小說的內在力量〉《現代作家》（四川），第四期，頁八十九至九十二。

〈一種創作現象——整體化趨向〉《文學青年》(浙江)，十一月號，頁七十二至七十四、三十六。

一九八五年

〈變革文學觀念〉《開拓》，第一期，頁一九八至一九九。

〈現代小說中的語言意識〉《小說潮》，第一期，頁七十三至七十七。

〈我的根〉《上海文學》，五月號，頁四十四至四十六。

〈立體構思和開放性結構〉《福建文學》，第六期，頁六十四至六十六。

〈雜記三題〉《當代文藝探索》(福建)，第六期。

〈現代小說中的人〉《春風文藝叢刊》(遼寧)，第六期。

〈現代小說中的人生感〉《西湖》(浙江)，第七期，頁五十九至六十三。

〈現代小說的歷史意識〉《小說潮》，第七期，頁七十九至八十。

〈我與小說〉《文藝報》(北京)，十二月六日。

一九八六年

〈中國文學要走向世界——從植根於「文化岩層」談起〉《作家》，第一期，頁七十至七十四。

〈尋找你自己——《青年小說選》序〉《朔方》，第三期，頁五十八、二十七。

〈文學與道德〉《光明日報》，十二月十八日。

關於鄭萬隆評介書目

①孟繁華·〈鄭萬隆小說中的「當代青年結構圖」〉《新文學論叢》，一九八三年第三期，頁二十七至三十二。

②張　潔·〈新作短評：〈老棒子酒館〉〉，《文藝報》（北京），一九八五年第四期，頁五十二至五十三。

③馬立誠·〈小說創作的動向：讀鄭萬隆的十二篇文章〉《工人日報》，一九八五年五月十二日。

④喻叔中·〈水彩的魅力——鄭萬隆〈異鄉異聞〉系列小說談〉《黑龍江日報》，一九八五年十月三十日。

⑤羅強烈·〈簡化——一種由繁到簡和由簡到繁的藝術運動——讀鄭萬隆的短篇近作隨想〉《上海文學》，一九八五年十二月號，頁七十四至七十九。

⑥黃子平·〈鄭萬隆的〈陶罐〉、〈狗頭金〉和〈鐘〉〉《北京文學》，一九八五年第十二期，頁

七十至七十三。

⑦ 孟繁華・〈鄭萬隆近年小說創作淺說〉《文學評論叢刊》第二十五輯（北京：中國社會科學出版社，一九八五），頁四二四至四三五。

⑧ 王安憶・〈〈異鄉異聞〉讀後〉《文藝報》，一九八六年一月十一日。

⑨ 黃子平・〈論〈異鄉異聞〉〉《鐘山》（南京），一九八六年第二期，頁二二〇至二二九、一四九。

⑩ 馬立誠・〈掘進中的思考〉《文藝報》，一九八六年五月二十四日。

⑪ 蘇予、陳駿濤、陳墨、張韌、謝雲、孫武臣・〈〈異鄉異聞〉與文學的尋根——鄭萬隆作品討論會〉《北京文學》，一九八六年第三期，頁六十九至七十九。

⑫ 劉紹銘・〈少數民族・大眾人情——評鄭萬隆〈我的光〉〉《聯合文學》，一九八八年，第五卷第三期，頁一九三至一九六。

⑬ 盧敦基・〈走出迷宮：留戀的無意識——析鄭萬隆〈生命的圖騰〉和一個所謂永恆難題〉《文藝評論》（哈爾濱），一九八八年第八期，頁十一至十六。

山河叢書

S83183①
◎
S83183　　遠方有個女兒國　　白　樺著

這是白樺第一本正式在臺灣出版的小說，一改「苦戀」裡的犀利筆鋒，實地深入摩梭族，以抒情而幽默的語言，寫出摩梭人的天眞無邪和怨憎愛會，對比出文革中所謂「文明人」的生命扭曲與苦難。精彩無比，値得一讀。

中式新 25K/477 頁/定價（精）290 元（平）230 元

S83189①
◎
S83189　　這次你演哪一半　　張辛欣著

這是一部結構特別的小說，描述一個女子偶然機緣下扮演「爸爸」角色的故事，生動而有意趣。「每一部小說都是自編、自導兼自演全部角色的一齣戲。戲比自己更自己。」作者經營的這個紙上舞臺，透視人性與人生，詭譎諧趣、手法創新、語言流暢。

中式新 25K/265 頁/定價（精）200 元（平）140 元

◎ S83184①
S83184

在同一地平線上

張辛欣著

本書爲一中篇小說，作者張辛欣爲大陸新一代的作家中的佼佼者。內容描寫一對知識青年夫妻，男的爲一畫家，女的在學導演，他們在感情與事業上的諸多衝突、無奈與挫折，其背後則隱藏著社會上生存競爭的非理性壓力和不公平。文筆細膩流暢，富含哲理，寫出歷經文革後大陸知識新生代的追求與迷惘，值得一看。

中式新 25K/254頁/定價(精)185元(平)125元

◎ S83191①
S83191

天橋

李曉著

本書爲大陸作家李曉（巴金之子）的短篇小說集，共收有九篇小說，主題不一，主要都以發生在「改革開放」這段時期的一些人事爲對象，冷峻諷刺，幽默練達，刻劃社會百態，鞭辟入裡，值得關心大陸小說者一讀。

中式新 25K/294頁/定價(精)190元(平)130元

國立中央圖書館出版品預行編目資料

走出城市／鄭萬隆著--初版--臺北市：
三民，民79
面；　　公分--（山河叢刊；6）
ISBN 957-14-0046-7（精裝）
ISBN 957-14-0047-5（平裝）

857.63

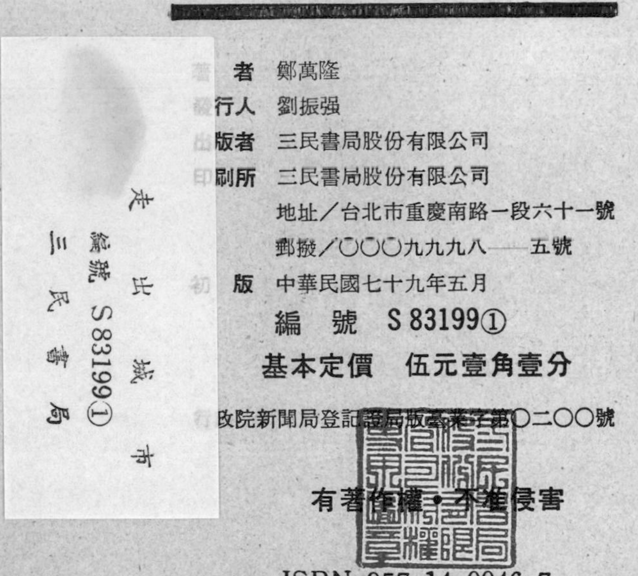

著　　者　鄭萬隆
發行人　劉振强
出版者　三民書局股份有限公司
印刷所　三民書局股份有限公司
地址／台北市重慶南路一段六十一號
郵撥／〇〇〇九九九八——五號
初　　版　中華民國七十九年五月
編　號　S 83199①
基本定價　伍元壹角壹分
行政院新聞局登記證局版臺業字第〇二〇〇號

ISBN 957-14-0046-7